KB196314

설국

설국

가와바타 야스나리 ｜ 장경룡 옮김

문예출판사

雪國

川端康成

차례

설국

현(縣) 접경*의 긴 터널**을 빠져나오자 눈(雪) 고장***이었다. 밤의 밑바닥이 하얘졌다. 신호소에서 기차가 멎었다. 건너편 좌석에서 처녀가 일어나 이쪽으로 걸어오더니, 시마무라(島村) 앞에 있는 유리창을 열었다. 차디찬 눈의 냉기가 흘러들었다. 처녀는 차창 밖으로 잔뜩 몸을 내밀더니 멀리 대고 외쳤다.

"역장니임, 역장니임!"

등불을 들고 천천히 눈을 밟으며 다가온 사나이는 목도리로 콧등

---

*   원문은 '국경(國境)'. 군마현(群馬縣)과 니가다현(新潟縣)의 접경(接境)임을 뜻
      하는 말.

**   시미즈(淸水) 터널. 쇼와(昭和) 5년에 개통. 길이는 9732미터.

*** 원문은 '설국(雪國)'. 눈이 많이 내리는 지방이라는 말. 여기선 니가다현의 유자와
      (湯澤) 온천을 가리킨다.

까지 싸매고 귀는 모자에 달린 털기죽으로 내리덮고 있었다.

벌써 저렇게도 추워졌나 싶어 시마무라가 창밖을 내다보니, 철도 관사처럼 보이는 바라크들이 산기슭에 으스스하게 흩어져 있을 뿐, 하얀 눈빛은 거기까지 이르기도 전에 어둠 속에 삼켜지고 있었다.

"역장님, 저예요, 안녕하셨어요?"

"아, 요코(葉子) 양 아냐? 돌아가는 길이군, 또 추워졌는걸."

"동생이 이번에 여기서 일을 하게 됐다죠. 폐가 많겠어요."

"이런 고장이라 놔서, 얼마 안 가 쓸쓸해서 못 견딜 거야. 젊은 사람이 안됐어."

"아직 어린애니까요, 역장님께서 잘 좀 지도해 주세요. 꼭 부탁해요, 네?"

"염려 마. 일은 잘 하고 있어. 이제부턴 바빠질 거야. 작년엔 큰 눈이 내렸지. 눈사태가 자주 나는 바람에 기차는 오도 가도 못하구, 마을에서도 밥을 지어 대느라고 야단들이었지."

"역장님은 퍽도 많이 껴입으셨네요. 동생 편지에는 아직 조끼도 안 입고 있는 것처럼 씌어 있던데요."

"난 옷을 네 벌이나 껴입었지. 젊은 치들은 추우면 술만 퍼 마시지. 그러고는 저기에 제멋대로 쓰러져 있는 거야. 감기에 걸려서 말야."

역장은 들고 있던 등불을 관사 쪽으로 돌려 댔다.

"동생도 술을 마셔요?"

"아아니."

"역장님은 이제 돌아가는 길이세요?"

"난 몸을 다쳐서 병원에 다니는 중이야."

"어머, 어떡하죠?"

기모노에다 외투를 걸친 역장은 추위 속에서 서서 하는 얘기를 얼른 끝내고 싶은 듯이 이내 뒷모습을 보이면서 말했다.

"그럼, 잘 가요."

"역장님, 동생은 지금 나와 있지 않아요?"

요코는 눈 위를 두리번거리고 나더니 말했다.

"역장님, 동생 좀 잘 돌봐 주세요. 부탁이에요."

슬프도록 아름다운 목소리였다. 높은 울림이 그대로 밤의 눈밭에서 메아리쳐 올 것만 같았다.

기차가 움직이기 시작해도 그녀는 차창에서 가슴을 들여놓지 않았다. 그러고는 선로 밑으로 걸어가고 있는 역장에게 가까이 다가가게 되자,

"역장님, 이번 휴일에 집에 다녀가라고 동생한테 전해 주세요."

"응, 그러지."

역장이 큰 소리로 대답했다.

요코는 창을 닫고 나서, 빨개진 볼에 두 손을 갖다 댔다.

러셀*을 석 대나 준비해 놓고서 눈을 기다리는 현 접경의 산이었다. 터널의 남북에는 전력을 이용한 눈사태 통보선이 설치되어 있었다. 제설 인부 연인원 5천 명에다 소방대 청년단 연인원 2천 명이 이미 출동준비가 되어 있었다.

그러한, 머지않아 눈 속에 파묻힐 철도 신호소에서 요코라는 처

---

* 쐐기 모양의 삽이 달려서 선로에 쌓인 눈을 쳐내는 제설차.

녀의 동생이 올 겨울부터 일하고 있다는 걸 알게 되자, 시마무라는 더욱더 그녀에게 흥미를 느꼈다.

그러나 여기서 "처녀"라고 한 것은 시마무라에게 그렇게 보였기 때문이지, 동행하는 사내가 그녀와 어떤 관계인지는 물론 시마무라로선 알 턱이 없었다.

두 사람의 거동으로는 부부처럼 보이긴 했지만, 사내는 분명히 환자였다. 환자를 상대하게 되면, 자신도 모르게 남녀라는 거리가 없어지고, 정성껏 보살피면 보살필수록 부부처럼 보이는 법이다. 사실 자기보다도 나이가 많은 사내를 돌보는 앳된 여인의 어머니 같은 태도는 멀찍이 떨어져서 바라보면 부부처럼 보일 것이다.

시마무라는 그녀 한 사람만을 따로 떼어 놓고서, 그 모습에서 받는 느낌만으로 제멋대로 처녀라고 단정해 버렸을 뿐이었다. 하지만 거기에는 그가 그 처녀를 이상야릇한 눈으로 너무나 지나치게 바라본 결과, 그 자신의 감상이 다분히 보태어졌기 때문인지도 모른다.

벌써 세 시간이나 전의 일이지만, 시마무라는 무료한 나머지 왼손의 집게손가락을 이리저리 움직이며 바라보곤 하다가, 결국 이 손가락만이 이제부터 만나러 가는 여인을 생생하게 기억하고 있구나 하고 생각했다. 그러나 그가 똑똑히 생각해 내려고 조급하게 서두르면 서두를수록 붙잡을 길 없이 희미해지는 기억의 불안정 속에서 이 손가락만은 여인의 촉감으로 지금도 젖어 있어, 자기 자신을 멀리 있는 여인에게로 끌어당기는 것 같아 이상스레 생각하면서 코에 대고 냄새를 맡아 보곤 했다. 그러다가, 문득 그 손가락으로 유리창에 줄을 긋자 거기에 여인의 한쪽 눈이 또렷이 떠오르는 것이었다. 그는 깜짝 놀라 하마터면 소리를 지를 뻔했다. 그러나 그것은 그의 마음이 멀리 가 있었기 때문이고 정신을 차리고 보니, 다름 아닌 건너편 좌석 처녀의 모습이 비친 것이었다. 바깥엔 땅거미가 져 있고, 기차 속에는 불이 켜져 있다. 그래서 유리창이 거울이 된 것이다. 하지만 스팀의 훈훈한 온기로 말미암아 유리가 온통 수증기로 젖어 있었기 때문에, 손가락으로 닦기 전까지 그 거울은 없었던 것이다.

처녀의 한쪽 눈만은 한층 더 이상하리만큼 아름다웠으나, 시마무라는 얼굴을 창에 기대더니 저녁 풍경을 내다보려는 듯한 여수에 젖은 표정을 불현듯 지으며 손바닥으로 유리를 문질렀다.

처녀는 가슴을 약간 기울여 앞에 누워 있는 사내를 열심히 내려다보고 있었다. 어깨에 힘이 주어져 있는 것으로 보아, 좀 굳어 있고 위엄에 찬 눈을 한 번도 깜박이지 않을 만큼의 진지한 마음의 표현임을 알았다. 사내는 창 쪽을 베개로 삼고서 처녀 옆에 구부린 다리를 올려놓고 있었다. 3등 열차였다. 시마무라의 바로 옆자리가 아닌, 앞쪽으로 하나 건너 저쪽 좌석이었으므로 모로 누워 있는 사내의 얼굴은 귀 언저리까지밖엔 거울에 비치지 않았다.

처녀는 시마무라와 비스듬히 마주 바라보고 있는 셈이어서 바로 보려면 볼 수 있었지만, 그녀와 그 사내가 기차에 올라탔을 때 뭔가 서늘하게 찌르는 것 같은 처녀의 아름다움에 놀라 눈을 내리까는 순간, 처녀의 손을 꼭 잡은 사내의 푸르스름한 빛을 띤 누런 손이 보였는지라, 시마무라는 두 번 다시 그쪽을 보아서는 안 될 것 같은 생각이 들었던 것이다.

거울 속에 비친 사내의 얼굴빛은, 그저 이젠 처녀의 가슴 언저리라도 바라보고 있으니까 마음이 놓인다는 듯이 차분히 가라앉아 있었다. 허약한 체력이 허약한 대로나마 달콤한 조화가 감돌게 했다. 목도리를 베개삼아 베고서 그 한쪽 자락을 코밑으로 끌어올려 입을 꼭 싸덮은 다음 위로 드러난 볼을 감싸고 있어서 일종의 볼싸개와도 같은 모습이었는데, 그것이 느슨하게 처져 내리기도 하고, 코를 뒤덮어 버리기도 했다. 사내가 눈동자를 움직이기도 전에 처녀는 부드러운 손길로 고쳐 주고 있었다. 바라보고 있는 시마무라가 애가 탈 정도로 몇 번이고 똑같은 행동을 두 사람은 무심히 되풀이하고 있었다. 또한 사내의 발을 싼 외투자락이 이따금 열려서 축 처지기도 했다. 그것도 처녀는 재빨리 알아차려서 고쳐 주었다. 이러한 행동들이 참으로 자연스러웠다. 이렇게 해서 두 사람은 거리라는 것을 잊고 끝없이 멀리 떠나가는 사람의 모습처럼 여겨질 정도였다. 그러므로 시마무라는 슬픔을 보고 있다는 괴로움을 느끼지 못하고, 꿈속에서 꼭두각시를 바라보고 있는 듯한 느낌이었다. 기묘한 거울 속의 풍경이었기 때문이기도 하리라.

거울 속에는 저녁 풍경이 흐르고 있어서, 결국 비치는 것과 비추는 거울이 영화의 이중 노출처럼 움직이는 것이었다. 등장인물과 배경은 아무런 관련도 없는 것이었다. 게다가 인물은 투명한 덧없음이고, 풍경은 땅거미의 어슴푸레한 흐름이어서 이 두 가지가 융합하면서 이 세상과는 동떨어진 상징의 세계*를 그리고 있었다. 특

---

* 인물의 '투명한 덧없음'과 풍경의 '땅거미의 어슴푸레한 흐름'이 융합된, 현실과는 동떨어진 세계.

히 처녀의 얼굴 한가운데에 산야의 등불이 켜졌을 때엔, 시마무라는 뭐라 형언할 수 없는 아름다움으로 가슴이 설렐 지경이었다.

멀리 내다보이는 산 위의 하늘은 아직 저녁놀의 잦아져 가는 빛깔이 아련하게 남아 있었으므로, 유리창 너머로 바라보이는 풍경은 먼 데까지 형상이 지워지지는 않았다. 그러나 색채는 이미 잃어버렸는지라 어디를 향해 가든지 평범한 산야의 모습이 더욱더 평범하게 보이고, 아무것도 두드러지게 주의를 끄는 것이 없었기 때문에 도리어 뭔가 멍하니 커다란 감정의 흐름이 느껴졌다. 물론 그것은 처녀의 얼굴을 그 속에 떠올리고 있었기 때문이다. 모습이 비치는 부분만은 창밖이 보이지 않지만 처녀의 윤곽 언저리를 끊임없이 저녁 풍경이 움직이고 있어서 처녀의 얼굴도 투명하게 느껴졌다. 그러나 정말로 투명한지 어떤지는 얼굴의 이면으로 끊임없이 흐르는 저녁 풍경이 얼굴의 표면을 지나가는 것처럼 착각되어서 그것을 확인할 틈이 붙잡히지 않는 것이었다.

기차 안도 그다지 밝지는 않았고 진짜 거울처럼 선명하지도 않았다. 반사도 없었다. 그래서 시마무라는 들여다보고 있는 사이에 거울이 있다는 것을 점점 까맣게 잊어버리고 저녁 풍경의 흐름 속에 처녀가 떠올라 있는 듯이 생각되었다.

그럴 때에 그녀의 얼굴 한가운데에 등불이 켜진 것이다. 이 거울의 영상은 창밖의 등불을 지워 버릴 만큼 선명한 것은 아니었다. 등불도 영상을 지워 버리지는 못했다. 그리하여 등불은 그녀의 얼굴 속으로 흘러 지나가는 것이었다. 그러나 그녀의 얼굴을 환하게 밝혀 주지는 못했다. 차갑고 먼 빛이었다. 작은 눈동자의 언저리를 발그레하게 밝혀 주먼서 마침내 처녀의 눈과 불빛이 겹쳐지는 순간, 그녀의 눈은 땅거미의 물결 사이에 떠 있는 기묘하게 아름다운 야광충이었다.

이러한 모습으로 비치고 있다는 것을 요코는 알아차릴 까닭이 없었다. 그녀는 오직 환자에게만 마음을 빼앗기고 있었고, 설사 시마무라 쪽을 돌아다보았더라도 유리창에 비치는 자신의 모습은 보이지 않았을 것이며, 창밖을 바라보는 사나이 같은 건 눈에 띄지도 않았을 것이다.

시마무라가 요코를 오랫동안 훔쳐보면서도 그녀에게 실례가 된다는 것을 잊고 있었던 것은 저녁 풍경이 비친 거울 속의 비현실적인 힘*에 사로잡혀 있었기 때문일 것이다.

그러기에 그녀가 역장을 불러, 여기서도 뭔가 지나치게 진지한 태도를 드러내 보였을 때에도 소설 같은 흥미가 앞섰는지도 모른다.

그 신호소를 지날 무렵에는 차창은 이미 어둠뿐이었다. 저쪽 풍경의 흐름이 사라지자 거울의 매력도 사라지고 말았다. 요코의 아름다운 얼굴은 여전히 비치고 있었지만, 그 따뜻한 몸가짐과는 상관없이 시마무라는 그녀 속에서 뭔가 맑고도 차가운 것을 새삼스레 발견하고 거울이 흐려지는 것을 닦으려고도 하지 않았다.

그런데 그로부터 반 시간쯤 지난 후에 뜻밖에도 요코 일행도 시마무라와 같은 역에서 내렸다. 그는 또 무슨 일이 일어날까 하고 자신과 무슨 관계라도 있는 듯이 돌아다보았지만, 플랫폼의 찬 공기

---

* 차창에 비친 땅거미 풍경과 요코와 사내의 모습이 지닌 괴상한 매력.

를 쐬자 갑자기 기차 속에서의 실례가 부끄럽게 여겨져서 뒤도 돌아보지 않은 채 기관차 앞을 건너갔다.

사내가 요코 어깨를 붙들고 선로 쪽으로 내리려 했을 때, 이쪽에서 역무원이 손을 들어 멈춰 서게 했다.

이윽고 어둠 속에서 나타난 긴 화물 열차가 두 사람의 모습을 가려 버렸다.

*

여관에서 손님을 모시러 나온 지배인은 화재 현장의 소방대원처럼 어마어마한 눈옷 차림을 하고 있었다. 귀를 싸매고 고무 장화를 신고 있었다. 대합실 창에서 선로 쪽을 바라보고 서 있는 여자도 푸른 망토를 입고, 푸른 두건을 쓰고 있었다.

시마무라는 기차 속의 따뜻한 온기가 가셔지지 않아서 바깥의 진짜 추위를 미처 느끼지 못했지만, 눈고장의 겨울은 처음인지라 이 고장 사람들의 옷차림을 보고 우선 기가 질렸다.

"그런 옷차림을 할 만큼 추운가?"

"그럼요. 이젠 완전히 겨울 채비인 걸요. 눈 온 뒤 날씨가 개기 전 날 밤은 유독히 춥죠. 오늘밤은 이미 영하로 내려갔을 걸요."

"이게 영하란 말인가?" 하고 시마무라는 처마끝의 예쁜 고드름을 쳐다보면서 여관 지배인과 함께 자동차를 탔다.

하얀 눈빛이 나지막한 집들의 지붕을 한층 더 낮게 보이게 했고, 마을은 쥐죽은 듯 고요히 가라앉아 있는 듯했다.

"과연 손에 닿는 것마다 모두 차가운 맛이 다르군."

"작년엔 영하 이십 몇 돈가 하는 게 제일 추웠죠."

"눈은?"

"글쎄요, 보통 일고여덟 자입니다만, 많을 때엔 열두서너 자는 넘을 겁니다."

"이제부터로군."

"이제부터죠. 이 눈은 지난번에 한 자 가량 내린 것이 어지간히 녹은 거죠."

"녹는 일도 있나?"

"앞으로 언제 큰 눈이 내릴지 알 수 없죠."

12월 초순이었다.

시마무라는 끈덕진 감기 기운으로 막혀 있던 코가 머릿속까지 단번에 뚫리더니, 더러운 것이 씻겨내리듯 콧물이 쉴새없이 흘러내렸다.

"선생 댁에 있던 아가씨는 지금도 있는가?"

"그럼요. 역에 있었는데, 보지 못하셨나요? 짙푸른 망토를 입고."

"그게 그 아가씨였던가? 나중에 부를 수 있겠지?"

"오늘밤에요?"

"오늘밤에 말야."

"지금 온 막차로 선생의 아들이 돌아온다던가 해서 마중나왔던데요."

저녁 풍경이 비친 거울 속에서 요코의 간호를 받고 있던 환자는 시마무라가 만나러 온 여인의 집 아들이었다.

그 사실을 알게 되자 자신의 가슴속을 뭔가가 스쳐 지나간 듯이 느껴졌지만, 이 인연을 그는 그다지 이상하게 여기지는 않았다. 오히려 이상하게 여기지 않는 자기 자신을 이상하게 여겼을 정도였다.

손가락이 기억하고 있는 여인과 눈에 등불을 켜고 있던 여자와의 사이에 무슨 관계가 있고 무슨 일이 일어날 것인지, 시마무라는 어쩐지 그것이 마음속 어딘가에 보이는 듯한 느낌마저 들었다. 아직도 저녁 풍경이 비친 거울에서 깨어나지 못한 탓일까? 그 저녁 풍경의 흐름은, 그렇다면 시간의 흐름을 상징하는 것이었던가 하고 그는 문득 중얼거렸다.

스키 계절을 앞둔 온천 여관은 손님이 가장 적을 때라 시마무라가 목욕탕에서 올라와 보니, 이미 모두 고요히 잠들어 있었다. 그가 걸음을 옮길 때마다 낡은 복도의 유리문이 가느다랗게 울렸다. 그 긴 복도 끝에 있는 사무실 모퉁이의 검은 빛으로 냉랭하게 빛나는 마룻바닥 위에 옷자락을 펼치고서 여인이 우뚝 서 있었다.

마침내 게이샤*로 나오게 되었나 싶어 그 옷자락을 보고 섬뜩 놀랐지만 이쪽으로 걸어오는 것도 아니고 몸의 어딘가를 무너뜨려 맞이하는 교태를 지어 보이는 것도 아닌, 잠자코 서 있는 그 모습에서 그는 먼 빛으로도 진지함을 느끼고 급히 다가가 여인 곁에 잠자코 섰다.

여인도 짙은 분화장을 한 얼굴로 미소를 지으려고 한 것이 도리

---

* 일본의 기생. 예기(藝妓). 술자리에서 춤과 노래와 악기 등으로 손님을 즐겁게 해 주는 여자.

어 울상이 되었으므로 아무 말 없이 두 사람은 방 쪽으로 걸어가기 시작했다.

그런 일이 있었는데도 편지도 해주지 않고 만나러 오지도 않으며 무용책을 부쳐 준다던 약속도 지키지 않았으니, 여인 쪽에서 보면 웃어 넘기고 잊혔으리라고밖에 여겨지지 않았을 터였다. 그래서 시마무라 쪽에서 우선 사과나 변명을 하지 않으면 안 되는 순서였다. 하지만 얼굴을 보지 않은 채 걷고 있는 사이에도 그녀는 그를 책망하기는커녕 몸 가득히 그리움을 느끼고 있다는 것을 알 수 있었다. 따라서 그는 더욱더 어떠한 말을 한다고 할지라도 그 말은 자신이 불성실했다는 느낌밖에 주지 못할 것이라고 생각되었다. 뭔가 그녀에게 주눅이 드는 듯한 달콤한 기쁨에 휩싸여 있었지만, 층계 밑에까지 오자,

"요게 가장 당신을 잘 기억하고 있었지" 하고 집게손가락만을 뻗친 왼주먹을 대뜸 여인의 눈앞에 들이댔다.

"그래요?" 하고 여인은 그의 손가락을 잡더니 그대로 놓지 않은 채 손을 끌듯이 층계를 올라갔다.

고다쓰* 앞에서 손을 놓더니, 그녀는 갑작스럽게 목덜미까지 빨개지자 그것을 얼버무리려는 듯이 황급히 또다시 그의 손을 잡으면서,

"요게 기억해 주었나요?"

"오른쪽이 아니야, 이쪽이야" 하고 여인의 손바닥에서 오른손을

---

* 이불 속에 넣어 두는 일본 화로로 고정식으로 된 기리고다쓰와 이동식으로 된 오키고다쓰의 두 가지 종류가 있다.

빼내어 고다쓰에 넣고는 새로 왼쪽 주먹을 내놓았다. 그녀는 얌전한 얼굴로,

"네, 알고 있어요" 하고 미소를 머금으며 시마무라의 손바닥을 펴 들고서 그 위에 얼굴을 지그시 댔다.

"요게 기억해 주었나요?"

"아, 차다. 이렇게 찬 머리털은 처음 봤군."

"도쿄엔 아직 눈이 안 오나요?"

"당신은 그때 그렇게 말했지만 그건 역시 거짓말이야. 그렇지 않으면 누가 연말에 이렇게 추운 고장엘 오나."

*

그때는——눈사태의 위험기가 지나고 신록의 등산 계절로 접어들었을 무렵이었다.

으름덩굴의 새순도 얼마 안 가서 밥상에서 자취를 감추게 된다.

무위도식하는 시마무라는 자연과 자신에 대한 성실성마저 잃어버릴 것 같아서, 그것을 회복하는 데엔 산이 좋을 거라고 여겨 혼자서 곧잘 산을 타곤 했다. 그날 밤에도 현 접경의 산들을 타다가 일주일 만에 온천장으로 내려와 게이샤를 불러 달라고 했다. 그런데 그날은 도로 공사가 끝났음을 기념하는 축하 잔치가 열려 마을의 누에고치 창고 겸 가설 극장으로 쓰이는 건물을 연회장으로 사용할 만큼 흥청거리는 바람에 열두서너 명 되는 게이샤로도 손이 모자라 도저히 데려올 수는 없다는 것이었다. 그러나 선생 댁 아가씨라면

연회를 기들러 갔다고 할지라도, 춤이나 두세 차례 추고는 이내 돌아올 테니까 어쩌면 와 줄지도 모른다는 것이었다. 시마무라가 다시 물어 보자, 샤미센*과 춤을 가르치는 선생 댁에 있는 아가씨는 게이샤라고 할 것은 못 되지만, 큰 연회석 같은 데엔 이따금 불려 가는 일도 있다는 둥, 동기**가 없고 서서 춤추기를 싫어하는 나이 든 게이샤가 많아서 그 아가씨는 소중하게 여겨지고 있다는 둥, 여관의 손님 방에는 좀처럼 혼자서 나오는 일이 없지만 그렇다고 해서 전혀 여염집 아가씨라고도 할 수 없다는 둥, 여관 하녀의 설명은 대강 이런 것이었다.

곧이들리지도 않아서 대수롭지 않게 여기고 있었는데, 한 시간쯤 지나서 여인이 하녀를 따라 방 안에 들어왔을 땐 시마무라는 저으기 놀라 앉음새를 고쳤다. 여인이 곧장 일어서서 나가려고 하는 하녀의 소매를 붙잡아 도로 그 자리에 앉혔다.

여인의 인상은 이상하리만큼 맑고 깨끗했다. 발가락 밑의 움이 패인 곳까지도 깨끗할 것이라고 생각되었다. 초여름의 산들을 보고 온 자신의 눈이 청결한 탓인가 하고 시마무라는 의심할 정도였다.

옷매무시에 어딘가 게이샤 같은 티가 났지만 물론 옷자락은 질질 끌지 않았고, 보드라운 홑옷을 오히려 단정히 입고 있는 편이었다.

---

* 세 개의 줄이 있는 일본 고유의 현악기로 삼현금(三絃琴). '샤미센' 또는 '사미'라고도 한다.
** 원문은 '항교쿠[半玉]', 화대(花代), 즉 '교쿠다이[玉代]'가 반액(半額)인 어린 기생이니 아직 한 사람의 '게이샤'가 되지 못한 동기(童妓)를 말한다.

오비*만은 어울리지 않게 값비싼 것처럼 보여서, 어쩐지 그것이 도리어 애처롭게 보였다.

산 이야기 등을 하는 김에 하녀는 일어나 나갔지만, 여인은 이 마을에서 바라보이는 산들의 이름조차도 제대로 알지 못해서 시마무라는 술을 마실 기분도 나지 않았다. 그러자 여인은, 태생은 역시 이 눈고장이며 도쿄에서 술집 접대부로 있던 중 몸값을 치러 주고 빼내어 준 사람이 있어서 장차 일본 춤을 가르치는 선생이 될 때까지 의지하며 살려고 했는데, 일년 반 만에 돌봐 주던 남자가 죽었노라고 뜻밖에도 솔직하게 얘기를 하는 것이었다. 그러나 그 사람과 사별한 이후부터 오늘날까지의 일이 아마도 그녀의 진짜 신상 얘기일지도 모르지만 그것을 졸지에 털어놓을 것 같지도 않았다. 열아홉이라고 했다. 거짓말이 아니라면 이 열아홉이나 스물한둘로 보이는 데에 시마무라는 비로소 마음이 누그러져서 가부키** 얘기 등을 꺼냈더니, 여인은 그보다도 더 배우의 예풍이라든지 소식에 정통해 있었다. 그런 얘기를 할 말벗이 없었던 탓인지 정신 없이 지껄이는 사이에 본바탕이 화류계 출신인 여자답게 허물없는 티를 보이기 시작했다. 사내들의 속마음을 대충 알고 있는 것 같기도 했다. 그렇긴 하지만 그는 처음부터 그 여인을 여염집 여자라고 생각하고 있는 데다가 일주일 동안이나 사람과 변변히 말을 주고받은 일이 없

---

*   기모노를 입은 위에 매는 허리띠.

**   '가부키 시바이〔歌舞伎芝居〕'의 준말. 일본의 전통적인 민중 연극의 하나. 에도〔江戶〕 시대 이래 성행한 고전극.

는 직후인지라 사람을 그리워하는 정이 따뜻하게 넘쳐흘러 여인에게서 우선 우정 같은 것을 느꼈다. 산에서 느낀 감상이 여인에게까지 꼬리를 물고 왔다.

여인은 이튿날 오후 목욕 도구를 복도에 놓아 두고, 그의 방으로 놀러 왔다.

그녀가 앉자마자 그는 갑자기 게이샤를 소개해 달라고 했다.

"소개요?"

"알고 있잖아."

"아이, 창피해라. 난 그런 부탁을 받을 줄은 꿈에도 생각지 못했어요" 하고 여인은 별안간 창가로 가서 현 접경 지대에 있는 산들을 바라보다가, 이윽고 볼을 발그레하게 붉히면서,

"여긴 그런 여자 없어요."

"거짓말."

"정말이에요" 하고 뱅글 돌아서서 창가에 걸터앉더니,

"강제로 하는 일은 절대로 없어요. 모두 게이샤들의 자유거든요. 여관에서도 그런 소개는 절대 하지 않아요. 이건 정말이에요. 댁에서 누구든 불러서 직접 얘기해 보세요."

"당신이 부탁해 봐."

"내가 왜 그런 짓을 해요?"

"난 당신을 친구로 여기고 있는 거야. 친구로 사귀고 싶기 때문에 당신더러는 말하지 않는 거라구."

"그게 친구라는 건가요?" 하고 여인은 마침내 끌려들어 어린애처럼 말했으나 이내 내뱉듯이,

"훌륭하시네요. 그런 부탁을 나에게 잘도 하시니."

"아무것도 아니잖아. 산에서 원기를 돋워 왔지. 머릿속이 개운치 않단 말야. 당신하고도 허심탄회한 기분으로 얘기할 수 없어."

여인은 눈을 내리깔고 잠자코 있었다. 시마무라는 이쯤 되면 이미 사나이의 뻔뻔스러움을 속속들이 드러내 놓은 셈인데도 그것을 잘 이해하여 수긍하는 버릇이 여인의 몸에 배어 있는 것 같았다. 그녀의 내리깐 눈은 짙은 속눈썹 탓인지 홀연히 포근하고 요염해지더니, 시마무라가 바라보고 있는 사이에 여인의 얼굴은 좌우로 살짝 흔들리면서 또다시 발그레해졌다.

"좋아하시는 게이샤를 부르세요."

"그걸 당신한테 물어 보는 게 아닌가. 처음 와 본 고장이라 누가 예쁜지 알아야지."

"예쁘다고 하지만."

"젊은 게 좋지. 젊은 편이 어쨌든 탈이 없겠지. 수다스럽게 지껄이지 않는 게 좋아. 멍청하면서도 더럽혀지지 않은 게 말야. 얘기하고 싶을 땐 당신하고 할 거야."

"난 인제 안 와요."

"바보 같은 소리."

"어머, 안 올 거예요. 뭣하러 와요?"

"당신하고는 깨끗이 사귀고 싶으니까 당신에게는 치근치근 굴지 않아."

"아이, 기가 막혀."

"그런 일이 만일 생긴다면 내일은 이내 당신의 얼굴을 보기도 싫어질지 몰라. 이야기할 마음이 내키지도 않을 거구. 산에서 마을로 내려와서 모처럼 사람이 그립단 말이거든. 그래서 당신한테는 조르지 않는 거야. 어쨌든 난 나그네가 아닌가 말야."

"네, 정말 그렇군요."

"그렇구말구, 당신도 당신이 싫어하는 여자하고라면 나중에 만나는 것도 마음이 언짢겠지만, 당신 자신이 골라 준 여자라면 차라리 낫겠지."

"몰라요" 하고 톡 쏘아붙이고는 외면을 했으나,

"그건 그렇지만."

"무슨 짓을 했다간 끝장이야. 따분해지지. 오래 가지 못할걸."

"그래요. 정말 모두들 그래요. 내가 태어난 곳은 항구예요. 여긴 온천장이구요" 하고 여인은 뜻밖에도 순진한 말투로,

"손님들은 대개 여행을 하는 분이거든요. 나 같은 건 아직 어린애지만, 여러 사람의 얘길 들어 봐도, 어딘지 모르게 좋아지고 그 당시엔 좋아한다는 말도 하지 못한 사람이 언제까지나 그리워진다더군요. 잊지 못하나 봐요. 헤어진 후에도 그러나 봐요. 저쪽에서도 생각이 나서 편지를 주곤 하는 건 대개 그런 사람이에요."

여인은 창가에서 일어나더니 이번에는 창 밑에 깔린 다다미 위에 사뿐히 앉았다. 먼 지난날을 돌이켜 보는 듯한 표정을 지어 보이면서 갑자기 시마무라의 신변 가까이에 앉았노라는 그런 얼굴이 되었다.

여인의 목소리에 너무나 실감이 넘쳐흘렀기 때문에, 시마무라는 손쉽게 여인을 녹여 넘겼구나 싶어 도리어 마음이 꺼림칙해질 정도였다.

그러나 그가 거짓말을 한 것은 아니었다. 여인은 어쨌든 더럽혀

26

지지 않은 여염집 여자다. 여자를 가지고 싶어 하는 그의 욕망은, 그 여인에게 그걸 요구할 것도 없이 죄가 안 되는 손쉬운 방법으로 채울 수 있었다. 그녀는 너무나도 맑고 깨끗했다. 첫눈에 보았을 때부터 그런 여자와 이 여인과는 따로 구분해 두고 있었다.

더구나 그는 여름철의 피서지를 찾으러 다니던 때였던 만큼 이 온천장으로 가족을 데리고 올까도 생각했다. 그렇게 한다면 여인은 다행히 여염집 여자나 다름이 없으니 아내에게도 좋은 말벗이 되어, 심심할 때면 춤 한 가지라도 배울 수 있으리라. 정말로 그는 그렇게 생각하고 있었다. 여인에게서 우정 같은 것을 느꼈다고 할지라도, 그는 그 정도의 얕은 여울을 건너고 있었던 것이다.

물론 여기에도 시마무라의 저녁 풍경이 비친 거울은 있었을 것이다. 지금 자신의 처지가 갈보와의 뒤탈을 싫어할 뿐만 아니라, 해 질 녘의 기차 유리창에 비치는 여자의 얼굴처럼 비현실적인 생각을 하고 있었는지도 모른다.

그의 서양 무용에 대한 취미만 해도 그렇다. 시마무라는 도쿄의 시타마치〔下町〕* 태생이어서 어릴 때부터 가부키에 재미를 붙이고 있었다. 그런데 학생 시절에는 취미가 춤이나 쇼사고토〔所作事〕**에 기울었는데 대충 알고는 못 배기는 성격인지라 옛날 기록을 뒤적이기도 하고 그 방면의 종가(宗家)를 찾아다니기도 하여, 이윽고 일본

---

* 도시의 저지대인 상공업 지대. 도쿄에선 일반 서민들이 많이 사는 지대를 가리키는 말. '야마노테〔山の手〕'의 반대말.
** 가부키의 무대 위에서 연출되는 춤 또는 무용극.

무용의 신인들과도 아는 사이가 되었고 연구 내지 비평 같은 글까지 쓰게 되었다.

　그리하여 일본춤의 전통이 잠들고 있는 데 대해서나 새로운 시도의 독선적인 경향에 대해서도 당연히 새로운 불만을 느낀 나머지, 이젠 자기 자신이 실제로 무용 운동 속에 몸을 던져 활동하지 않으면 안 되겠다는 기분에 휘몰리게 되었다. 그러나 일본춤의 젊은 축들로부터 막상 권유까지 받게 되었을 때 그는 갑자기 서양 무용으로 전신하고 말았다. 일본춤은 전혀 거들떠보지 않게 되었다. 그 대신 서양 무용에 관한 책과 사진을 수집하는 한편 포스터나 프로그램 등에 이르기까지 애써서 외국으로부터 입수했다. 이국(異國)과 미지의 세계에 대한 호기심만은 결코 아니었다. 여기에서 새로이 발견한 즐거움은 눈으로 직접 서양인의 춤추는 장면을 볼 수 없다는 데 있었다. 그 증거로 시마무라는 일본인의 서양 무용은 거들떠보지도 않는 것이었다. 서양의 인쇄물에 의거해서 서양 무용에 관해서 글을 쓰는 일만큼 손쉬운 일은 없었다. 보지 않는 무용 따위는 이 세상과는 동떨어진 딴 세상의 얘기이다. 이보다도 더한 탁상공론은 없으며 그것은 곧 천국의 시(詩)인 것이다.

　연구라고는 일컬을지라도 제멋대로 상상하는 것이어서 무용가의 살아 있는 육체가 춤추는 예술을 감상하는 것이 아니라, 서양의 얘기나 사진을 통해서 떠오르는 그 자신의 공상이 춤추는 환영을 감상하는 것이었다. 본 일이 없는 애인을 그리워하는 것과도 같은 것이었다. 더구나 이따금 서양 무용을 소개하는 글을 쓴답시고 문필가의 말단에 끼어들기도 하였는데 그러한 것을 그 자신은 스스로 냉소하면서도 직업이 없는 그의 마음을 위로하는 것이 되기도 했다.

그러한 그의 일본춤 등에 관한 얘기가 여인으로 하여금 그를 따르게 하는 데 도움이 된 것은 그 지식이 오래간만에 현실적으로 유용하게 쓰였다고도 할 수 있는 것이었지만, 역시 시마무라는 자신도 모르는 사이에 여인을 서양 무용을 다루는 식으로 다루고 있었는지도 모른다.

그런지라 자신의 어렴풋한 여수가 어린 말이 여인의 생활의 급소를 찌른 듯한 정경을 보자, 여인을 속여 넘기지나 않았나 해서 마음이 꺼림칙해질 정도였다.

"그렇게 하면 이번에 내가 가족을 데리고 와서 당신하고 기분 좋게 놀 수 있거든."

"그래요, 그건 나도 이젠 잘 알겠어요" 하고 여인은 목소리를 가라앉혀 미소를 머금더니 약간 게이샤 티를 내며 들뜬 목소리로,

"나도 그렇게 하는 것이 아주 좋아요. 깨끗한 것이 오래 가는 거예요."

"그러니까 불러 달란 말야."

"지금요?"

"응."

"어머나, 이런 대낮에 어떻게 그런 얘길 해요?"

"찌꺼기가 남아 돌아오는 건 싫단 말야."

"당신, 어떻게 그런 말씀을 하세요. 이 고장을 막벌이 온천장으로 잘못 아시고 계시는 거예요. 마을의 모습만 보아도 알 수 있잖아요" 하고 여인은 아주 뜻밖이라는 듯이 진지한 말투로 여기에는 그러한

여자가 없다는 것을 거듭거듭 역설했다.

시마무라가 곧이듣지 않자 여인은 발끈했다가 이내 약간 수그러지더니 그것은 어쨌든 게이샤 마음에 달려 있는 일이고, 다만 주인집의 양해를 미리 얻지 않고 숙박을 하면 게이샤의 책임이어서 어떤 일이 일어나든지 돌봐 주지 않지만 주인집 양해를 미리 얻어 놓으면 주인집의 책임이므로 포주가 끝까지 돌봐 준다는 점이 다르다고 했다.

"책임이란 뭐야?"

"임신을 하게 된다든지, 몸이 나빠진다든지 하는 거 말이에요."

시마무라는 자신의 바보 같은 질문에 쓴웃음을 지으면서 그와 같이 한가로운 얘기도 이 산마을엔 있을지도 모른다고 생각했다.

무위도식하는 그는 자연히 보호색을 찾는 마음이 있어서 그런지 여행하는 지방의 인심에 대해선 본능적으로 민감한데, 산에서 내려오자 곧 이 마을의 아주 알뜰한 풍경 속에서 한가로운 인상을 받았다. 여관에서 물어 보니 과연 이 눈고장 중에서도 가장 살기 좋은 마을 중의 하나라는 것이었다. 최근 철도가 개통되기 전엔 주로 농촌 사람들의 탕치장(湯治場)*이었다고 한다. 게이샤가 있는 집은 요릿집이니 단팥죽집이니 하는 빛바랜 포장이 쳐져 있었는데, 오래된 창호지가 거무스름하게 그을은 것을 보면 이렇게 해서도 손님이 있을지 의심스러울 정도였다. 일용품을 파는 잡화점이나 과자 가게에도 고용살이를 하는 기생을 단 한 명 둔 데도 있는데, 그런 집의 주인들은 가게 이외에도 밭에 나가 일을 하는 모양이었다. 선생네 집 아

---

* 병을 치료하기 위하여 몸을 씻는 온천 목욕탕.

가씨인 탓이겠지만, 감찰*이 없는 아가씨가 어쩌다가 연회 같은 데에 거들러 나가도 책망하는 게이샤가 없는 모양이었다.

"그래, 몇 명이나 있지?"

"게이샤 말씀이세요? 열두서너 명이나 될까."

"어떤 아가씨가 좋지?" 하고 시마무라가 일어나서 벨을 누르자,

"난 돌아가는 거죠?"

"당신이 가면 안 돼."

"싫어요" 하고 여인은 굴욕감을 떨쳐 버리기라도 하는 듯이,

"돌아갈래요. 괜찮아요. 아무 생각도 하지 않아요. 또 오겠어요."

그러나 하녀를 보더니 아무렇지도 않은 듯이 다시 주저앉았다. 하녀가 누구를 부를 거냐고 몇 번이고 물어 보아도 여인은 이름을 대지 않았다.

그런데 잠시 후에 들어온 17, 8세쯤 되어 보이는 게이샤를 한번 보자마자, 시마무라가 산에서 마을로 내려왔을 때 품었던 여자에 대한 욕망은 싱겁게 사라져 버리고 말았다. 살갗이 검은 팔이 아직도 앙상하게 드러나 있어서 어딘지 모르게 어리고 순진해 보였으므로 되도록이면 흥이 깨진 표정을 짓지 않으려고 게이샤 쪽을 바라보고 있었지만, 실상은 그녀 뒤의 창을 통해서 바라보이는 신록의 산들이 눈에 비쳐 견딜 수가 없었다. 말하기조차도 어쩐지 께느른 해졌다. 확실히 산골 게이샤였다. 시마무라가 말도 없이 무뚝뚝하게 앉아 있는지라 여인이 눈치 있게 행동하기라도 하는 듯이 가만

---

* 경찰서 등에서 교부해 주는 영업 허가증의 일종.

히 일어나서 나가 버리지, 한층 더 좌중의 흥이 깨졌다. 그리고서도 벌써 한 시간 정도는 지난 후 어떻게든지 게이샤를 돌려보낼 수는 없을까 하고 궁리를 하던중 전보 송금이 와 있는 것이 생각나서 우체국 시간을 핑계삼아 게이샤와 함께 방을 나왔다.

그러나 시마무라는 여관 현관에서 신록의 향기가 짙게 풍겨 오는 뒷산을 바라보더니 그것에 이끌리듯이 허둥지둥 올라갔다.

무엇이 우스운지 혼자서 웃음이 그치지 않았다.

알맞게 피로해졌을 때쯤 해서 획하고 돌아서면서 유가타*의 뒷자락을 걷어올리고는 단숨에 달려 내려오니 발밑에서 노랑나비 두 마리가 날아갔다.

나비는 서로 뒤얽히면서 이윽고 접경 지대의 산보다도 더 높게 날아오르더니 노란 빛이 하얘지면서 아득히 멀어졌다.

"어떻게 된 거예요?"

여인이 삼나무 숲 속에 서 있었다.

"기쁜 듯이 웃고만 계시네요."

"그만 뒀어" 하고 시마무라는 또다시 까닭모를 웃음이 치밀어 올라,

"그만 뒀지."

"그래요?"

여인은 문득 저쪽으로 돌아서더니 삼나무 숲 속으로 천천히 들어갔다. 그는 말없이 뒤따라 들어갔다.

---

* 목욕 후에나 또는 여름철에 입는 무명 홑옷.

신사(神社)*였다. 이끼 낀 돌사자 옆에 있는 판판한 바위에 여인은 걸터앉았다.

"여기가 제일 시원해요. 한여름에도 찬바람이 불어요."

"여기 게이샤는 모두 저런 거야?"

"그게 그거죠 뭐. 나이가 지긋한 사람 중에는 예쁜 게이샤가 있어요" 하고 고개를 숙인 채 쌀쌀하게 말했다. 그 목덜미에 삼나무 숲의 어스름한 푸르름이 비치는 것만 같았다.

시마무라는 삼나무의 가지 끝을 올려다보았다.

"이젠 필요 없어. 온몸의 힘이 대번에 쑥 빠져 버려서, 이상한 느낌이 들 정도야."

그 삼나무는 손을 뒤로 해서 바위를 짚고 가슴까지 활짝 젖히지 않으면 끝이 눈에 보이지 않을 만큼 높은 데다가 일직선으로 곧은 줄기가 줄지어 늘어서 있고 짙푸른 잎들이 컴컴하게 하늘을 가리고 있어서 고요한 정적이 쨍하고 울려 퍼지고 있었다. 시마무라가 등을 기대고 있는 줄기는 그중에서도 가장 해묵은 나무였다. 그런데 어찌 된 셈인지 북쪽으로 뻗은 가지만이 꼭대기까지 바싹 말라 죽어서 그 남은 밑동은 뾰족한 말뚝을 거꾸로 줄기에 나란히 박아놓은 것처럼 보여 어쩐지 무서운 신(神)의 무기와도 같았다.

"내가 오해를 하고 있었나 보군. 산에서 내려왔을 때 당신을 처음 보았기 때문에, 이곳 게이샤는 모두 예쁘겠거니 하고 무심코 생각했던 모양이야" 하고 웃으면서, 일주일 동안 산에서 회복한 건강을

---

* 일본 황실(皇室)의 조상이나 신 등을 모셔 놓은 곳.

간단히 씻어내 버리려고 마음먹었던 것도 실은 처음에 이 맑고 깨끗한 여인을 보았기 때문이었던가 하고 시마무라는 이제서야 알아차리게 되었다.

서쪽으로 기울어지는 햇빛을 받아 빛나는 먼 시냇물을 여인은 물끄러미 바라보고 있었다. 따분하고 무료한 느낌이 들었다.

"어머, 깜박 잊었네. 담배 말씀이에요" 하고 여인은 애써 싹싹하게 말했다,

"아까 방에 돌아가 보았더니, 벌써 안 계시잖아요. 어찌 된 일인가 하고 살피는데, 굉장한 기세로 혼자서 산에 오르시는 거예요. 창에서 보았어요. 우스웠어요. 담배를 잊고 오신 것 같아서 가지고 온 거예요."

그러고는 그의 담배를 소맷자락에서 꺼내더니 성냥불을 켰다.

"그 아가씨에게 미안하게 됐지."

"그런 건 손님들의 자유 아녜요? 언제 돌려보내든."

돌이 많은 시냇물 소리가 둥글고 달콤하게 들려 올 뿐이었다.

삼나무 사이로 건너편 산등성이가 그늘져 가는 모양이 보였다.

"당신에게 그다지 떨어지지 않는 여자가 아니라면 나중에 당신을 만났을 때 어처구니없게 되지 않겠어?"

"몰라요, 억지도 센 분이셔" 하고 여인은 울컥 감정이 치밀어 비웃는 듯이 말했지만, 게이샤를 부르기 전과는 전혀 다른 감정이 두 사람 사이에 흐르고 있었다.

애당초 오직 이 여인만을 가지고 싶었던 것이다. 그런데도 여태껏 멀리 빙빙 돌고 있었다는 것을 시마무라가 확실히 알게 되자 자

기 자신이 싫어지는 한편 여인이 한층 더 아름답게 보였다. 삼나무 숲 속에서 그를 부른 후부터 여인은 뭔가 쑥 빠져나간 것처럼 시원스런 모습이었다.

날씬하고 오똑한 코가 좀 쓸쓸해 보이기는 하지만 그 밑에 자그마하게 오므라진 입술은 참으로 아름다운 거머리의 몸처럼 늘어났다가 오므라드는 것이 매끈매끈해서 잠자코 있을 때에도 고물거리는 듯한 느낌을 주었다. 만일 주름이 잡힌다든지 혈색이 나쁘다든지 하면 불결하게 보일 테지만 그렇지 아니하고 촉촉히 젖어서 반들반들 윤기가 흐르고 있었다. 눈초리가 치붙지도 내리붙지도 않고 일부러 똑바로 그은 듯한 눈은 어딘지 모르게 이상한 듯하였지만 짧은 털이 가득히 난 아래로 처진 듯한 눈썹이 그것을 적당히 감싸고 있었다. 약간 가운데가 높은 동글동글한 얼굴은 그저 평범한 윤곽이지만, 흰 도자기에 연분홍 빛을 입힌 듯한 살갖이고 목덜미 아랫부분에도 아직 살이 찌지 않아서 미인이라고 하기보다는 우선 청결했다.

술집 접대부로 나간 일이 있는 여인치고는 약간 새가슴이었다.

"어머나. 어느 틈에 이렇게 파리매가 몰려들었네" 하고 여인은 옷자락을 털고 일어났다.

이대로 고요 속에 묻혀 있다가는 두 사람의 얼굴이 하릴없이 멋쩍어질 뿐이었다.

그리고 그날 밤 열 시쯤 되어서일까? 여인이 복도에서 큰 소리로 시마무라의 이름을 부르고는 탁 내던지듯이 그의 방으로 들어왔다. 느닷없이 책상 앞에 쓰러지더니 술 취한 손으로 그 위에 있는 것을 흐트러뜨리고는 벌떡벌떡 물을 마셨다.

저녁 때 산을 넘어오는, 지난 겨울 스키장에서 친해진 사나이들을 만났는데, 그들이 이끄는 대로 여관으로 가자 게이샤를 불러 한바탕 흥청거리는 바람에 술을 억지로 마시게 되었다는 것이다.

머리를 바로 가누지도 못하면서 혼자서 두서없이 지껄이고 나서,

"미안하니까 갔다오겠어요. 어쩐 일인가 해서 찾을 거예요. 나중에 또 올게요" 하고 비틀거리며 나갔다.

한 시간쯤 지나자 또다시 긴 복도에 어지러운 발걸음 소리를 내면서 여기저기에 부딪히기도 하고 쓰러지기도 하면서 오는 모양인지,

"시마무라사앙, 시마무라사앙!" 하고 새된 목소리로 외쳤다.

"아아, 안 보여. 시마무라사앙!"

그것은 틀림없이 여자의 벌거벗은 마음이 자신의 사내를 부르는 목소리였다. 시마무라는 뜻밖의 일이었다. 그러나 여관 안에 온통 울려 퍼질 것임에 틀림없는 날카로운 외마디 소리였기 때문에 당황하여 일어서니, 여인은 장지문 종이에 손가락을 쑤셔넣어 문살을 잡더니 그대로 시마무라의 몸 위로 푹 쓰러졌다.

"아아, 있군요."

여인은 그와 함께 엉클어진 채 앉아서 몸을 기대었다.

"취하진 않았어요. 으음, 취하다니요. 가슴이 답답해요. 답답할 뿐이에요. 정신은 말짱해요. 아아, 목이 타. 위스키와 섞어 마신 게 잘못이었어. 이거 골치로 오네. 아이, 머리야. 그치들 싸구려를 사온 거예요. 그것도 모르고."

이렇게 뇌까리고는 손바닥으로 연신 얼굴을 문지르고 있었다.

바깥에서 빗소리가 갑자기 세차게 들려 왔다.

조금이라도 팔을 늦추면 여인은 쓰러지려 했다. 여인의 머리칼이 그의 뺨에 짓눌려 으스러질 정도로 목덜미를 안고 있어서, 손은 품 안에 들어가 있었다.

그가 바라는 말에는 대답을 하지 않고 여인은 양쪽 팔을 빗장처럼 끼고서 시마무라가 원하는 것의 위를 눌렀으나 취해 빠져서 힘을 줄 수 없는지,

"뭐야, 이놈의 것. 빌어먹을, 망할 놈의 것. 맥이 탁 풀리네. 이놈의 것" 하고 갑자기 자신의 팔꿈치를 덥석 물었다.

그가 질겁을 하며 놓아 주고 보니, 깊숙한 잇자국이 나 있었다.

그러나 여인은 이미 그의 손바닥에 앞가슴을 내맡긴 채 그대로 낙서를 하기 시작했다. 좋아하는 사람의 이름을 써 보이겠다고 하면서 연극이나 영화배우 이름을 2, 30개나 늘어놓은 다음, 이번에는 '시마무라'라고만 수없이 써 나가는 것이었다.

시마무라의 손바닥 안에 든 고마운 부품은 점점 더 뜨거워졌다.

"아, 마음이 놓인다. 마음이 놓여" 하고 그는 부드럽게 말하고는, 어머니 같은 느낌마저 느껴지는 것이었다.

여인은 또 갑자기 괴로워하기 시작하더니, 몸을 바둥거리며 일어나선 방 안 저쪽 구석으로 가서 푹 엎어졌다.

"안 돼. 안 돼, 가야 해, 가야 해."

"가긴 어떻게 가나. 비가 막 쏟아지는데."

"맨발로 갈래요. 기어서라도 가야 해."

"위험해. 돌아가겠다면 바래다 주지."

여관은 험한 비탈진 언덕 위에 자리잡고 있었다.

"띠를 늦춰 줄까, 좀 누워서 술을 깨는 게 좋을 텐데."

"그건 안 돼. 이러고 있으면 돼요. 버릇이 됐어" 하고 여인은 자세를 단정히 하고서 가슴을 폈으나 숨을 쉬기가 괴로워질 따름이었다. 창을 열고 토해 보려고 해도 토해지지 않았다. 몸을 뒤틀고 뒹굴고 싶은 것을 이를 악물고 참는 모습이 계속되다가도 이따금 기운을 모아 떨치듯이 가야지, 가야지 하고 되풀이 하는데 어느덧 새벽 두 시가 지났다.

"당신은 주무세요. 어서 주무시라니까요."

"당신은 어떡할 거야."

"이러고 있죠. 술이 좀 깨거든 가겠어요. 날이 새기 전에 돌아가야 해요" 하고 무릎걸음으로 다가와서는 시마무라를 끌어당겼다.

"내 걱정은 마시고 주무시라니까요."

시마무라가 잠자리에 들자, 여인은 책상에 기대어 가슴을 흩뜨린 채 물을 마시고 나서,

"일어나요. 네, 일어나시라니까요" 하고 말했다.

"어쩌라는 거야?"

"아뇨, 그냥 주무세요."

"무슨 소릴 하는 거야" 하고 시마무라는 일어났다.

여인을 질질 끌고 갔다.

이윽고 얼굴을 저쪽으로 돌렸다가 이쪽으로 파묻곤 하던 여인이 느닷없이 세차게 입술을 쑥 내밀었다.

그러나 그 후에는 오히려 고통을 호소하는 헛소리처럼,

"안 돼, 안 돼요. 친구로 사귀자고 당신이 말하지 않았어요?" 하고 몇 번이나 되풀이했는지 알 수 없었다.

시마무라는 그 진지한 음성에 충격을 받아 이맛살을 찌푸리며 기를 쓰고 자신을 억누르고 있는 끈덕진 의지가 싱겁게 깨질 지경이어서, 여인과의 약속을 지킬까 하고도 생각해 봤다.

"나는 아무것도 아까울 게 없어요. 결코 아까워서 그러는 게 아녜요. 하지만 그런 여자는 아녜요. 난 그런 여자가 아니란 말이에요. 절대로 오래 가지 못한다고 당신 자신이 말하지 않았어요?"

취해서 반은 정신을 못 차리는 모양이었다.

"내가 나쁜 게 아녜요. 당신이 나빠요. 당신이 진 거예요. 당신이 약한 거예요. 난 그렇지 않아요" 하고 정신 없이 중얼거리면서 기쁨을 감추려고 소매를 지근지근 씹고 있었다.

잠시 맥이 빠진 듯이 조용해졌으나, 퍼뜩 생각나서 푹 찌르는 듯한 말투로,

"당신, 웃고 있군요. 나를 비웃는 거죠."

"웃긴 누가 웃어."

"마음속으로 웃고 있는 거죠. 지금은 안 웃어도 틀림없이 나중엔 웃을 거야" 하고 여인은 자리에 엎드려 흐느껴 울었다.

하지만 곧 울음을 그치더니 자신을 내주는 듯이 태도를 부드럽게 누그러뜨려 가지고 정답게 자질구레한 신세타령을 늘어놓기 시작했다. 고통스런 취기가 씻은 듯이 싹 가신 모양이었다. 방금 일어난 일에 대해선 한마디도 비치지 않았다.

"어머, 얘기에 정신이 팔려, 그만 깜박 잊었네" 하고 이번에는 방

굿이 미소를 지었다.

날이 새기 전에 가야 한다면서,

"아직도 캄캄해요. 여기 사람들은 일찍 일어나요" 하고 몇 번이라도 일어나서 창문을 열어 보았다.

"아직 사람들이 보이지 않네요. 오늘 아침은 비가 오니까, 아무도 밭에 나가진 않을 거예요."

빗속에 건너편 산이며 산기슭의 지붕이 떠오른 후에도 여인은 자리를 뜨기가 싫은 듯이 앉아 있었으나 이내 여관집 사람들이 일어나기 전에 머리를 매만지고 나더니, 시마무라가 현관까지 바래다 주려고 하는 것도 남이 볼까 봐 허둥지둥 달아나듯이 혼자서 빠져 나갔다. 그리고 시마무라는 그날로 다시 도쿄로 돌아갔던 것이다.

*

"당신은 그때 그렇게 말했지만, 그건 역시 거짓말이야. 그렇지 않으면, 누가 연말에 이렇게 추운 고장엘 오나. 나중에도 웃진 않았거든."

여인이 문득 얼굴을 쳐드니까 시마무라의 손바닥에 눌러 대고 있던 눈꺼풀에서 코의 양쪽가에 걸쳐 발그레하게 홍조를 띤 모습이 짙은 분화장 밑에서 비쳐 보였다. 그것은 이 눈고장의 밤의 냉기를 연상시키는 한편 머리털의 빛깔은 너무나도 새까맣기 때문에 따스하게 느껴졌다.

그 얼굴은 눈부신 듯이 미소를 머금고 있었는데 그러는 동안에도

'그때'를 회상하는지 마치 시마무라의 말이 그녀의 몸을 점점 물들여 가는 듯했다. 여인이 시무룩하게 고개를 떨구자 옷깃이 벌어진 틈으로 등이 빨갛게 달아오른 모습까지 들여다보여, 싱싱하게 젖은 벗은 몸을 드러내 놓은 듯했다. 머리털의 빛깔과 배합되었기 때문에 한층 더 그렇게 생각되는지도 몰랐다. 앞머리가 촘촘하게 가득히 나 있는 것도 아닌데도 머리카락이 사내의 머리털처럼 굵고 살쩍 하나 없으며 뭔가 새까만 광물과 같은 묵직한 빛깔이었다.

조금 전에 머리털이 손에 닿았을 때 이렇게 차가운 머리털은 처음이라고 놀란 것은 추위 탓이 아니라, 이 같은 머리털 자체 때문이었는가 싶어 시마무라가 다시 바라보고 있노라니까, 여인은 고다쓰 판 위에서 손가락을 꼽기 시작했다. 그게 좀처럼 끝나지 않았다.

"뭘 세고 있는 거야" 하고 물어도 말없이 한참 동안 손꼽아 세고 있었다.

"오월 이십삼 일이군요."

"옳지, 날짜를 따지고 있었구먼. 칠월과 팔월은 계속 큰달이지."

"그래요. 백구십구 일 만이에요. 꼭 백구십구 일 만이에요."

"그런데 오월 이십삼 일이란 건 잘도 기억하고 있군."

"일기를 보면, 금방 알 수 있어요."

"일기? 일기를 쓰고 있나?"

"그럼요, 오래된 일기를 보는 것은 즐거운 일이에요. 뭐든지 숨김없이 그대로 씌어 있으니까, 혼자서 읽어 봐도 부끄러워요."

"언제부터?"

"도쿄에서 술집 접대부로 나가기 좀 전부터요. 그 무렵엔 돈도 없었어요. 그래서 일기장을 살 수가 없었죠. 이 전(錢)인가 삼 전인가 하는 공책에다 자를 대고 잔줄을 쳤는데, 연필을 가늘게 깎았던지 줄이 고르고 깨끗하게 쳐졌어요. 그리곤 공책 위쪽 끝에서부터 아래쪽 끝에까지 자디잔 글씨가 빽빽이 씌어 있거든요. 이제 내 돈으로 살 수 있게 되니, 그렇게는 못 쓰겠어요. 물건을 함부로 쓰니까요. 붓글씨 연습도 예전엔 헌 신문지에 썼지만, 요즘엔 두루마리에 직접 써요."

"빠짐없이 계속해서 일기를 쓰고 있나?"

"그래요. 열여섯 살 때 것하고 금년 것이 제일 재미있어요. 언제나 손님 방에서 돌아오면 잠옷으로 갈아입고 썼어요. 밤늦게 돌아오거든요. 여기까지 쓰다가 그만 잠들어 버렸구나 하고, 지금 읽어도 알 수 있는 대목이 있어요."

"그래?"

"하지만 매일매일 쓰는 게 아니고 쉬는 날도 있어요. 이런 산골인데다 손님 방에 나가 봤자 뻔한 일 아녜요. 금년엔 페이지마다 날짜가 들어간 것밖에 살 수 없어서 실패했어요. 쓰기 시작하면 아무래도 길어질 때가 있거든요."

일기 이야기보다도 시마무라가 의외로 감동을 받은 것은, 그녀는 15, 6세 무렵부터 자기가 읽은 소설을 일일이 적어 두었는데 그 공책이 벌써 열 권이나 된다는 이야기였다.

"감상을 적어 두는 거군."

"감상 같은 건 못 써요. 제목하고 작가하고 그리고 등장인물의 이름과 그들 사이의 관계, 뭐 그 정도죠."

"그런 걸 써 두었자 별수없잖나?"

"별수없어요."

"헛수고군"

"그래요" 하고 여인은 아무렇지 않은 듯 명랑하게 대답하고는, 그러나 빤히 시마무라를 쳐다보고 있었다.

시마무라는 웬일인지 정말 헛수고라고 다시 한번 힘을 주어 말하려고 한 순간 눈[雪]이 울리는 듯한 고요가 몸에 스며들었는데, 그것은 여인에게 빨려 들어가듯이 끌려 들어갔기 때문이었다. 그녀로서는 그것이 헛수고일 리가 없다는 것을 그 자신도 알면서도 처음부터 헛수고라고 단정해 버리자 뭔가 도리어 그녀의 존재가 순수히 느껴지는 것이었다.

이 여인의 소설 이야기는 흔히 쓰이는 문학이라는 말과는 인연이 없는 것처럼 들렸다. 부인 잡지를 교환하여 읽는 정도로밖엔 이 마을 사람들과의 사이엔 그다지 우정은 없으며 그밖엔 전혀 고립돼서 읽고 있는 듯했다. 선택할 것도 없고 별다른 이해도 없으며 여관 방 같은 데서 소설책이나 잡지를 보게 되면 빌려다가 읽는 그런 정도인 것 같기는 했지만, 그녀가 생각나는 대로 들어보이는 새로운 작가의 이름 같은 건 시마무라가 알지 못하는 것이 적지 않았다. 그러나 그녀의 말투는 마치 외국 문학의 먼 얘기를 하는 것 같아서 욕심 없는 거지와도 같은 가련한 감동이 있었다. 자기 자신이 양서(洋書)나 사진이나 문자에 의존해서 서양 무용을 멀리 몽상하고 있는 것도 이런 것이려니 하고 시마무라는 생각해 보았다.

그녀도 또한 보지도 아니한 영화나 연극 이야기를 즐거운 듯이 지껄이는 것이었다. 이러한 이야기 상대에 몇 달 동안이나 주린 나머지이리라. 백구십구 일 전의 그때에도 이러한 이야기에 열중한 것이 자진해서 시마무라에게 몸을 던지게 된 계기가 되었던 것도 잊었는지, 또다시 자신의 말이 그려내는 것으로 몸까지 훈훈해지는 것처럼 보였다.

그러나 그와 같은 도시적인 것에 대한 동경도 이제는 순진한 체념에 싸여 무심한 꿈과 같은 것이 되었기에, 도시 생활에 패배한 실의에 빠진 인간 같은 교만한 불평이라기보다는 단순한 헛수고라는 느낌이 더 강했다. 그녀 자신은 그것을 서글퍼하는 기색도 없으나 시마무라의 눈에는 이상야릇한 가련성으로 보였다. 그러한 생각에 빠져 버린다면 시마무라 자신이 살고 있는 것도 헛수고라는 먼 감상에 떨어지고 말 것이다. 하지만 눈앞에 있는 그녀는 산의 정기에 물들어 싱싱한 혈색을 하고 있었다.

어쨌든 시마무라는 그녀를 달리 보게 된 셈이어서 상대가 게이샤가 된 지금은 도리어 말을 꺼내기가 어려웠다.

그때 그녀는 몹시 취해 있었고, 마비되어 소용이 없는 팔을 안타까워하면서.

"뭐야, 이놈의 것. 빌어먹을, 망할 놈의 것. 맥이 탁 풀리네. 이놈의 것" 하고 팔꿈치를 꽉 물어 버렸을 정도였다.

다리가 서지질 않아서 몸을 데굴데굴 굴리면서,

"결코 아까워서 그러는 게 아녜요. 하지만 그런 여자는 아녜요. 난 그런 여자가 아니란 말이에요" 하고 한 말도 생각이 나서 시마무라가 망설이고 있자니까, 여인은 재빨리 눈치를 채고 튕겨 내듯이,

"열두 시, 상행 열차예요" 하고 때마침 들려 온 기적 소리에 일어나서 장지문과 유리문을 있는 힘을 다하여 와락 열어 젖히고는 난간에 몸을 내던지자마자 창틀에 걸터앉았다.

찬바람이 방 안으로 일시에 흘러들었다. 기차 소리가 멀어지면서 밤바람 소리처럼 들렸다.

"이봐, 춥잖아, 뚱딴지같이" 하고 시마무라도 일어나서 창가로 다가가니 바람은 불지 않았다.

온 천지의 눈이 얼어붙는 소리가 땅 속 깊이 울려 퍼지고 있는 듯한 엄숙한 밤 풍경이었다. 달은 없었다. 쳐다보고 있노라니 거짓말처럼 수많은 별은 허망한 속도로 떨어져 내리고 있다고 생각될 만큼 초롱초롱 떠 있었다. 별의 무리가 눈에 가까이 다가옴에 따라서 하늘은 점점 더 멀어지면서 밤의 빛깔을 더한층 짙게 해주었다. 현 접경의 산들은 이제 첩첩이 쌓인 모습도 분간되지 않고 그 대신 그만큼의 두께가 있음직한 그을린 검은 빛깔로 별이 뜬 하늘의 한쪽 자락에 무게를 드리우고 있었다. 모두 냉랭하고 차분히 가라앉은 조화였다.

시마무라가 다가감을 깨닫자 여인은 난간에 가슴을 엎드렸다. 그것은 약하디약한 것이 아니라 이러한 밤을 배경으로 하여 이보다도 더 완강한 것은 없다는 그러한 모습이었다. 시마무라는 또 시작이로구나 하고 생각했다.

그러나 산들의 빛깔은 검은데도 불구하고 어찌 된 셈인지 분명히 하얀 눈빛으로 보였다. 그러자 산들이 투명하고 쓸쓸한 것처럼 느껴졌다. 하늘과 산은 조화 같은 건 되어 있지 않다.

시마무라는 여인의 결후(結喉)* 부근을 잡고,

"감기 들어. 이렇게 찬데" 하고 홱 뒤로 일으키려고 했다. 여인은 난간에 꼭 달라붙으면서 목멘 소리로,

"난 갈래요."

"가려무나."

"잠시 동안 이대로 놔 둬요."

"그럼, 난 탕에 들어갔다 오지."

"싫어요. 여기 있어요."

"창을 닫아 줘."

"잠시 동안만 이대로 놔 둬요."

마을은 사당(祠堂)**의 삼나무 숲에 반쯤 가려져 있으나, 자동차로 10분도 안 걸리는 정거장의 등불은 추위로 말미암아 픽픽 소리를 내면서 깨어질 듯이 깜박이고 있었다.

여인의 뺨도 창의 유리도 자신의 도테라***의 소맷자락도 손에 닿는 것은 모두, 시마무라에게는 이런 차가움은 난생 처음이라고 생각되었다.

발밑의 다다미마저 차가워져서 혼자서 탕에 가려고 하니,

"기다리세요. 저도 가겠어요" 하고 이번에는 여인이 고분고분 따

---

* 사람의 턱 바로 아래의 목에 물렁뼈가 조금 솟아나온 곳. 여자는 나온 사람이 많지 않으나 남자는 많다.

** 원문은 '진수(鎭守)'. 마을이나 씨족 등의 수호신을 모신 집.

*** '가이마키(搔卷)' 또는 '단젠(丹前)'이라고도 한다. 솜을 두껍게 넣어 만든 소매 넓은 일본 옷. 방한용의 실내복 또는 잠옷으로 쓰인다.

라왔다.

그가 벗어 던지는 것을 여인이 옷광주리에 챙겨 넣고 있을 때, 남자 손님이 들어왔으나 시마무라의 가슴 앞에 움추린 채 얼굴을 가린 여자를 보자.

"어, 실례했습니다."

"아아뇨, 들어오십시오. 우린 저쪽 탕으로 들어갈 테니까요" 하고 시마무라는 후다닥 말하고는 발가벗은 채 옷광주리를 들고 이웃에 있는 여탕 쪽으로 갔다. 여인은 물론 부부인 체하며 따라왔다.

시마무라는 아무 말없이 뒤도 돌아보지 않은 채 온천으로 뛰어들었다. 마음놓고 너털웃음이 치밀어오르는 것을 탕물에 입을 대고 거칠게 양치질을 했다.

방으로 돌아오자, 여인은 옆으로 돌린 고개를 다소곳이 들고 살쩍을 새끼손가락으로 들어올리면서,

"서글퍼요" 하고 단 한마디했을 뿐이었다.

여인이 까만 눈을 반쯤 뜨고 있나 싶어, 가까이 들여다보니, 그것은 속눈썹이었다.

신경질적인 여인은 한숨도 자지 않았다.

딱딱한 여자 허리띠를 잡아매는 소리에 시마무라는 잠이 깬 모양이었다.

"일찍 깨게 해서 미안해요. 아직 어둡죠? 좀 봐 주실래요?" 하고 여인은 전등을 껐다.

"내 얼굴이 보여요, 안 보여요?"

"안 보여. 아직 날이 새지 않았잖아."

"거짓밀, 잘 봐 주지 않음 안 돼요. 어때요?" 하고 여인은 창을 열어 젖히고는,

"어머나, 보이네요. 나 갈래요."

새벽녘 추위에 놀라 시마무라가 베개에서 머리를 쳐드니, 하늘은 아직 밤의 빛깔인데, 산은 이미 아침이었다.

"괜찮아요. 지금은 농가가 한가한 때니까, 이렇게 일찍 나다니는 사람은 없어요. 하지만 산에 가는 사람이 있을지도 몰라" 하고 혼잣말을 하면서 여인은 매기 시작한 허리띠를 질질 끌고 걸음을 옮기더니,

"방금 들어온 다섯 시 하행 열차엔 손님이 없었죠. 여관 사람은 아직도 안 일어났을 거야."

허리띠를 다 매고 나서도 여인은 섰다가 앉았다가 그러고는 또 창 쪽만을 보고 서성거렸다.

그것은 야행 동물이 아침이 두려워서 초조해 하며 서성거리는 불안정한 모습과도 같았다. 요사스런 야성이 치솟아 흥분되는 모습과도 같았다.

그러는 사이에 방 안까지 밝아졌는지 여인의 빨간 볼이 두드러져 보였다. 시마무라는 놀랄 만큼 산뜻하게 빨간 빛깔을 넋을 잃고 바라보다가,

"뺨이 새빨갛잖아, 추워서."

"춥진 않아요. 분화장을 지웠기 때문이에요. 난 잠자리에 들면 곧 발끝까지 열기로 후끈후끈해져요" 하고 머리맡 쪽을 향해서,

"이젠 아주 날이 새 버렸어요. 돌아갈래요."

시마무라는 그쪽을 바라보고 얼른 목을 움츠렸다. 거울 속에 새

하얗게 빛나는 건 눈이다. 그 눈 속에 여인의 새빨간 볼이 떠 있다. 뭐라고 형언할 수 없는 청결한 아름다움이었다.

　이젠 해가 떠오르는지 거울 속의 눈은 차갑게 불타오르는 듯한 광채를 더해 갔다. 그와 함께 눈 속에 떠오른 여인의 머리털도 산뜻한 보랏빛 광채가 나는 검은 빛을 더욱더 짙게 드러냈다.

*

　눈이 쌓이지 않게 하기 위한 것일 테지만 목욕통에서 넘쳐흐르는 더운 물을 갑자기 만든 도랑을 통하여 여관의 벽을 따라 돌아 흐르게 해 놓았는데, 현관 앞에서는 얕은 샘물처럼 넓게 퍼져 있었다. 검고 사나운 아키타 개〔秋田犬〕*가 거기에 있는 디딤돌을 타고서 오랫동안 더운 물을 핥아먹고 있었다. 창고에서 꺼내 온 듯한 말리느라고 죽 줄지어 늘어서 있는 손님용 스키의 그 아련한 곰팡내는 더운 물의 김을 받아 달콤해지고 삼나무의 가지에서 공동탕의 지붕에 떨어지는 눈덩이도 따뜻한 물체인 양 형태가 녹아 부서졌다.

　이윽고 연말에서부터 정월이 되면 저 길이 눈보라에 가려져서 보이지 않게 된다. 게이샤들은 산바쿠〔山袴〕**에다 고무 장화, 망토에

---

* 　원문은 '아키타이누〔秋田犬〕'. 이를 '아키타켄'이라고도 읽는다. 일본 아키타현〔秋田縣〕 특산의 개의 품종 이름이다. 용맹스럽고 인내심이 강하기로 유명하다.
** 　노동용 바지의 일종. 위는 지퍼고 아래는 조붓하게 만든 것인데, 니가다현에서는 이를 '사루하카마〔猿袴〕'라 한다.

휩싸여 베일을 쓰고 손님 방에 다니지 않으면 안 된다. 그 무렵의 눈은 열 자 깊이나 내린다. 그런 말을 하면서, 언덕 위의 여관집 창에서 여인이 날이 새기 전에 내려다보고 있던 언덕 길을 시마무라는 지금 내려가고 있었다. 길가에 높다랗게 널린 기저귀 밑으로 접경의 산들이 보이는데 그 눈의 광채도 한가로웠다. 푸른 양파는 아직 눈 속에 파묻혀 있지는 않았다.

논에서 마을 아이들이 스키를 타고 있었다.

큰길이 있는 마을로 들어서니 조용히 떨어지는 낙숫물 같은 소리가 들렸다.

처마끝의 조그마한 고드름이 귀엽게 빛나고 있었다.

지붕에 쌓인 눈을 쓸어내리는 사나이를 쳐다보고,

"여봐요, 하는 김에 우리 집 것도 좀 쓸어 주지 않을래요?" 하고 목욕 갔다 오는 여자가 눈부신 듯이 젖은 수건으로 이마를 닦았다. 스키 계절을 노리고 일찌감치 흘러 들어온 게이샤이리라. 옆집은 유리창의 색칠한 그림도 퇴색한, 지붕이 비뚤어진 카페였다.

대개 집들의 지붕은 좁다란 판자로 이고, 그 위에 돌이 줄지어 놓여 있다. 둥그런 돌은 햇볕이 비치는 한쪽만이 눈 속에서 검은 빛깔을 보이고 있는데 그 빛깔은 촉촉히 젖었다고 하기보다는 얼음의 풍설(風雪)에 빛이 바랜 검은 먹과도 같았다. 그리고 집들은 또한 그 돌의 느낌과 흡사한 모습이었으며 가지런히 늘어선 나지막한 집들이 북국답게 가만히 땅에 엎드려 있는 것 같았다.

아이들이 도랑의 얼음을 안아 일으켜서 길바닥에 내던지며 놀고 있었다. 힘없이 깨지면서 튕겨나갈 때 번쩍거리는 것이 재미있는 모양이었다. 햇볕 속에 서 있으니까 그 얼음의 두께가 거짓말처럼 여겨져서 시마무라는 한참 동안 바라보고 있었다.

열서너 살쯤 되어 보이는 여자 아이 하나가 돌담에 기대서서 뜨개질을 하고 있었다. 산바쿠에 높직한 게다를 신고 있었는데, 버선은 신지 않았으며 빨개진 맨발의 뒤꿈치가 터진 모양이 보였다. 그 옆의 섶나무 다발 위에 얹혀진 세 살쯤 되어 보이는 여자 아이가 무심히 털실뭉치를 가지고 있었다. 작은 여자 아이로부터 커다란 여자 아이에게로 당겨지는 한 오리의 헌 회색 털실도 따스하게 빛나고 있었다.

열여덟 채 앞에 있는 스키 제작소에서 대패질 소리가 들려 왔다. 그 반대쪽의 처마밑에 대여섯 명의 게이샤가 서서 이야기를 하고 있었다. 오늘 아침에 여관집 하녀한테서 그 예명(藝名)을 듣게 된 고마코(駒子)도 거기에 있지 않을까 했는데, 역시 그녀는 그가 걸어오고 있는 것을 보고 있었던 듯이 혼자서 긴장된 표정을 짓고 있었다. 얼굴이 새빨개질 것임에 틀림없다. 아무렇지도 않은 듯이 시치미를 떼 주었으면 하고 시마무라가 생각할 겨를도 없이 고마코는 벌써 목까지 물들어 버렸다. 그렇다면 뒤로 돌아서면 좋을 텐데 거북한 듯이 눈을 내리깔면서도 그의 걸음걸이를 따라서 그쪽으로 조금씩 얼굴을 돌리는 것이었다.

시마무라도 볼이 화끈 달아오르는 듯해서 얼른 지나가노라니 곧장 고마코가 뒤쫓아왔다.

"곤란해요. 저런 델 지나가시면."

"곤란하다니, 나야말로 곤란한데. 저렇게 떼몰려 있으면 무서워서 지나갈 수 있어야지. 언제나 저러고 있나?"

"그럼요, 한낮이 지나면."

"얼굴을 붉힌다든지 동동거리며 쫓아온다든지 하면 더 곤란해지지 않나?"

"상관없어요" 하고 똑똑히 말하면서 고마코는 또다시 빨개지더니 그 자리에 멈춰 서서 길가의 감나무를 붙잡았다.

"우리 집에 들러 주시라고 달려온 거예요."

"당신네 집이 여기야?"

"네."

"일기를 보여 준다면 들러도 좋지."

"그건 태워 버리고 죽을 거예요."

"하지만 당신네 집에 환자가 있잖아?"

"어머, 잘도 아시네요."

"어젯밤, 당신도 역에 마중나가지 않았나, 짙푸른 망토를 입고. 난 그 기차로 환자의 바로 가까운 자리에 타고 왔지. 정말 진지하게, 참으로 친절하게 환자를 보살피는 아가씨가 곁에 있던데, 그 사람이 부인이야, 아니면 여기서 마중나간 사람이야? 도쿄 사람? 마치 어머니 같아서, 나는 탄복하면서 지켜보고 있었지."

"당신, 그 얘길 어젯밤 왜 나한테 말하지 않았어요? 왜 가만히 있었죠?" 하고 고마코는 발끈 화를 냈다.

"부인이야?"

그러나 그 말에는 대답하지 않고,

"어째서 어젯밤 얘길 안 했어요? 이상한 분이셔."

시마무라는 여인의 이와 같은 날카로운 성미를 좋아하지 않았다. 하지만 여인을 이렇게 날카롭게 만든 까닭은 시마무라에게도 고마코에게도 있을 리가 없다고 생각되는 터이라, 그렇다면 고마코의 성격이 드러남인가 하고 생각해 보기도 했으나, 어쨌든 되풀이해서 추궁을 당하고 보니 그는 급소를 찔린 듯한 느낌이 들기도 하는 것이었다. 오늘 아침 거울 속에 비친 고마코를 보았을 때도 물론 시마무라는 땅거미가 지는 기차의 유리창에 비치고 있던 처녀가 생각났는데도 어째서 그것을 고마코에게 얘기하지 않았을까.

"환자가 있어도 괜찮아요. 내 방에는 아무도 올라오지 않거든요" 하고 고마코는 나지막한 돌담 안으로 들어갔다.

오른쪽은 눈을 뒤집어쓴 밭이고, 왼쪽에는 감나무가 옆집 벽을 따라서 줄지어 늘어서 있었다. 집 앞은 꽃밭인 모양인지 그 한가운데 있는 연못의 얼음은 못가에 드러나 있었고, 붉은 잉어가 헤엄쳐 다니고 있었다. 감나무 줄기처럼 집도 헐고 낡아 있었다. 눈으로 얼룩진 지붕은 판자가 썩어서 처마에 물결을 그리고 있었다.

봉당에 들어서니 휑하니 냉기가 돌고 아무것도 보이지 않은 채 사다리 층계로 이끌려 올라가게 되었다. 그것은 진짜 사다리였다. 위층의 방도 진짜 지붕밑 다락방이었다.

"누에 치던 방이에요. 놀라셨죠?"

"이래도, 취해 가지고 돌아와서, 용케도 사다리에서 안 떨어지는군."

"떨어져요. 하지만 그런 땐 아래층 고다쓰에 들어가면, 대개 그대로 잠들어 버려요" 하고 고마코는 고다쓰 덮개 속에 손을 넣어 보고 불을 가지러 아래층으로 내려갔다.

시마무라는 기구하게 생긴 방 안을 둘러보았다. 햇빛이 들어오는 낮은 창 하나가 남쪽에 나 있을 뿐이지만, 문살이 자잘한 장지는 종이를 새로 발라 놓아서 그리로 햇살이 밝게 비쳐들었다. 벽도 정성스럽게 반지(半紙)로 발라져 있어서 헌 종이 상자 속에 들어가 앉은 기분인데, 머리 위는 지붕밑이 그대로 드러나 창 쪽으로 낮게 처져 있기 때문에 검은 적막이 씌워져 있는 것 같았다. 벽 저쪽은 어떻게 생겼을까 하고 생각하니, 이 방이 허공에 매달려 있는 듯한 기분이 들어서 어쩐지 불안정했다. 그러나 벽이나 다다미는 헐었으면서도 자못 청결했다.

누에처럼 고마코도 투명한 몸으로 여기서 살고 있구나 하는 생각이 들었다.

이동식 고다쓰에는 산바쿠와 같은 줄무늬가 쳐진 무명 이불이 덮여 있었다. 장롱은 낡은 것이긴 하지만 고마코의 도쿄 시절의 유물인지 똑바른 나뭇결이 있는 근사한 오동나무였다. 그것과는 어울리지 않게 허술한 경대가 있었다. 붉은 칠을 한 반짇고리가 아직도 사치스런 빛을 내고 있었다. 벽에다 널빤지를 층층으로 질러 댄 것은 책장일 텐데 메린스로 만든 커튼이 쳐져 있었다.

어젯밤의 나들이옷이 벽에 걸려 있는데 쥬방*의 빨간 안감이 드러나게 젖혀 있었다.

고마코는 부삽을 들고 이골나게 사다리를 올라오더니,

---

* 기모노 안에다 입는 속옷.

"환자 방에서 가지고 온 것이지만 불은 깨끗한 것이라고 하니까요" 하고 갓 빗은 머리를 숙이면서 고다쓰의 재를 쑤석거리더니, 환자는 장결핵에 걸렸는데 인제 고향으로 죽으러 돌아온 것이라고 얘기했다.

고향이라곤 하지만, 아들은 여기서 태어난 것이 아니다. 여기는 어머니의 고향이다. 어머니는 항구 도시에서 게이샤 노릇을 한 후에도 춤 선생이 되어 그곳에서 살고 있었으나, 아직 50도 되기 전에 중풍에 걸려, 요양도 할 겸 이 온천으로 돌아온 것이었다. 아들은 어린 시절부터 기계를 좋아하여 일부러 시계방에 들어가 있었으므로 항구 도시에 그대로 남겨 두고 왔더니, 얼마 안 가서 도쿄로 올라가 야간 학교를 다닌 모양이었다. 몸의 무리가 겹친 탓이었으리라. 올해 26세라고 했다.

고마코는 거기까지만 단숨에 얘기하고는, 아들을 데리고 돌아온 처녀가 누구인지 어째서 고마코가 이 집에 있는 것인지 등에 대해서는 역시 한마디도 비치지 않았다. 그러나 그것만으로도 허공에 매달린 듯한 이 방의 형편으로는 고마코의 목소리가 사방으로 새어 나갈 것만 같아서, 시마무라는 마음이 불안해 견딜 수 없었다. 문밖을 나설 때 희끄무레한 것이 아른거려 돌아다보니 오동나무로 만든 샤미센 상자였다. 실제보다도 큼직하고 길쭉하게 느껴져서 이것을 손님 방에 메고 가겠구나 하고 생각하며 거짓말처럼 느끼고 있는데 거무스름하게 장지문이 열리며,

"고마쨩, 이걸 넘어가면 안 돼?" 하는 소리가 났다. 맑게 가라앉은 슬프도록 아름다운 목소리였다. 어디선가 메아리쳐 되울려 올

것만 같았다.

시마무라에겐 귀에 익은 밤 기차의 차창에서 눈 속의 역장을 불렀던 그 요코의 목소리였다.

"응, 괜찮아" 하고 고마코가 대답하자 요코는 산바쿠를 입은 채로 훌쩍 샤미센을 넘었다. 유리 요강을 들고 있었다.

역장과 잘 아는 사이처럼 느껴진, 어젯밤의 말하는 품으로 보나 이 산바쿠로 보나, 요코가 이 근방의 처녀임은 분명한 일이지만, 화려한 허리띠가 반쯤 산바쿠 위로 나와 있어서, 산바쿠의 갈색과 검정빛이 뒤섞인 거친 무명 줄무늬는 선명하게 두드러져 보이고, 메린스의 기다란 소맷자락도 마찬가지로 요염하게 보였다. 산바쿠의 가랑이는 무릎 조금 위에서부터 갈라져 있어서 훌렁훌렁해 보이고, 게다가 질긴 무명이 빳빳하게 보여서 어딘지 모르게 편안하게 느껴졌다.

그러나 요코는 흘끗 찌르는 듯이 시마무라를 한 번 보았을 뿐 아무 말도 없이 봉당을 지나갔다.

시마무라는 밖으로 나와서도 요코의 눈길이 그의 이마 앞에서 활활 타오르고 있는 듯해서 견딜 수가 없었다. 그것은 먼 등불과도 같이 차가웠다. 왜냐하면 기차의 유리창에 비친 요코의 얼굴을 바라보고 있는 사이에 산과 들의 등불이 그녀의 얼굴 저쪽으로 흘러가고, 등불과 눈동자가 한데 겹쳐 발그레하게 밝아졌을 때, 시마무라는 뭐라고 형언할 수 없는 아름다움에 가슴이 설레던 어젯밤의 그 인상을 떠올렸다. 그것을 회상하게 되자 거울 속 가득히 비치던, 눈 속에 떠오른 고마코의 빨간 볼도 생각났다.

그리고는 걸음이 빨라졌다. 좀 통통하고 하얀 다리임에도 불구하고 등산을 좋아하는 시마무라는 산을 바라보면서 길을 걸으니 방심 상태가 되어 자신도 모르는 사이에 걸음이 빨라졌다. 언제든지 이내 방심 상태에 곧잘 빠지는 그로서는 그 저녁 풍경 속의 거울이나 아침 눈이 비친 거울이 인공(人工)의 것이라고는 믿어지지 않았다. 자연의 것이었다. 그리고 먼 세계였다.

이제 방금 나온 고마코의 방까지도 이미 그 먼 세계처럼 여겨졌다. 그러한 자기 자신에 대해서도 놀라면서 언덕길을 다 올라가니 여자 안마사가 걸어가고 있었다. 시마무라는 뭔가를 붙잡 듯이,

"보시오. 안마사, 나 좀 주물러 주시겠소?"

"글쎄요, 지금 몇 시나 됐을까?" 하고 대지팡이를 겨드랑이에 끼더니, 오른손으로 허리춤에서 뚜껑이 달린 회중시계를 꺼내어 왼쪽 손가락 끝으로 문자반(文字盤)을 더듬적거리면서,

"두 시 삼십오 분이 지났군요. 세 시 반에 역 너머에 가야 하는데, 좀 늦어도 괜찮을까."

"용케도 시간을 아는군."

"알구말구요. 유리를 빼놓았으니까요."

"더듬어 보면 글자를 알 수 있소?"

"글자는 알 수 없습니다만" 하고 여자가 지니고 다니기엔 좀 큰 은시계를 다시 한번 꺼내어 뚜껑을 열더니, 여기는 12시, 여기는 6시, 요 한가운데에는 3시 하며 손가락으로 눌러 보이고 나서,

"그리고 이런 짐작으로 일 분까지는 알 수 없어도 이 분까지는 틀림없이 알 수 있지요."

"그래요? 비탈길 같은 데 가다가 미끄러지진 않나요?"

"비가 내리면 딸이 마중을 나온답니다. 밤엔 마을 사람들의 안마를 하느라고 여긴 올라오지 않지요. 영감이 내놓지 않는 거라고 여관집 하녀들이 놀리는 바람에 딱 질색이라오."

"아이들은 다 큰가요?"

"그럼요. 맏딸은 열세 살이랍니다" 이런 이야기를 하면서 방으로 들어와 한참 동안 말없이 안마를 하다가 손님 방에서 멀리 들려 오는 샤미센 소리에 고개를 갸웃거렸다.

"누군가?"

"당신은 샤미센 소리로 어느 게이샤인지 다 알 수 있소?"

"알 수 있는 사람도 있고, 알 수 없는 사람도 있지요. 손님은 퍽 훌륭한 분이신지 몸이 부드럽군요."

"굳어지진 않았지?"

"굳었어요, 목덜미가 굳어 있어요. 알맞게 살이 찌셨습니다만, 술은 안 드시는군요."

"잘 아는군."

"꼭 손님과 똑같은 몸매를 가진 손님을 세 분 알고 있죠."

"아주 평범한 몸인데 뭐."

"뭐라고 할까요, 술을 안 마시면 정말 재미있는 일이 없지요. 뭐든지 다 잊어버릴 수 없으니까요."

"당신네 영감은 술을 하는가 보군."

"너무 마셔 탈이지요."

"누군지, 서투른 샤미센이군."

"그래요."

"당신은 잘 타겠구먼."

"네, 아홉 살 때부터 스무 살까지 배웠습니다만, 주인을 만난 지 벌써 십오 년 동안이나 타지 않았답니다."

장님이란 나이보다도 젊게 보이는 것인가 하고 시마무라는 생각하면서,

"어린 시절에 익힌 게 틀림없군."

"손은 아주 안마장이가 돼 버렸습니다만, 귀는 열려 있어요. 이렇게 게이샤들의 샤미센 소리를 듣고 있노라면 안타깝기도 하고, 옛날의 내 자신으로 돌아간 듯한 기분이 들곤 하지요" 하고 또다시 귀를 기울여,

"이즈쓰야[井筒屋]의 후미짱인가? 제일 잘 타는 애와 제일 못 타는 애는 가장 잘 알 수 있죠."

"잘 타는 사람도 있나?"

"고마짱이란 애는 나이는 어리지만, 요즘 아주 잘 타더군요."

"흠, 그래?"

"손님께선 아시는군요. 그야 뭐 잘 탄다고 해도 이런 산중에서 하는 말이니까."

"아니, 알진 못하지만, 어제 춤 선생의 아들이 돌아올 때 같은 기차를 탔지."

"아, 그래요? 병이 나아서 돌아왔나요?"

"그렇진 않은 것 같던데."

"네? 그 아드님이 도쿄에서 오랫동안 앓는 바람에 고마코라는 애

가 올 여름 게이샤로 나와서까지 치료비를 부쳐 보낸 모양이던데, 어찌 된 노릇일까요?"

"고마코라니?"

"하지만 뭐, 할 만큼 해줬으면 그만이지, 약혼자라는 이유 하나만으로 언제까지나 두고두고……"

"약혼자라니, 그게 사실인가?"

"그럼요. 약혼자라나 봐요. 난 잘 모릅니다만, 그런 소문이 나돌더군요."

온천 여관에서 여자 안마사한테서 게이샤의 신상에 관한 얘기를 듣다니. 너무나 평범해서 도리어 뜻밖의 일이기도 했지만 고마코가 약혼자를 위해서 게이샤로 나왔다는 것도 너무나 평범한 줄거리여서, 시마무라는 그대로 순순히 납득이 가지 않는 심정이었다. 그것은 도덕적인 관념에 부딪쳤기 때문인지도 몰랐다.

그는 이야기를 좀 더 깊이 듣고 싶어 했지만, 안마사는 입을 다물어 버렸다.

고마코는 아들의 약혼자라치고, 요코는 아들의 새로운 애인이다. 그러나 아들은 얼마 안 가서 죽는다고 하면, 시마무라의 머릿속에는 또다시 헛수고라는 말이 떠올랐다. 고마코가 약혼자와의 약속을 지킨 것도 몸을 희생해서까지 요양시킨 것도 모두 다 헛수고가 아니고 무엇인가.

고마코를 만나면 대뜸 헛수고라고 역설해 주어야겠다고 생각하니 또다시 시마무라에게는 뭔가 도리어 그녀의 존재가 순수하게 느껴지는 것이었다.

이 허위의 마비에는 파렴치한 위험이 풍기고 있어서 시마무라는 꾹 참고 그것을 새기면서 안마사가 돌아간 후에도 잠을 못 이루고 뒤척거리고 있었다. 그러고 있으려니 가슴속까지 차가워지는 것 같았는데, 알고 보니 창을 열어 놓은 채였다.

산골짜기에는 응달이 지는 것이 빨라서 벌써 으스스한 황혼빛이 드리워져 있었다. 그 어스름으로 말미암아 아직도 서녘 해가 눈을 비치는 먼 산들은 슬금슬금 가까이 다가온 듯한 느낌이었다.

이윽고 산 하나하나의 멀고 가까움이라든지 높고 낮음을 따라서 갖가지의 주름이 잡힌 산그늘이 짙게 드리우고 있고, 봉우리에만 엷은 양지를 남길 무렵이 되자, 산봉우리 꼭대기의 눈 위에는 저녁놀이 져 있었다.

마을의 시냇가, 스키장, 사당 등 여기저기에 흩어져 있는 삼나무 숲이 거뭇거뭇하게 눈에 띄기 시작했다.

시마무라가 허전한 애달픔에 젖어 있을 때, 따스한 등불이 켜진 것처럼 고마코가 들어왔다.

스키 손님을 맞을 준비에 관한 회담이 이 여관에서 열리는데 그 후의 연회에 나오라는 부름을 받았다는 것이다. 고다쓰에 들어가자 대뜸 시마무라의 볼을 이리저리 어루만지면서,

"오늘밤은 안색이 핼쑥해요. 이상해라."

그러고는 주물러 터뜨릴 듯이 부드러운 볼의 살을 잡고서,

"당신은 바보야."

이미 약간 취한 듯했으나 연회를 마치고 왔을 때엔,

"몰라. 이젠 몰라. 아이, 골치야. 골치. 아, 고달파라, 고달파" 하

고 경대 앞에 쓰러지더니, 이상할 정도로 대번에 취기가 얼굴에 돌았다.

"아이, 목말라. 물 좀 줘요."

얼굴을 양손으로 감싸쥐고 머리가 흐트러지는 것도 상관없이 쓰러져 있었다. 이윽고 앉음새를 바로 하고 크림으로 분화장을 지우자, 너무나도 새빨간 얼굴이 드러났으므로 고마코는 제가 생각해도 즐겁다는 듯이 웃어 댔다. 이상할 정도로 빨리 술이 깼다. 추운 듯이 어깨를 떨었다.

그러고는 조용한 목소리로 8월 한달 내내 신경쇠약으로 빈둥빈둥 놀았다느니 어쩌느니 얘기를 꺼내기 시작했다.

"미치광이가 되지 않을까 해서 걱정했어요. 뭔가를 골똘히 외곬으로만 생각하긴 하는데, 뭣을 생각하고 있는지 나도 잘 모르겠단 말씀이에요. 무서웠어요. 잠은 조금도 안 오고 그래도 손님 방에 나갔을 때만은 제대로 정신이 드는 거예요. 별별 꿈을 다 꿨어요. 밥도 제대로 못 먹겠어요. 다다미를 말이에요, 바늘로 콕콕 찔렀다가 뺐다가, 그런 짓을 언제까지고 하고 있는 거예요. 무더운 대낮이에요."

"게이샤로 나온 것은 어느 달이지?"

"유월, 어쩌면 난. 지금쯤은 하마마쓰(浜松)*에 가 있게 되었을지도 몰라요."

"살림을 하러?"

고마코는 고개를 끄덕였다. 하마마쓰에 사는 사내가 결혼하자고

---

* 시즈오카현(静岡縣) 서남부에 있는 도시.

졸졸 따라다녔지만 아무래도 사내가 마음에 들지 않아서 무척 망설였다고 한다.

"마음에 들지 않는 사람을 가지고 망설일 건 조금도 없잖아."

"그렇게는 안 돼요."

"결혼이란 게 그렇게 대단한 힘을 가진 것인가?"

"어머머, 기분 나쁘게. 그렇지 않지만, 난 신변이 말끔히 정돈돼 있지 않으면 못 견뎌요."

"응."

"당신, 무책임한 분이군요."

"하지만 그 하마마쓰 사람과 무슨 일이 있었나?"

"있다면 망설일 필요가 없잖아요" 하고 고마코는 내뱉듯이 말하고는,

"하지만 그 작자는 '네가 이 고장에 있는 한 아무하고도 결혼 못해, 어떤 짓을 해서라도 방해하고 말겠다'라고 하는 거예요."

"하마마쓰 같은 먼 곳에 있으면서 말이지. 당신은 그런 걸 걱정하나?"

고마코는 한동안 잠자코 있다가, 자신의 체온을 음미하는 듯이 가만히 누워 있다가 문득 아무렇지도 않게,

"난 임신한 줄 알았지요. 호호, 지금 생각하면 우스워서, 호호호" 하고 미소를 머금으면서 몸을 꼭 움츠리더니, 두 주먹으로 시마무라의 옷깃을 어린애처럼 붙잡았다.

내리감은 짙은 속눈썹이 또다시 검은 눈을 반쯤 뜨고 있는 것처럼 보였다.

*

이튿날 아침 시마무라가 잠을 깨니, 고마코는 벌써 화로에 한쪽 팔꿈치를 괴고 묵은 잡지 뒤에다 낙서를 하고 있다가 말했다.

"이젠 못 돌아가요. 하녀가 불을 넣으러 와서, 아이, 꼴도 보기 싫어, 깜짝 놀라 일어나 보니, 글쎄 벌써 장지에 햇빛이 비치지 않겠어요. 어젯밤 취했기 때문에 그만 깜박 잠이 들었던가 봐요."

"몇 시야?"

"벌써 여덟 시예요."

"탕에 갈까?" 하고 시마무라는 일어났다.

"싫어요, 복도에서 사람을 만나게 돼요" 하고 영락없는 얌전한 여자가 되어 버리더니, 시마무라가 목욕탕에서 돌아왔을 때엔 수건을 근사하게 둘러쓰고서 바지런히 방을 청소하고 있었다.

책상 다리며 화롯가까지 극성스럽게 닦고, 재를 다독거리는 것도 익숙한 솜씨였다.

시마무라가 고다쓰에 발을 넣은 채로 뒹굴뒹굴하며 담뱃재를 떨구자, 고마코는 그걸 손수건으로 살짝 닦아 가지고 가더니 재떨이를 가져왔다. 시마무라는 아침의 상쾌한 기분으로 웃어 댔다. 고마코도 웃었다.

"당신이 살림을 차린다면, 남편은 야단만 듣겠는데."

"아무 야단도 치지 않았잖아요. 빨래할 것까지 차곡차곡 개켜놓는다고 곧잘 놀림을 받지만, 타고난 천성인 걸요."

"옷장 속을 보면, 그 여자의 성격을 알 수 있다고들 하지."

방 안 가득히 들어오는 아침 햇볕을 따뜻이 쬐며 밥을 먹으면서,

"좋은 날씨예요. 일찍 돌아가서 샤미센 연습을 하면 좋았을걸. 이런 날은 소리가 한결 달라져요."

고마코는 드맑은 하늘을 쳐다보았다.

먼 산들은 눈에 안개가 낀 듯이 보이는 보드라운 우윳빛에 싸여 있었다.

시마무라는 안마사의 말이 생각나서 여기서 연습하면 좋겠다고 하자, 고마코는 냉큼 일어나서 갈아입을 옷과 나가우타[長唄]* 책을 가져다 달라고 집에 전화를 걸었다.

낮에 본 그 집에 전화가 있나 하고 생각하자, 또다시 시마무라의 머릿속에는 요코의 눈이 떠올라서,

"그 처녀가 가지고 오나?"

"그럴지도 몰라요."

"당신은 그 집 아들의 약혼자라면서?"

"어머나, 언제 그런 소문을 들었어요?"

"어제."

"우스운 분이셔. 어째서 들었으면 들었다고 어젯밤 그렇게 말하지 않았어요?" 하고, 그러나 이번에는 어제 낮과는 달리 고마코는 맑고 깨끗하게 미소를 지었다.

"당신을 경멸하지 않는 한 말하기가 곤란해."

---

* 에도 시대에 유행한 긴 속요. 샤미센, 피리 등을 반주로 하는데, 길고 우아하여 품위가 있다.

"마음에도 없는 소리 마세요. 도쿄 사람들은 거짓말쟁이여서 싫어요."

"그봐, 내가 말을 꺼내면 딴전을 피우지 않아."

"딴전을 피우진 않아요. 그래, 당신은 그걸 정말이라고 곧이들었어요?"

"곧이들었지."

"또 당신, 거짓말하는 거예요. 곧이듣지 않았으면서."

"그야, 납득이 안 되었지. 하지만 당신이 약혼자를 위해서 게이샤가 되어 요양비를 벌고 있다고 하잖아."

"아이, 기분 나빠. 그런 신파극 같은 게 어딨어요. 약혼자란 건 거짓말이에요. 그렇게 믿고 있는 사람이 많은가 봐요. 특별히 누굴 위해서 게이샤가 된 건 아니지만, 할 수 있는 일은 해야 하지 않겠어요."

"수수께끼 같은 소리만 하고 있군."

"분명히 말하지요. 선생님이 말이에요, 아드님하고 나하고 결혼을 하면 좋겠다고 생각한 적이 있었는지는 몰라요. 마음속으로만 그렇게 생각한 거고 입 밖엔 한 번도 낸 적이 없지만 말이에요. 그러한 선생님의 마음속을 아드님이나 나나 다 같이 어렴풋이 알고는 있었어요. 하지만 우리 둘 사이는 아무것도 아니었죠. 다만, 그것뿐이에요."

"소꿉친구로군."

"그래요. 하지만 따로따로 지내 왔어요. 도쿄로 팔려 갈 때, 오직 그 사람 혼자 전송해 주었어요. 가장 오래된 일기의 맨 첫머리에 그 사실이 씌어 있는 걸요."

"두 사람이 그 항구 도시에 있었다면, 지금쯤은 결혼을 했을지도 모르겠군."

"그러진 않았을 거예요."

"그럴까."

"남의 일은 걱정하지 않아도 좋아요. 얼마 안 가 죽을 거니까."

"그런데도 외박을 하는 건 좋지 않은데."

"당신, 그런 말 하는 게 좋지 않아요. 내가 하고 싶은 대로 하는 걸 죽어 가는 사람이 어떻게 말리겠어요?"

시마무라는 대답할 말이 없었다.

그러나 고마코가 여전히 요코에 대해서 한마디도 하지 않는 건 무슨 까닭일까?

또 요코로서도 기차 속에서 마치 어린 어머니처럼 자기 자신을 잊고서 그토록 돌봐 주며 데리고 돌아온 사나이와 어떤 관계가 있는 고마코한테 아침에 갈아입을 옷을 가지고 오는 것은 어떤 생각에서일까.

시마무라가 시마무라답게 먼 공상을 하고 있자니까,

"고마짱, 고마짱" 하고 나직하면서도 맑게 울리는 그 요코의 아름다운, 목소리가 들렸다.

"아이, 수고했어요" 하고 고마코는 옆의 산죠방〔三疊房〕*으로 가서, "요코상이 가지고 왔어요? 어머, 이렇게 모두, 무거운데도."

요코는 아무 말없이 돌아간 모양이었다.

---

* 다다미 석 장을 깔 수 있을 만한, 또는 다다미 석 장이 깔린 방.

고마코는 세 번째 줄을 손가락으로 튕겨 끊고 줄을 새로 갈아 끼운 다음 음정을 조절했다. 그러는 동안에 벌써 그녀의 샤미센 솜씨가 훌륭한 것임을 알았다. 고다쓰 위에서 큼직한 보자기를 펴 보니, 보통의 연습용 책 외에도 기노이에 야시치〔杵家彌七〕*의《문화 샤미센 음보》**가 스무 권쯤 들어 있었다. 시마무라는 뜻밖이라는 듯이 손에 들고,

"이런 걸로 연습을 했나?"

"하지만 여긴 선생님이 없어요, 할 수 없죠."

"집에 있잖아?"

"중풍이에요."

"중풍이라도 입으론 할 수 있지."

"말도 하지 못해요. 그래도 춤은 움직이는 왼쪽 손으로 고쳐줄 수 있지만, 샤미센은 귀만 시끄러울 뿐이에요."

"이걸로 알 수 있나?"

"그럼요."

"여염집 여자라면 몰라도, 게이샤가 이런 깊은 산중에서 기특하게도 연습을 하고 있으니까, 악보 장수도 좋아하겠는걸."

---

* 본명은 '赤星よう子'. 쇼와 5년경 '기네야〔杵屋〕'를 고쳐 '기노이에〔杵家〕'를 따랐다. 샤미센 문화보를 고안하여 샤미센의 근대화, 대중화를 위해 힘썼다. 쇼와 17년에 사망.

** 《샤미센 문화보》라고도 한다. 종래의 세로식으로 된 일본 악보를 가로식 삼선보(三線譜)로 고치고, 박자를 끊는 법은 서양음악을 받아들였으며, 리듬은 아라비아 숫자로 표시했다.

"동기는 춤이 으뜸이고, 그 후에 도쿄에서 배운 것도 춤이었어요. 샤미센은 아주 조금 어렴풋이 알 뿐이죠. 잊어버리면 다시 가르쳐 줄 사람도 없고 하니, 악보에만 매달리게 돼요."

"노래는?"

"싫어요, 노래는. 그래요, 춤 연습을 할 때 늘 듣던 건 그래도 좀 낫겠지만, 새로운 노래는 라디오나 어디서 들은 풍월인데, 하지만 어떤지는 알 수 없어요. 내 멋대로 부르는 것이어서 아주 우스울 거예요. 더구나 단골 손님 앞에서는 소리가 나오질 않아요. 모르는 사람 앞이라면 큰 소리로 노래를 할 수 있지만" 하고 약간 수줍어하는 티를 내고는 노래를 기다리는 양 어서 하라는 투의 자세를 갖추고서 시마무라의 얼굴을 빤히 쳐다보았다.

시마무라는 흠칫 기가 눌렸다.

그는 도쿄의 시타마치 출생이어서, 어린 시절부터 가부키라든지 일본춤 같은 것과 친숙했으므로 나가우타의 구절쯤은 알고 있고 절로 귀에 익었지만, 직접 배우지는 않았다. 나가우타라고 하면 곧 춤추는 무대가 연상되지 게이샤의 술좌석은 생각나지 않았다.

"싫어요. 제일 으스대는 손님이서" 하고 고마코는 아랫입술을 지그시 깨물고는 샤미센을 무릎 위에 올려놓더니 그것으로 그만 딴 사람이 되었는지 순순히 악보를 펴고서,

"올 가을, 악보를 보고 익힌 거예요."

간진쵸〔勸進帳〕*였다.

---

* 가부키 18번 중의 하나. 벵케이〔辨慶〕가 요시쓰네〔義經〕를 따라 아카타〔安宅〕의

별안간 시마무라는 볼에서 소름이 끼칠 만큼 시원해지더니 뱃속까지 맑아지는 것이었다. 어이없게 텅 비어 버린 머릿속 가득히 샤미센의 가락이 울려 퍼졌다.

참으로 그는 놀랐다기보다는 녹초가 되게 얻어맞은 듯한 기분이었다. 경건한 사념에 감동되고 회한의 정으로 씻겨졌다. 자신은 이제 다만 아무런 힘도 없게 되어 고마코의 힘이 이끄는 대로 휩쓸려 흘러가는 것을 기꺼이 여기어, 몸을 내맡긴 채 떠내려 가는 수밖에 없었다.

열아홉이나 스무 살 난 시골 게이샤의 샤미센쯤은 대수로울 것이 못 되지 않는가. 손님 방인데도 마치 무대 위에 올라서기라도 한 듯이 타고 있지 않은가. 나 자신의 산에 대한 감상임에 지나지 않는다고 시마무라는 생각해 버리려고도 했다. 고마코는 일부러 구절을 아무 억양도 없이 단조롭게 읽어 내려가기도 하고 여기는 느리다느니 귀찮다느니 하며 훌쩍 뛰어넘기도 하다가 차츰차츰 신이 나는 듯이 노랫소리가 높아져갔다. 발목(撥木) 소리가 어디까지 세차게 맑아질 것인지 시마무라는 두려워진 나머지 허세를 부리듯이 팔베개를 하고 가로 누웠다.

간진쵸가 끝나자 시마무라는 겨우 안도의 한숨을 쉬고는, 아, 이 여인은 나에게 반해 버렸구나 하고 생각했다. 그것이 또한 어이가 없었다.

"이런 날은 샤미센 가락이 달라져요" 하고 눈이 그친 맑은 하늘을

관문을 통과할 때의 이야기를 엮은 노래 이름.

쳐다보고 고마코가 말할 만도 했다. 공기가 다른 것이다. 극장의 벽도 없거니와 청중도 없으며, 도시의 먼지도 없고, 소리는 다만 순수한 겨울 아침에 드맑게 울려 퍼져서 먼 산까지 똑바로 울려 갔다.

언제나 자신은 깨닫지도 못하는 사이에 산골짜기의 커다란 자연을 상대로 하여 고독하게 연습하는 것이 그의 습관이었는지라 자연히 발목이 세차지는 것이었다. 그 고독은 애수를 부숴 버리고 야성의 의지력을 깃들이게 한 것이었다. 얼마쯤의 소질이 있다고는 할지라도 복잡한 곡을 악보 하나에만 의지하여 혼자서 익히고 악보를 떠나서도 샤미센을 익숙하게 탈 수 있게 되기까지에는 강한 의지력이 쌓이고 쌓였을 것임에 틀림없다.

시마무라에겐 허망한 헛수고라고 생각되고 머나먼 동경이라고 애처롭게 여겨지는 고마코의 생활 태도기 그녀 자신으로서는 가치를 지닌 채 어엿하게 발목 소리에 차고 맑게 넘쳐흐르는 것이리라.

가냘픈 손으로 능란하게 샤미센을 다루는 재치는 귀에 설고, 그저 음률의 감정만을 짐작하는 정도인 시마무라는 고마코에겐 안성맞춤의 청중이리라.

세 번째 곡으로 미야코도리〔都鳥〕*를 타기 시작했을 무렵엔 그 곡의 요염하고 부드러운 맛도 있었다. 시마무라는 이젠 소름이 끼치는 듯한 느낌은 사라지고 따뜻하고 평온해져서 고마코의 얼굴을 빤히 쳐다보았다. 그러자 마음속 깊이 육체에 대한 친근감이 느껴졌다.

---

*   나가우타의 한 가지. 도쿄 스미다강〔隅田川〕의 봄부터 여름에 걸친 풍물을 남녀의 정을 뒤섞어 품위 있게 노래한 속요.

날씬하고 오똑한 코는 약간 쓸쓸한 느낌은 주지만 볼이 싱싱하게 상기되어 있어서, 나는 여기 있어요 하고 속삭이는 것처럼 보였다. 저 아름답고 새빨갛게 매끄러운 입술은 조그맣게 오므릴 때에도 거기에 비치는 빛을 반들반들 움직이는 듯했다. 그러면서도 노래를 따라 크게 벌려도 또한 가련하게 곧 오므라지는 것이어서 그녀의 육체의 매력 그대로였다. 아래로 처진 듯한 눈썹 밑에 눈초리가 치오르지도 내려가지도 않은 채 일부러 똑바로 그린 듯한 눈은 지금은 촉촉히 젖어 빛나고 있어서 앳되 보였다. 분을 바른 흔적도 없고 도시의 물장수로 길들여진 데다가 산 빛이 물들었다고나 할 백합이나 양파를 벗겨 놓은 것 같은 신선한 피부는 목덜미까지 핏빛으로 아련하고 발그레하게 물들어 있어서 무엇보다도 맑고 깨끗했다.

자세를 바르게 하여 단정히 앉아 있었는데, 여느 때와는 달리 처녀처럼 보였다.

마지막으로 요즘 연습하고 있는 것이라고 하면서, 악보를 보면서 신곡 우라시마〔浦島〕*를 타고 나더니, 고마코는 잠자코 발목을 줄 밑에 끼우고는 편한 자세로 앉았다.

갑자기 교태가 넘쳐흘렀다.

시마무라는 아무 말도 못 했으나, 고마코도 시마무라의 비평에 대해서 신경을 쓰는 기색은 전혀 없이 그저 즐거운 듯이 보였다.

---

* 나가우타. 쓰보치 쇼요〔坪內逍遙〕가 신악극(新樂劇)을 제창하고 그 견본으로 발표한 '신곡 우라시마〔新曲浦島〕'의 서곡 부분을 작곡한 것. 바다 위의 온갖 변화가 표현되어 있다.

"당신은 여기 게이샤의 샤미센 소리만 듣고서도 그게 누군지 다 알 수 있어?"

"그럼요, 알고말고요. 스무 명도 안 되는 걸요. 도도이쓰〔都都逸〕* 가 제일 알기 쉬워요. 그 사람의 버릇이 가장 잘 나타나니까요."

그러고는 다시 샤미센을 집어들더니 오른발을 구부린 채 그 장딴지에 샤미센의 몸통을 얹어 놓고 허리는 왼쪽으로 빼면서 몸은 오른쪽으로 기울여,

"어렸을 때 이렇게 하고 배웠어요" 하고 샤미센의 줄이 메워져 있는 길쭉한 부분을 들여다보고,

"구, 로, 카아, 미이, 노……" 하고 앳된 목소리로 부르면서 톡톡 퉁겼다.

"구로카미〔黑髮〕**를 맨 처음 배웠나?"

"아아뇨" 하고 고마코는 어린 시절에 하던 모양으로 머리를 흔들었다.

*

그 후로는 자고 가는 일이 있더라도 고마코는 이젠 군이 날이 새기 전에 돌아가려고는 하지 않았다.

---

* 주로 남녀의 애정을 구어체로 읊은 7·7·7·5조의 4구 26음으로 구성된 속요다.
** 나가우타. 한 여성이 검은 머리를 빗으면서 남녀간의 사랑을 질투하다가 미쳐버리는 모습을 노래한 속요.

"고미코짱" 하고 말끝을 올리면서 복도 멀리서부터 부르는 여관집 여자 아이를 고다쓰 속에 안아다가 들여놓고 아무 생각 없이 놀고 나서, 정오 가까이 되면 그 세 살짜리 계집애와 함께 목욕탕에 가곤 했다.

목욕하고 나와서는 그 머리를 빗어 주면서

"이 앤 게이샤만 보면, 고마코짱이라고 말끝을 올리면서 부르는 거예요. 사진이나 그림에 일본식 머리만 나오면 고마코짱이라는 거예요. 난 어린애들을 좋아하니까, 그걸 잘 아는가 봐요. 기미짱, 고마코짱네 집으로 놀러 갈까?" 하고 일어섰으나 또 복도의 등의자에 한가롭게 걸터앉아,

"도쿄 덜렁이들이에요. 벌써 지치고 있어요."

산기슭의 스키장 바로 옆쪽에서 남쪽을 향하여 멀리 바라보이는 높직한 지대에 이 방이 있었다.

시마무라도 고다쓰에서 돌아다보니, 슬로프는 눈이 군데군데 녹았으므로 검은 스키복을 입은 대여섯 명이 저쪽 아래에 있는 밭 가운데서 지치고 있었다. 그 계단식 밭두렁은 아직 눈에 덮이지 않았고 그다지 경사지지도 않아서 도무지 탈 만한 곳이 못 되었다.

"학생들 같은데, 일요일인가? 저래도 재미가 있을까?"

"하지만 저건 좋은 자세로 미끄러지고 있는 거예요" 하고 고마코는 혼잣말처럼,

"스키장에서 게이샤한테서 인사를 받게 되면, '아니, 이거, 당신 아냐' 하면서 손님은 놀란다나요. 새까맣게 눈빛에 탄 얼굴을 하고 있으니까. 알아보지 못하는 거예요. 밤에는 화장을 하니까요."

"역시 스키복을 입고서 말이지."

"산바쿠를 입죠. 아이 지겨워. 지겨워. 손님 방에서 말이에요. '그럼 내일 또 스키장에서' 하고 말할 때가 곧 닥쳐오네요. 올해는 스키 타는 걸 그만둘까 봐. 안녕히 계세요. 자 기미짱, 가자꾸나. 오늘 밤은 눈이 내려요. 눈 오기 전날 밤은 추워져요."

시마무라가 고마코가 앉았던 등의자에 앉으니, 스키장 바깥 언덕 길로 기미코의 손을 잡고 돌아가는 고마코의 모습이 보였다.

구름에 가려져 그늘이 진 산이라든지 아직도 햇볕을 받고 있는 산이 마주 겹쳐져서 그 응달과 양달이 시시각각으로 변해 가는 것은 좀 으스스한 풍경이었으나, 이윽고 스키장도 그늘이 졌다. 창 아래쪽으로 눈을 돌리니, 시든 국화 울타리에는 우무와 같이 생긴 서릿발이 서 있었다. 그러나 지붕에 쌓인 눈이 녹아내리는 물받이 소리는 끊임없이 들려 왔다.

그날 밤 눈은 내리지 않고 싸라기눈이 내린 뒤에 비가 왔다.

돌아가기 전날의 달 밝은 밤, 바람이 무섭게 차가워진 후에 시마무라는 다시 한번 고마코를 불렀더니, 두 시 가까이나 되었는데도 그녀는 산책을 하러 나가자고 졸라 댔다. 웬일인지 거칠게 그를 고다쓰에서 안아 일으켜 억지로 끌고 나갔다.

길은 얼어붙어 있었다. 마을은 한기(寒氣)의 밑바닥에서 고요히 잠들어 있었다. 고마코는 옷자락을 걷어올려 오비에 찔렀다. 달은 마치 파란 얼음 속의 칼날처럼 맑게 비치고 있었다.

"역까지 가는 거예요."

"미쳤군. 오고가고 십 리나 돼."

"당신, 언제 도쿄에 가는 거죠? 역을 보러 가는 거예요."

시마무라는 어깨에서부터 넓적다리까지 추위로 저렸다.

방에 돌아오자 갑자기 고마코는 기운 없이 풀이 죽은 모양을 하고서, 고다쓰에 깊숙이 양쪽 팔을 집어넣고 고개를 떨구면서 전에 없이 탕에도 들어가지 않았다.

고다쓰 덮개는 그대로, 다시 말하면 이불과 그것이 겹쳐져서 요의 한쪽 자락이 고다쓰 가장자리에 닿도록 잠자리 하나가 깔려 있었다. 고마코는 옆으로 고다쓰를 끼고 앉아 잠자코 고개를 떨구었다.

"왜 그래?"

"돌아갈래요."

"바보 같은 소리."

"괜찮아요. 당신은 주무세요. 난 이러고 있고 싶으니까."

"왜 돌아간다는 거야?"

"안 돌아가요. 날이 샐 때까지 여기 있겠어요."

"쓸데없이 심술 부리지 마."

"심술 같은 건 안 부려요. 심술 같은 건 안 부린단 말이에요."

"그럼?"

"으음, 고달파서 그래요."

"뭐야, 그런 걸 가지고. 조금도 상관없어" 하고 시마무라는 웃으면서,

"아무 짓도 안 할 거야."

"싫어요."

"그런데, 바보같이 그렇게 마구 걷다니."

"갈래요."

"가지 않아도 돼."

"괴로워요. 저, 그만 도쿄로 돌아가세요. 괴로워요" 하고 고마코는 고다쓰 위에 살며시 얼굴을 파묻었다.

괴롭다는 것은 나그네에게 깊이 빠져들 것 같은 불안감에서일까? 또는 이러한 때에 꾹 참고 견뎌야만 하는 안타까움에서일까? 여인의 마음은 그런 지경에까지 와 있는 걸까 하고 시마무라는 한참 동안 묵묵히 앉아 있었다.

"언제 돌아가세요?"

"실은 내일 돌아가려고 하는 중이야."

"어머, 왜 돌아가요?" 하고 고마코는 잠이 깬 듯이 얼굴을 쳐들었다.

"언제까지 있어 봤자, 나로서는 당신을 어떻게 해줄 수도 없잖아."

멍하니 시마무라를 쳐다보고 있는가 싶었는데, 갑자기 거친 말투로,

"그게 나빠요. 당신, 그게 나쁘단 말이에요" 하고 안달이 난 듯이 일어나 다가오더니, 갑자기 시마무라의 목에 매달려 잡아 흔들면서,

"당신, 그런 말 하는 게 나빠요. 일어나요. 일어나라니까요" 하고 정신 없이 지껄이며 제풀에 쓰러져 미친 듯이 체면이고 뭐고 다 잊어버린 모양이었다.

그러고 나서 따뜻하게 젖은 눈을 뜨더니,

"제발, 내일 돌아가세요" 하고 조용히 말하고는 머리카락을 줍는 것이었다.

시마무라는 이튿날 오후 세 시에 떠나기로 하고서 옷을 갈아입고 있을 때 여관 지배인이 고마코를 살그머니 복도로 불러냈다. 그래요, 열한 시간쯤으로 해두세요 하는 고마코의 대답이 들렸다. 열여섯 시간이나 일곱 시간은 너무나 길다고 지배인이 생각하기 때문에 한 말인지도 몰랐다.

계산서를 보니, 아침 다섯 시에 돌아간 것은 다섯 시까지, 이튿날 열두 시에 돌아간 것은 열두 시까지, 모두 시간 계산이 되어 있었다.

고마코는 코트에다 흰 목도리를 두르고 역까지 전송하러 나와 주었다.

개다래나무 열매 장아찌며 버섯 통조림 등 시간을 메우기 위해서 선물을 사고 나서도 아직 이십 분이나 남아 있어서 역 앞의 자그마하고도 높직한 광장을 거닐면서, 사방이 눈 덮인 산으로 둘러싸인 좁은 고장이구나 하고 둘러보고 있노라니, 고마코의 너무나도 까만 머리가 그늘진 산골짜기의 으스스한 쓸쓸함으로 말미암아 도리어 애처롭게 보였다.

멀리 바라다보이는 시내 아래쪽의 산허리에 어찌 된 노릇인지 한 군데만 엷은 햇살이 비치는 곳이 있었다.

"내가 온 뒤 눈이 많이 녹았는걸."

"하지만 이틀만 내리면 금세 여섯 자는 쌓이는데요. 계속해서 내리면 저 전신주의 전등이 눈 속에 묻혀 버려요. 당신을 생각하며 걷거나 하다간 전선에 목이 걸려 몸이 상할 거예요."

"그렇게까지 쌓이나?"

"요 앞 동네의 중학교에선 말이에요. 큰 눈이 온 아침은 기숙사의

2층 창에서 알몸으로 눈 속으로 뛰어든다는 거예요. 몸이 눈 속에 폭 빠져 들어가면 보이지 않게 돼요. 그러고는 물 속에서 헤엄칠 때처럼 눈의 밑바닥을 헤엄쳐 걸어다닌다는 거예요. 저 봐요, 저기에 러셀이 있어요."

"눈 구경을 하러 오고 싶은데, 정월엔 여관이 붐비겠지. 기차는 눈사태에 파묻히진 않나?"

"당신도 참 사치스런 분이에요. 그런 생활만 하시나요?" 하고 고마코는 시마무라의 얼굴을 보고 있다가,

"왜 수염은 기르지 않으세요?"

"응, 이젠 기를까 해" 하고 푸르스름하게 짙은 면도 자국을 쓰다듬으며 생각했다. 자신의 입가에는 한 줄기의 근사한 주름이 나 있어서 부드러운 볼을 예리한 맛이 나게 해 주니까 그것 때문에 고마코도 자신을 과대 평가하고 있는지도 모른다.

"당신은 뭐랄까, 언제나 분화장만 지우면 방금 면도를 하고 난 것 같은 얼굴이더군."

"기분 나쁜 까마귀가 울고 있네요. 어디서 울까. 아이, 추워" 하고 고마코는 하늘을 쳐다보고는 양쪽 팔꿈치로 겨드랑이께를 꼭 눌렀다.

"대합실 스토브나 쬘까?"

그때 큰길에서 정거장으로 꺾이는 넓은 길을 허겁지겁 달려오는 것은 산바쿠 차림의 요코였다.

"아아, 고마코짱, 유키오〔行男〕상이, 고마코짱" 하고 요코는 숨을 헐떡거리면서, 마치 무서운 것으로부터 벗어난 어린애가 어머니에

게 매달리듯이 고마코의 어깨를 붙들고는,

"빨리 가요, 용태가 이상해요, 빨리요."

고마코는 어깨의 아픔을 참기라도 하는 듯이 눈을 딱 감더니, 금세 얼굴빛이 싹 가셨으나 뜻밖에도 또렷하게 고개를 흔들었다.

"손님을 전송하고 있으니까, 난 못 돌아가."

시마무라는 놀라면서,

"전송이라니, 그런 건 상관없으니까."

"안 돼요. 당신이 이젠 두 번 다시 올지 안 올지 난 모르거든요."

"올 거야, 온대두."

요코는 그런 말은 조금도 들리지 않는 듯이 서두르면서,

"조금 전에 여관으로 전화 걸었어요. 역에 나갔다기에 달려온 거예요. 유키오상이 부르고 있어요" 하고 고마코를 잡아 끄는데도 고마코는 꾹 참고 있다가 갑자기 뿌리치면서,

"싫어."

그 순간 두세 발자국 비틀거린 건 고마코 쪽이었다. 그러고는 웩하고 구역질을 했으나 입에서는 아무것도 나오지 않고 눈자위가 젖더니 뺨에 소름이 쪽 돋았다.

요코는 멍하니 몸이 굳어진 채 고마코를 지켜보고 있었다. 그러나 얼굴 표정은 너무나 진지한 탓으로 화가 난 것인지, 놀란 것인지, 슬퍼하는 것인지조차 나타나지 않고, 뭔가 가면과도 같이 몹시 단순하게 보였다.

그런 표정을 한 채 돌아서더니 갑자기 시마무라의 손을 붙잡고,

"네 죄송합니다. 이 사람을 돌려보내 주세요. 돌려보내 주세요"

하고 한결같은 높은 목소리로 졸라 대며 매달리는 것이었다.

"네, 돌려보내죠" 하고 시마무라는 큰 소리를 질렀다.

"빨리 돌아가, 바보 같으니."

"당신이 무슨 참견이에요?" 하고 고마코는 시마무라에게 말하면서 그녀의 손은 요코를 시마무라한테서 밀쳐내고 있었다.

시마무라가 역 앞의 자동차를 가리키려고 하자 요코에게 힘껏 붙잡혀 있는 손끝이 저려왔다.

"저 차로 지금 곧 돌려보낼 테니, 아무튼 당신은 먼저 가는 게 좋겠소. 여기서 이러고 있으면 사람들이 봐요."

요코는 고개를 꾸벅 끄덕이고는,

"빨리요, 빨리요" 하고 말하자마자 뒤돌아서서 달리기 시작한 것은 거짓말처럼 어이없는 일이었으나 멀어지는 뒷모습을 바라보고 있노라니, 또다시 저 처녀는 어째서 언제나 저렇게 진지한 모습을 하고 있는 것일까 하고 이런 경우엔 일어나선 안 되는 의문이 시마무라의 마음을 스쳤다.

요코의 슬프도록 아름다운 목소리는 어디선가 눈 덮인 산에서 금세라도 메아리쳐 돌아올 것처럼 시마무라의 귓전에 남아 있었다.

"어딜 가요?" 하고 고마코는 시마무라가 자동차 운전수를 찾으러 가려는 것을 되돌아서게 하고는,

"싫어요. 난 안 돌아가요" 했다.

그 순간 시마무라는 고마코에게 육체적인 증오를 느꼈다.

"너희들 세 사람 사이에 어떠한 사정이 있는진 알 수 없지만, 그 집 아들은 지금 죽어 가고 있는지도 몰라. 그래서 보고 싶어 해서 부

르러 온 게 아냐? 순순히 돌아가 줘. 평생 후회할 거야. 이렇게 말하고 있는 사이에 숨이 끊어지면 어떡하지. 고집 부리지 말고, 깨끗이 잊어버려.”

“그게 아녜요. 당신은 오해하고 계세요.”

“당신이 도쿄에 팔려 갈 때, 혼자서 전송해 준 사람이 아닌가? 가장 오래된 일기의 첫머리에 씌어 있는 그 사람의 최후를 전송하지 않으려는 법이 어딨어? 그 사람의 맨 마지막 페이지에 당신을 기록하러 가야 해.”

“싫어요. 사람 죽는 꼴 보는 게.”

그것은 차디찬 박정함으로도, 너무나 뜨거운 애정으로도 들리는 것이어서 시마무라가 망설이고 있노라니까,

“일기 같은 건 이젠 쓸 수 없어요. 태워 버리겠어요” 하고 고마코가 중얼거리는 사이에 웬일인지 볼이 발그레 물들면서,

“당신은 참 순진한 분이네요. 순진한 분이라면 내 일기를 몽땅 부쳐 드려도 좋아요. 당신, 날 비웃지 않겠죠? 당신은 순진한 분이라고 생각해요.”

시마무라는 까닭을 알 수 없는 감동을 받아서 그렇다, 나만큼 순진한 인간은 없을 것이라는 기분이 들자, 더 이상 고마코더러 굳이 돌아가라고는 하지 않았다. 고마코도 입을 다물고 말았다.

여관의 역전 출장소에서 지배인이 나와서 개찰을 한다고 알려주었다.

음산한 겨울 차림을 한 시골 사람들 네댓 명이 말없이 오르고 내렸을 뿐이었다.

"플랫폼엔 안 들어가겠어요. 안녕히 가세요" 하고 고마코는 대합실 창 안에 서 있었다. 창의 유리문은 닫혀 있었다. 그것은 기차 속에서 내다보니, 초라한 한촌(寒村)의 과일 가게에 있는 더럽혀진 유리 상자 속에 이상한 과일이 단 한 개 잊힌 채 놓여 있는 것과도 같았다.

기차가 움직이자, 대합실의 유리가 번쩍 빛나고 고마코의 얼굴은 그 빛 속에 환하게 타오른다고 느끼는 순간 사라져 버렸다. 그러나 그것은 그날 아침 눈이 비친 거울 속의 얼굴과 마찬가지로 새빨간 볼이었다. 또다시 시마무라에게는 현실이라는 것과의 이별을 나누는 순간의 빛깔이었다.

현 접경의 산을 북쪽에서 올라가다가 긴 터널을 빠져나가 보니, 겨울 오후의 엷은 빛은 땅 속의 어둠에 흡수당해 버린 듯했다. 낡아빠진 기차는 밝은 껍질을 터널 속에 벗어 버리고 나온 듯이 벌써 봉우리와 봉우리가 겹쳐진 틈으로 어스레한 저녁빛이 깃들이기 시작하는 산골짜기를 내려가고 있었다. 이쪽에는 아직도 눈이 없었다.

강물을 따라서 이윽고 넓은 벌판으로 나오자, 산꼭대기는 재미있게 잘라 깎아 놓은 듯이 바라다보였다. 거기 아름답고 완만한 사선이 먼 기슭까지 뻗어 있는 산 끝자락에 달이 채색되어 있었다. 벌판 끝에 단 하나의 풍경인 그 산의 전체 모습을 엷은 석양빛의 하늘이 또렷이 짙은 남빛으로 그려 냈다. 달은 이제 희지는 않지만 아직도 엷은 빛깔이어서, 겨울밤의 차갑고 맑은 맛은 없었다. 새 한 마리조차 날지 않는 하늘이었다. 산기슭에서부터 완만하게 경사진 들판이 거칠 것 하나 없이 좌우에 널찍하게 뻗쳐 강기슭에 닿으려는 지점에 수력 발전소처럼 보이는 건물이 새하얗게 서 있었다. 그것은 쓸쓸한 겨울 차창에 비치는 어슴푸레한 풍경이었다.

창은 스팀의 훈훈한 기운으로 흐려지기 시작하고 바깥으로 흐르는 벌판이 어스레해짐을 따라서 또다시 승객이 유리창에 반쯤 투명하게 비치는 것이었다. 그 저녁 풍경은 거울이 벌이는 장난이었다. 동해도선(東海道線)은 다른 고장의 기차처럼 헐어빠지고 퇴색한 구식 객차가 서너 차량밖에 연결되어 있지 않으리라. 전등도 어둡다.

시마무라는 뭔가 비현실적인 것을 타고, 시간이나 거리에 대한 관념도 사라진 채 허무하게 몸이 실려 가는 듯한 방심 상태에 빠지자, 단조로운 차바퀴 소리가 여인의 말소리로 들리기 시작했다.

그 말들은 토막토막 짧으면서도 여인이 온갖 힘을 다해 살아 가고 있다는 표현 같아 듣기 괴로울 정도였기 때문에 그가 잊지 못하고 있는 것이었다. 그러나 이렇게 멀어져 가는 지금의 시마무라에게는 여수를 되살려 주는 것에 지나지 않는 이제는 이미 멀어져 간 목소리였다.

바로 이때쯤 유키오가 숨을 거둬 버린 것이나 아닐까? 무슨 까닭에서인지 완강하게 돌아가지 않았지만, 그로 말미암아 고마코는 유키오의 임종을 못 보지나 않을까?

승객은 기분이 언짢을 정도로 적었다.

50이 넘은 사나이와 얼굴이 빨간 처녀가 마주 앉아 쉴새없이 이야기를 나누고 있을 뿐이었다. 살이 두둑하게 찐 어깨에 검은 목도리를 두르고 있는 처녀는 정말로 불타는 듯한 보기 좋은 혈색이었다. 가슴을 내민 채 열심히 들으면서 즐거운 듯이 대꾸하고 있었다.

긴 여행을 하는 사람들처럼 보였다.

　그런데 제사 공장의 굴뚝이 솟아 있는 정거장에 닿자 늙은이는 허둥지둥 선반에서 버들고리를 내려, 그것을 창밖 플랫폼으로 떨어뜨리면서,

　"자 그럼, 인연이 있으면 또 만나자구" 하고 처녀에게 한마디 작별 인사를 남기고는 내렸다.

　시마무라는 그 순간 눈물이 쏟아질 것 같아서 스스로도 깜짝 놀랐다. 그래서 한층 더 여인과 작별하고 돌아가는 길임을 느끼게 했다.

　우연히 한차를 타게 되었을 뿐인 두 사람이라고는 꿈에도 생각지 않았던 것이다. 사나이는 행상이거나 무슨 그런 사람이리라.

*

　나방이 알을 스는 계절이니까, 양복을 옷걸이나 벽에 그냥 걸어 두지 말라고 도쿄에 있는 집을 나설 때 아내가 말했다. 와서 보니 과연 여관 방 추녀끝에 매달린 장식등에는 옥수수빛을 띤 큼직한 나방이 예닐곱 마리나 달라붙어 있었다. 옆에 있는 산죠방의 옷걸이에도 통통하게 살이 찐 조그마한 나방이 붙어 있었다.

　창엔 아직도 여름에 쳐 두었던 방충망이 그대로 있었다. 그 방에 마치 붙여 둔 것처럼 역시 나방 한 마리가 가만히 붙어 있었다. 적갈색의 작은 깃털처럼 생긴 촉각을 내밀고 있었다. 그러나 날개는 투명한 연둣빛이었다. 여자의 손가락 길이만 한 날개였다. 그 저쪽 건

너편에 줄지어 있는 접경의 산들은 석양을 받아 벌써 가을빛으로 물들어 있어서, 이 한 점의 연둣빛은 도리어 죽음처럼 보였다. 앞날개와 뒷날개가 겹쳐져 있는 부분만은 짙은 초록빛이었다. 가을 바람이 불면 그 날개는 엷은 종잇조각처럼 팔락팔락 한들거렸다.

살아 있는지도 모른다고 생각하며 시마무라가 일어나서 방충망의 안쪽에서 손가락으로 퉁겨 보아도 나방은 꼼짝도 하지 않았다. 주먹으로 탕탕 두드리자 나뭇잎처럼 팔랑 떨어졌는데, 떨어지는 도중에 하늘하늘 날아오르는 것이었다.

찬찬히 살펴보니, 그쪽 건너편에 있는 삼나무 숲에는 잠자리 떼가 흘러다니고 있었다. 민들레의 솜털이 날고 있는 것 같았다.

산기슭의 시냇물은 삼나무의 가지 끝에서 흘러나오는 것 같았다.

흰 싸리꽃인 듯한 꽃들이 야트막한 산허리에 흐드러지게 피어 은빛으로 빛나는 풍경을 시마무라는 또한 지칠 줄 모르고 바라다보았다.

탕에서 나와 보니 러시아 여자인 방물장수가 현관에 걸터앉아 있었다. 이런 깊은 두메까지 찾아오는가 싶어 시마무라는 구경하러 그녀에게로 다가갔다. 흔해빠진 일본의 화장품이며 머리장식 따위였다.

이미 마흔을 넘은 모양인지 얼굴은 잔주름으로 찌들어 있었으나 디룩디룩하게 살이 찐 목덜미 너머로 엿보이는 부분이 허옇게 기름살이 올라 있었다.

"당신, 어디서 왔소?" 하고 시마무라가 묻자,

"어디서 왔느냐구요? 난 어디서 왔을까" 하고 러시아 여자는 뭐라고 대답해야 할지 몰라 보따리를 싸면서 생각하는 표정을 지어 보였다.

더러운 헝겊을 두른 듯한 스커트는 이미 양장이라는 기분을 느낄 수 없게 되었고 일본식 옷처럼 보였는데 큼직한 보따리를 짊어지고 돌아갔다. 그래도 구두는 신고 있었다.

같이 구경을 하던 여관집 아주머니에게 이끌려서 시마무라도 사무실에 가 보니, 화롯가에 몸집이 큰 여자가 돌아앉아 있었다. 여자는 옷자락을 잡고 일어섰다. 검은 몬쓰키〔紋附〕*를 입고 있었다.

스키장의 선전 사진에 나들이옷을 입은 채 그 위에다 무명 산바쿠를 입고 고마코와 나란히 스키를 타고 서 있어서, 시마무라도 본 기억이 있는 게이샤였다. 포동포동하게 살이 쪄 풍채가 의젓한 30대 여인이었다.

여관집 주인은 화로 위에 부젓가락을 걸쳐 놓고 큼직한 타원형 만두를 굽고 있었다.

"이거 하나 드시죠. 축하 선물로 만든 거니까, 입맛으로 한 개 드시죠."

"아까 그 여자 그만두었나요?"

"네."

"좋은 게이샤군요."

"기한이 차서 인사하러 온 거죠. 잘 팔리던 애였는데."

뜨끈한 만두를 불어 가며 시마무라가 한입 먹어 보니, 뻣뻣한 껍

---

*   한 집안의 문장(紋章)인 가문(家紋)을 넣어 만든 일본의 예복.

질은 묵은 냄새로 약간 시큼했다.

창밖에는 빨갛게 익은 감이 석양빛으로 물들어 있었는데 그 빛은 자재걸이*의 대나무통에까지 비쳐 드는 듯했다.

"저렇게 긴 것도 있군. 갈대죠?" 하고 시마무라는 놀란 표정으로 언덕길을 바라보았다. 짊어지고 가는 할머니의 키보다도 두 배나 더 되었다. 그리고 기다란 이삭이 달려 있었다.

"네. 저건 억샙니다."

"억새요? 억새라구요?"

"철도성의 온천 전람회 때 휴게소랄까 다방이랄까. 그런 것을 지을 때 지붕은 여기서 나는 억새로 인답니다. 확실히는 모르지만, 도쿄에서 온 분이 그 다방을 그대로 몽땅 사갔다나 봐요."

"억새입니까?" 하고 시마무라는 다시 한번 혼잣말처럼 중얼거리고 나서,

"산에 피어 있는 것은 억새로군요. 싸리꽃인 줄 알았죠."

시마무라가 기차에서 내렸을 때 맨 먼저 눈에 띈 것은 이 하얀 산꽃이었다. 급한 경사를 이룬 산허리 근처에 온통 흐드러지게 피어 은빛으로 빛나고 있었다.

그것은 산에 내리쬐는 가을 햇살 같아서, 아아 하고 그는 감탄해 마지 않았던 것이다. 그것을 흰 싸리라고 생각했던 것이다.

그러나 가까이에서 보는 억새의 억센 품은 먼산을 우러러보는 감

---

* 원문은 '지자이가기〔自在鍵〕'. 붙박이 화로나 부뚜막 위에 늘어뜨려 놓고, 마음먹은 위치에 냄비나 주전자 따위를 달아맬 수 있도록 된 갈고리.

상적인 꽃과는 전혀 달랐다. 커다란 다발은 그것을 짊어진 여자들의 모습을 완전히 가리고 언덕길 양쪽의 돌담을 스쳐 사르락사르락 소리를 내면서 지나갔다. 탐스런 이삭이었다.

방에 돌아와 보니, 10촉 전등이 켜진 희미한 다음 방에서는 몸통이 통통하던 그 나방이 검은 칠을 한 옷걸이에 알을 슬고는 기어다니고 있었다. 처마끝의 나방도 장식등에 바르르바르르 부딪쳤다.

벌레들은 대낮부터 요란하게 울어 댔다.

고마코는 조금 늦게 왔다.

복도에 선 채 정면으로 시마무라를 쏘아보면서,

"당신, 뭣하러 왔어요. 이런 덴 뭣하러 왔느냔 말이에요?"

"당신을 만나러 왔지."

"마음에도 없는 소리. 도쿄 사람들은 순 거짓말쟁이여서 싫어요."

그러고는 앉으면서 목소리를 부드럽게 가라앉히더니,

"인제 전송하는 건 싫어요. 뭐라고 말할 수도 없는 기분이에요."

"아, 이번엔 말없이 돌아가지."

"싫어요. 정거장에는 안 가겠다는 말씀이에요."

"그 사람은 어찌 됐나?"

"물론 죽었지요."

"당신이 전송하러 나와 준 그 사이에?"

"하지만 그것과는 상관없어요. 전송이란 게 그렇게까지 마음이 아픈 것인 줄은 몰랐지 뭐예요."

"음."

"당신, 이월 십사 일은 어떻게 된 거예요. 거짓말쟁이. 몹시 기다렸는 거요. 인제 당신의 말 같은 건 믿지 않을 테니까 알아서 하세요."

이월 십사 일에는 새쫓기놀이*가 있다. 눈고장다운 어린이의 연중 행사다. 열흘 전부터 벌써 마을 어린이들은 짚신을 신고 눈을 밟아다져 그 눈으로 된 널조각을 두 자 넓이쯤 되게 떠내어, 그것을 겹겹으로 포개고 쌓아서 눈사당을 만든다. 그것은 사방 세 간에다 높이 열 자 남짓되는 눈사당이다. 십사 일 밤은 집집에서 꼰 인줄을 거두어 가지고 와서 사당 앞에서 환하게 모닥불을 피운다. 이 마을의 정월 설날은 2월 초하루니까 인줄이 있게 마련이다. 그리하여 어린이들은 눈사당의 지붕 위로 올라가 밀치락달치락하면서 새쫓기노래**를 부른다. 그런 다음, 어린이들은 눈사당 안으로 들어가 등불을 켜고서 거기서 밤샘을 한다. 그런 뒤 십오 일 새벽에 다시 한번 눈사당의 지붕 위에 올라가 새쫓기노래를 부르는 것이다.

마침 그 무렵에는 눈이 가장 많이 내리는 때일 테니까 시마무라는 새쫓기놀이를 보러 오겠노라고 약속을 해두었던 것이다.

"난 이월에 우리 집에 갔다왔어요. 장사는 쉰 거예요. 꼭 오실 줄 알고 십사 일에 돌아왔지 뭐예요. 좀 더 천천히 간호하다 왔더라면 좋았을걸."

---

* 원문은 '도리오이〔鳥追〕'. 농촌 연중 행사. 음력 정월 14일 밤과 15일 아침의 두 차례에 걸쳐, 농사에 해를 끼치는 새나 짐승 등을 쫓는 노래를 부르며 젊은이들이 이 집 저 집 돌아다닌다.

** 에도 시대에 행해지던 걸립 노래의 한 가지. 농가의 새쫓기노래에서 유래했는데, 초봄에 풍년이 들기를 기원하는 축사(祝詞)가 되었으며, 후엔 일반적인 축가가 되었다.

"누가 아파?"

"선생님이 항구에 가셨다가 폐렴에 걸렸어요. 내가 마침 우리 집에 있을 때 전보가 와서, 간호해 드린 거예요."

"나으셨나?"

"아아뇨."

"그거 안됐군" 하고 시마무라는 약속을 지키지 않은 것을 사과하듯이, 또 선생의 죽음을 애도하듯이 말하니까,

"으응" 하고 고마코는 갑자기 얌전히 고개를 내젓고는 손수건으로 책상을 털면서,

"지독한 벌레들."

밥상에서부터 다다미 위에까지 자잘한 날벌레들이 허옇게 떨어져 내렸다. 작은 나방이 수없이 전등 주위로 날아들었다.

방충망 밖에도 몇 종류인지도 알 수 없는 나방이 다닥다닥 붙어 있는 것이 밝게 비치는 달빛에 떠올랐다.

"위가 아파요. 아이고 배야" 하고 고마코가 양손을 오비 사이에 푹 쑤셔넣더니 시마무라의 무릎 위에 엎드렸다.

옷깃이 벌어진, 짙은 분화장 냄새가 나는 그 목덜미에도 모기보다도 작은 벌레들이 순식간에 떼지어 떨어졌다. 눈깜짝할 사이에 죽어서, 거기에서 꼼짝하지 않는 것도 있었다.

목덜미 밑은 작년보다도 통통하게 기름살이 올라 있었다. 스물한 살이 되었구나 하고 시마무라는 생각했다.

그의 무릎에 뜨뜻미지근한 훈기가 스며들었다.

"고마짱, 동백실에 가 보라고 하면서 사무실에서 싱글벙글 웃잖

아요. 보기 싫어. 언니를 기차로 전송하고 돌아와서 편안히 잠이나 자려고 하는 판인데, 여기서 부른다고 하잖겠어요. 만사가 귀찮아서 정말 그만둘까 했어요. 어젯밤 너무 심하게 마셨거든요. 언니의 송별회였어요. 사무실에서 웃고만 있기에 와 보니, 당신이었죠. 일 년 만이군요. 일 년에 한 번 오는 분인가요?"

"송별회 만두, 나도 먹었지."

"그래요?" 하고 고마코는 몸을 일으켰다. 시마무라의 무릎에 눌려 있던 부분만이 빨개져서, 갑자기 얼굴이 앳되 보였다.

여기서 두 번째 정거장이 있는 동네까지 그 나이 든 게이샤를 바래다 주고 왔노라고 말했다.

"재미가 없어요. 전에는 뭐든지 곧 마음들이 맞았었는데, 점점 더 개인주의가 되어 저마다 뿔뿔이 흩어져요. 여기도 많이 변했어요. 마음이 맞지 않는 사람이 자꾸 늘어 가요. 기쿠유 언니가 가 버리니까 난 쓸쓸해요. 뭐든지 그 언니가 중심이었거든요. 팔리는 것도 가장 잘 팔려서 육백 본(本)*이 안 되는 때가 없어서, 주인도 소중하게 여겼었는데."

그 기쿠유는 햇수가 차서 태어난 동네로 돌아간다고 하는 말을 듣고 결혼을 할 것인지 아니면 무슨 물장사를 계속해서 할 것인지를 시마무라가 물으니,

"언니도 불쌍한 사람이에요. 결혼은 전에 한 번 실패하고, 여기에

---

*   불을 댕긴 향 하나가 다 타는 시간을 기준으로 한 시간 단위. 기생들의 화대를 계산하는 향불의 수효를 가리킬 때 쓰인다.

온 거예요" 하고 고마코는 그다음에 대해선 우물거리면서 주저하다가 달빛이 환하게 내리비치는 계단식 밭의 아래쪽을 바라보고,

"저기 언덕 중간에 이제 막 새로 지은 집이 보이지요?"

"기쿠무라라는 요릿집?"

"네, 저 집에 들어갈 예정이었는데, 언니가 마음씨를 잘못 써서 갑자기 망쳐 버렸어요. 소동이 벌어진 거예요. 기껏 자기를 위해서 집을 짓게 해놓고는 막상 들어갈 때가 되니까, 차 버린 거예요. 좋아하는 사람이 생겨서 그 사람과 결혼할 작정이었지만, 그만 속아 넘어갔던 거예요. 사랑에 열중하면 그런가 봐요. 그 상대자가 배신을 하고 달아났다고 해서 새삼스럽게 화해를 하고 원래대로 그 가게를 달랄 수도 없으니, 꼴사납게 되어 이 고장에선 더 이상 살 수도 없고 또다시 다른 곳에서 돈벌이를 시작하는 거예요. 생각하면 불쌍해요. 우리들도 잘 몰랐지만, 별별 사람이 다 있나 봐요."

"사내가 말이지? 한 댓 명이나 됐나?"

"글쎄요" 하고 고마코는 미소를 머금었다가 후딱 얼굴을 옆으로 돌렸다.

"언니도 마음이 약한 사람이었어요. 지지리 못났어요."

"할 수 없지."

"하지만 그렇지 않아요. 사랑을 받는다는 게 뭔데요?"

고개를 숙인 채 머리장식으로 머리를 긁었다.

"오늘 바래다 주러 갔다가 가슴이 아팠어요."

"그래, 기껏 지어 놓은 가게는 어찌 됐나?"

"본부인이 와서 하고 있어요."

"본부인이 와서 한다니, 그거 재미있는데."

"하지만 개업 준비도 다 되어 있었는 걸요. 그렇게라도 할 수밖에 없잖아요. 어린애들도 모두 데리고 본부인이 이살 왔어요."

"집은 어떡하구."

"할머니 한 분만 남겨 두었대요. 농사꾼이지만 주인이 이런 걸 좋아하나 봐요. 참 재미있는 사람이에요."

"난봉꾼이군. 이미 나이도 제법 많을 테지?"

"젊어요. 서른두셋이나 됐을까?"

"허허, 그럼 본부인보다도 첩 쪽이 나이가 더 많을 뻔했군."

"같은 나이인 스물일곱이래요."

"기쿠무라란 건 기쿠유의 기쿠겠지. 그걸 본부인이 하고 있단 말이지."

"한번 내건 간판을 바꿀 수도 없는 노릇이니까, 그렇겠죠."

시마무라가 옷깃을 여미자 고마코가 일어나서 창을 닫으면서,

"언니는 당신에 대해서도 잘 알고 있었어요. 오셨더라고 오늘도 알려 주었어요."

"인사하러 온 걸 사무실에서 봤지."

"무슨 말 했어요?"

"아무 말도 하지 않았어."

"당신, 내 기분 아시겠어요?" 하고 고마코는 방금 닫았던 장지를 활짝 열고 창에 몸을 내던지듯이 걸터앉았다. 시마무라는 잠시 후에,

"별빛이 도쿄하고 전혀 다르군. 정말 공중에 떠 있군."

"달밤이 돼서 그렇지도 않아요. 올 겨울의 눈은 지독했어요."

"기차가 가끔 불통이었던 모양이던데."

"네, 무서울 정도였어요. 자동차가 다니게 된 것이 다른 해보다도 한 달이나 늦어져, 오월이었어요. 스키장에 매점이 있잖아요, 저 이 층을 눈사태가 뚫고 지나갔어요. 아래층에 있던 사람들은 그런 줄도 모르고 이상한 소리가 나자, 부엌에서 쥐가 뭘 갉아먹나 보다 하고 가 보아도 아무것도 없으니까, 2층으로 올라갔는데, 눈투성이지 뭐예요. 덧문이고 뭐고 눈이 쓸어가 버린 거예요. 표층 눈사태라는 건데 그것을 라디오에서 크게 방송했어요. 무서워서 스키 손님이 오지 않아요. 올핸 타지 않을 셈으로 작년 연말에 스키도 남에게 줘 버렸어요. 그래도 두세 번 탔는지 몰라. 나 변하지 않았어요?"

"선생님이 돌아가신 후 어떻게 지냈나?"

"남의 일은 상관 마세요. 이월에는 틀림없이 여기 와서 기다리고 있었어요."

"항구에 돌아갔으면 그렇다고 편지를 띄우면 되잖아?"

"싫어요. 그런 처량한 짓은 하기 싫어요. 부인에게 보여 줘도 괜찮은 편지 같은 건 쓰지 않아요. 비참해요. 눈치를 봐 가며 거짓말을 할 건 없잖아요."

고마코는 재빠른 말로 내팽개치듯이 격렬하게 내뱉었다. 시마무라는 고개를 끄덕였다.

"당신, 그런 벌레들 속에 앉아 있지 말고 전등을 끄세요."

여인의 귓바퀴까지도 또렷이 그림자가 질 정도로 달은 밝았다. 그 빛이 깊숙이 비쳐들어 다다미가 싸늘하게 파래지는 것 같았다.

고마코의 입술은 아름다운 거머리의 테처럼 매끈매끈했다.

"싫어, 보내 주세요."

"여전하군" 하고 시마무라는 고개를 젖히고서, 어딘지 우스꽝스러우며 약간 오똑하고 동그란 얼굴을 가까이서 바라보았다.

"열일곱에 여기 왔을 때하고 조금도 달라지지 않았다고들 해요. 생활이랬자, 그건 예나 이제나 똑같은 걸요."

북국 소녀의 뺨에 어린 발그레한 기운이 아직도 짙게 남아 있었다. 게이샤다운 살결에 달빛이 조가비 같은 윤기를 내주었다.

"하지만 집이 바뀌었다는 거 아세요?"

"선생님이 돌아가신 후에 말이지? 이젠 그 누에 치던 방에 살지 않는군. 이번 집은 진짜 포주집인가?"

"진짜 포주집이냐구요? 그렇죠. 가게에서 과자며 담배 같은 걸 팔고 있어요. 역시 나 하나밖에 없어요. 이번엔 진짜 고용살이니까, 밤이 깊어지면 촛불을 켜고 책을 읽어요."

시마무라가 어깨를 끌어안으며 웃으니까,

"계량기가 돌아가니까, 전기를 낭비하면 미안하거든요."

"그렇군."

"하지만 이게 고용살인가 하고 생각할 정도로 주인집 사람들은 아주 소중히 아껴 주거든요. 어린아이가 울거나 하면 아주머니가 미안해서 밖으로 업고 나가요. 아무런 불만도 없지만 잠자리가 비뚤어져 있는 건 싫어요. 늦게 돌아가면 이부자리를 깔아 주거든요. 요가 똑바로 겹쳐지지 않았다든지, 욧잇이 비뚤어지곤 하는 거예요. 그런 걸 보면 한심스러워요. 그렇다고 해서 내 손으로 다시 깔기도 미안해요. 친절이 고마우니까요."

"당신이 살림을 한다면 고생깨나 하겠군."

"모두들 그렇게 말하죠. 타고난 천성인 걸요. 집에 조그만 어린애가 넷이 있으니까, 어질러 놓고 야단들이에요. 나는 그걸 하루 종일 정리하고 다니죠. 치워 놓으면 어차피 또다시 어질러 놓을 걸 알면서도 신경이 쓰여서 그냥 놔 둘 수가 없는 거예요. 사정이 허락하는 한, 이래봬도 난, 깨끗이 치우고 살고 싶은 걸요."

"그렇지."

"당신, 내 기분을 아시겠어요?"

"알고 말고."

"알면 말해 보세요. 어서, 말해 보시란 말이에요" 하고 고마코는 느닷없이 절박한 목소리로 대들었다.

"그거 봐요. 말 못 하잖아요. 거짓말만 늘어놓으시고. 당신은 사치스런 생활만 해서 엉터리예요. 알 게 뭐람."

그러고는 목소리를 가라앉히더니,

"슬퍼요. 내가 바보야. 당신, 이제 내일 돌아가세요."

"그렇게 당신처럼 캐묻는다고 해서, 분명히 말할 수 있는 것이 아니잖아?"

"뭘 말할 수 없다는 거예요? 당신, 그게 나빠요" 하고 고마코는 또다시 어쩔 도리가 없다는 듯이 목소리를 삼켰으나, 조용히 눈을 감고는 시마무라가 자기를 어딘지 모르게 느끼고 있다는 것을 알았다는 듯한 태도를 나타내며,

"일 년에 한 번만이라도 좋으니 와 줘요. 내가 여기 있는 동안은

일 년에 한 번, 꼭 와 주세요."

기한은 4년이라고 했다.

"우리 집에 갈 때는 다시는 이런 일을 하러 나오리라곤 꿈에도 생각지 않았어요. 그래서 스키도 남에게 주고 갔던 건데, 한 일이라곤 담배를 끊은 것뿐이에요."

"그렇지 참, 전에는 많이 피웠지."

"그래요. 손님 방에서 손님들이 주는 걸 살짝 소매 속에 넣곤 하니까 돌아올 때는 몇 개고 나올 때가 있어요."

"하지만 사 년은 긴데."

"곧 지나가 버려요."

"따뜻해" 하고 시마무라는 고마코가 다가오는 걸 그대로 안아올렸다.

"따뜻한 건 타고난 거예요."

"벌써 아침 저녁은 추워졌지?"

"내가 여기 온 지 오 년이 되었어요. 처음엔 어쩐지 마음이 허전해서, 이런 데서 어떻게 사나 했지요. 기차가 개통되기 전에는 쓸쓸했어요. 당신이 오기 시작한 지도 벌써 삼 년째예요."

그 3년이 채 안 되는 동안에 세 번 왔지만, 그때마다 고마코의 처지가 달라진 것을 시마무라는 생각하고 있었다.

몇 마리의 철써기*가 갑자기 울어 대기 시작했다.

---

* 여치과에 속하는 곤충. 여치나 베짱이와 비슷한데, 8~10월에 나와 저녁부터 '철 써철썩'하고 아름답게 운다.

"아이, 싫어" 하고 고마코는 그의 무릎에서 일어났다. 북풍이 불어치자 방충망에 붙었던 나방이 일제히 날았다. 검은 눈을 살짝 뜬 것같이 보이는 것은 짙은 속눈썹을 내리감은 탓이라고 시마무라는 이미 알고 있으면서도 역시 가까이서 들여다보았다.

"담배를 끊은 뒤 살이 쪘어요."

배의 기름살이 두꺼워져 있었다.

멀리 떨어져 있을 때엔 붙잡기 어려운 것도 이렇게 만나고 보니 금세 그 정다움이 되살아난다. 고마코는 살그머니 손바닥을 가져다 가슴에 얹고서,

"한쪽이 커졌어요."

"바보, 그 사람의 버릇이군, 한쪽만."

"아이, 싫어요. 거짓말, 짖궂은 분이셔."

고마코는 갑자기 변했다. 이거였구나 하고 시마무라는 생각해냈다.

"양쪽을 고루고루하라고, 이번부터는 그렇게 말해."

"고루고루? 고루고루라고 말하란 말이에요?" 하고 고마코는 부드럽게 얼굴을 가져다 댔다.

이 방은 2층인데도 집 주위를 두꺼비가 울며 돌아다녔다. 한 마리가 아니라 두 마리, 세 마리나 기어다니는 모양이었다. 오랫동안 울고 있었다.

탕에서 올라오니 고마코는 마음이 푹 놓인 듯한 조용한 목소리로 또다시 신상 이야기를 시작했다.

여기서 처음 검사를 받을 때 동기 때와 같은 줄 알고 가슴만 벗자,

모두들 웃는 바람에 웃음거리가 되었다는 이야기, 그래서 울어 버렸다는 이야기, 그런 것까지 이야기했다. 시마무라가 묻는 대로,

"난 정말 정확해요. 이틀씩 정확하게 빨라져요."

"하지만 말야, 손님 방에 나가는 데 곤란한 일 같은 건 없지?"

"어머나, 그런 걸 다 아세요?"

몸이 더워지기로 이름 높은 온천에 매일같이 들어가고 구온천과 신온천 사이를 술자리 따라 왔다 갔다 하게 되면 십 리나 걷게 되는 셈이고, 밤을 새는 일도 적은 산골 생활이어서 건강하게 살이 찐 단단한 몸이지만, 게이샤 등에서 흔히 보는 허리가 좀 옴츠러든 모습이었다. 가로로는 조붓하고 세로로는 두툼하다. 그런데도 시마무라가 멀리서 이끌려 오게 되는 까닭은 여인에게 마음속 깊이 가련히 여겨지는 점이 있었기 때문이다.

"나 같은 건 아기를 못 낳을 거 아녜요?" 하고 고마코는 진심으로 물었다. 한 사람하고만 교제한다면, 부부나 다름없지 않느냐고 묻는 것이었다.

고마코에게 그러한 사람이 있다는 걸 시마무라는 처음으로 알았다.

열일곱부터 5년째 계속하고 있다는 것이다. 시마무라가 전부터 의아하게 여기고 있던, 고마코의 무지하고도 전혀 무경계한 까닭을 그것으로 알았다.

동기로 있을 때 몸값을 치러 주고 몸을 빼내 준 사람과는 사별을 하고 항구로 돌아오자 곧 그 얘기가 있었던 탓인지 고마코는 처음부터 오늘날까지 그 사람이 싫어서 언제까지나 마음을 터놓지 못한

다고 한다.

"오 년 동안이나 계속했다면, 훌륭한 편이잖아?"

"헤어질 기회는 두 번이나 있었어요. 여기서 게이샤로 나오게 됐을 때하고 선생님 댁에서 지금의 집으로 옮길 때하고. 하지만 의지가 약한 거예요. 정말로 의지가 약한 거예요."

그 사람은 항구에 있다고 한다. 그 동네에 두기가 거북해서 선생이 이 마을로 오는 김에 맡겨 보냈다고 한다. 친절한 사람인데도 한 번도 몸을 허락할 마음이 안 나는 것은 슬픈 일이라고 한다. 나이 차이가 심해서 어쩌다가 한 번씩밖에는 오지 않는다고 한다.

"어떻게 해야 사이가 끊어질까 참다못해, 못된 짓을 저질러 버릴까 하고 마음먹을 때가 가끔 있어요. 정말로 그렇게 생각하는 거예요."

"못된 짓은 좋지 않아."

"못된 짓은 할 수 없어요. 역시 타고난 천성이라 안 돼요. 나는 나의 살아 있는 몸이 귀여워요. 하려고 마음만 먹으면, 사 년의 기한을 이 년으로 줄일 수 있지만 무리는 안 하죠. 몸이 소중하니까요. 무리를 하면 화대가 꽤 나오겠죠. 기한제니까, 주인에게 손해를 끼치지 않으면 되는 거예요. 원금이 달로 쪼개어 얼마, 이자가 얼마, 세금이 얼마, 거기에다 자기가 먹는 식비를 계산에 넣으면 알 수 있겠죠? 그 이상 너무 무리해서 일할 필요도 없어요. 귀찮은 술좌석이어서 마음에 없으면 지체없이 돌아가 버리고, 단골 손님의 지명이 아니면 여관에서도 밤늦게 부르진 않아요. 자기가 사치하기로 들면 한이 없지만 마음내키는 대로 나가서 벌고 있으면 그걸로 끝나는 거예요. 벌써 원금을 절반 이상 갚았는 걸요. 아직 일 년도 안 돼요. 그래도 용돈이니 뭐니 해서 한 달에 삼십 원은 들어요."

한 달에 1백 원 벌면 된다고 했다. 지난 달 가장 적은 사람이 3백 본(本)에 60원이라고 했다. 고마코는 술좌석 수가 90 몇 개로 가장 많고 한 자리에 한 개가 자기 차지가 되므로 주인에게는 손해지만, 자꾸자꾸 술좌석을 돌아다닌다고 했다. 이 온천장에는 빚이 늘어 기한을 연기한 사람은 한 사람도 없다고 했다.

이튿날 아침, 고마코는 역시 일찌감치 일어나,

"꽃꽂이 선생님과 이 방을 청소하고 있는 꿈을 꾸다가 잠이 깨 버렸어요."

창가에 내놓은 경대에는 단풍 든 산이 비치고 있었다. 거울 속에도 가을 햇살이 밝았다. 과자 가게의 여자 아이가 고마코의 갈아입을 옷을 가지고 왔다.

"고마짱" 하고 슬프도록 맑은 목소리로 맹장지 뒤에서 부르던 그 요코는 아니었다.

"그 처녀는 어떻게 됐지?"

고마코는 흘끗 시마무라를 보고는,

"산소에만 다니고 있어요. 스키장 기슭에, 저 봐요. 메밀밭이 있죠. 하얀 꽃이 피어 있는 그 왼쪽에 무덤이 보이잖아요?"

고마코가 돌아가고 난 후에 시마무라도 마을로 산책을 하러 가 보았다.

하얀 벽이 있는 처마밑에서 아주 붉은 새 플란넬 산바쿠를 입은 여자 아이가 고무공을 치고 있는, 정녕 가을 속에 와 있었다.

다이묘(大命)*가 드나들던 무렵부터 있었으리라고 여겨지는 옛날의 풍취를 자아내는 집들이 많았다. 처마에 이어 댄 차양이 유난히 깊었다. 2층의 창문은 높이 한 자 정도밖에 안 되는데, 길쭉하고 좁았다. 처마끝에는 띠로 엮은 발이 드리워져 있었다.

흙담 위에 참억새를 심은 울타리가 있었다. 참억새는 엷은 황색 꽃이 한창 피어 있었다. 그 가느다란 잎이 한 줄기씩 아름답게 분수 같은 모양으로 펼쳐져 있었다.

그리고 길가 양지 쪽에 거적을 깔고 앉아 팥을 털고 있는 것은 요코였다.

마른 팥 꼬투리에서 팥이 은화처럼 반짝반짝 빛나며 튀어나왔다.

수건을 둘러쓰고 있어서 시마무라가 보이지 않는지 요코는 산바쿠의 무릎을 벌리고 팥을 털면서 그 슬프도록 맑게 울려 메아리칠 듯한 목소리로 노래를 부르고 있었다.

나비 잠자리랑 여치랑
산에서 우는
청귀뚜라미 방울벌레 철써기

삼나무를 훌쩍 떠난, 저녁 바람 속을 날아가는 까마귀가 크기도 하네 하고 부르는 노래가 있지만, 이 창가에서 내려다보이는 삼나무 숲 앞에는 오늘도 잠자리 떼가 흘러다니고 있다. 저녁이 다가옴

---

* 에도 시대에 넓은 영지를 가졌던 지방 영주, 즉 지방 제후.

에 따라 그들의 헤엄쳐 다니는 속도가 황망히 빨라지는 듯했다.

시마무라는 출발하기 전에 역 매점에서 이 근방의 산 안내서가 새로 나온 것이 있어서 사 가지고 왔다. 그것을 이리저리 뒤적이며 읽고 있노라니, 이 방에서 바라다보이는 접경의 산들, 그 중의 하나인 산꼭대기 근처는 아름다운 못과 늪을 누비는 좁은 산길인데, 그 일대의 습지에는 온갖 고산 식물이 흐드러지게 피어 있고, 여름철이면 무심히 고추잠자리들이 날아와 모자고 손이고 때로는 안경테에까지 내려앉는 한가로운 풍경은 학대받은 도시의 잠자리와는 하늘과 땅 차이가 있다고 씌어 있었다.

그러나 눈앞의 잠자리 떼는 어쩐지 막다른 곳으로 쫓겨 휘몰려 다니는 것처럼 보인다. 저물어 감에 앞서서 거무스름해지는 삼나무 숲의 빛깔에 그 모습이 지워지지 않게 하려고 초조하게 굴고 있는 것처럼 보인다.

먼 산이 석양을 받자 봉우리에서부터 단풍져 내려오고 있음을 뚜렷이 알 수 있었다.

"인간이란 저항력이 약한가 봐요. 머리에서부터 뼈까지 완전히 엉망진창으로 박살이 나고 말았대요. 곰 같은 건 훨씬 더 높은 암벽에서 떨어져도 몸은 조금도 다치지 않는 모양이던데" 하고 오늘 아침에 고마코가 말한 것을 시마무라는 생각해 냈다. 암벽을 타다가 또다시 조난 사고가 일어났다는 그 산을 가리키면서 한 말이었다.

곰처럼 튼튼하고 두꺼운 털가죽을 뒤집어쓰고 태어났더라면 인간의 관능은 상당히 달라졌을 것임에 틀림없다. 인간은 얇고 매끄러운 피부를 서로 사랑하고 있는 것이다. 그런 것을 생각하며 석양빛이 비친 산을 바라보고 있노라니까 시마무라는 감상적으로 사람의 살결이 그리워졌다.

"나비 나비 잠자리랑 여치랑⋯⋯"라고 하는 저 노래를 저녁밥을 일찌감치 먹고 있을 때 서투른 샤미센으로 노래하고 있는 게이샤가 있었다.

산 안내에서는 등산로, 일정, 숙박소, 비용 등이 간단히 씌어 있을 뿐이어서 도리어 공상을 자유로이 펼칠 수 있었다. 시마무라가 처음으로 고마코를 알게 된 것도 잔설의 살결에 신록이 움트는 산을 타고서 이 온천 마을에 내려왔을 때의 일이었다. 자신의 발자국이 남아 있는 산을 이렇게 바라보고 있노라니, 지금은 가을 등산철이어서 산에 마음이 끌려가는 것이었다. 무위도식하는 그에게는 하릴없이 고생을 하며 산을 타는 것은 헛수고의 표본인 것처럼 여겨지지만, 그렇기 때문에 또한 비현실적인 매력도 있었다.

멀리 떨어져 있으면 고마코가 자꾸만 생각났음에도 불구하고 막상 가까이 와 보니 뭔가 마음을 놓아 버리는 탓인지, 지금은 그녀의 육체도 너무나 친근해진 탓인지, 사람의 살결이 그립다는 생각과 산에 이끌리는 생각은 똑같은 성질의 꿈인 것처럼 느껴지는 것이었다. 어젯밤 고마코가 자고 간 직후여서 그런 것이기도 하리라. 그러나 조용한 가운데 혼자 앉아 있노라면 부르지 않아도 고마코가 움직이여, 마음속으로 기다리는 것이 은근할 수밖에 없었지만, 하이킹을 하러 온 여학생들의 애동애동 떠드는 소리가 들리는 동안에 잠이나 자야겠다고 마음먹고 시마무라는 일찌감치 잠자리에 누웠다.

이윽고 가을 소나기가 지나가는 모양이었다.

이튿날 아침 눈을 뜨니 고마코가 책상 앞에 단정히 앉아 책을 읽고 있었다. 하오리〔羽織〕도 거친 비단으로 만든 평상복이었다.

"깼어요?" 하고 그녀는 조용히 말하면서 이쪽을 보았다.

"웬일이야."

"잠이 깼어요?"

알지 못하는 사이에 들어와 여기서 잤나 싶어, 시마무라가 자신의 잠자리를 둘러보면서 베개맡의 시계를 집어들고 들여다보니 아직도 여섯 시 반이었다.

"아직 이른데."

"하지만 하녀가 벌써 불을 넣으러 왔는 걸요."

주전자는 아침다운 김을 허옇게 내뿜고 있었다.

"일어나세요" 하고 고마코는 다가와서 그의 베개맡에 앉았다. 매우 가정 주부다운 거동이었다. 시마무라는 기지개를 켠 김에 여인의 무릎 위에 얹힌 손을 붙잡고 조그마한 손가락에 박힌 샤미센 발목의 못을 만지작거리면서,

"졸리는데. 이제 막 밤이 샜지 않아?"

"혼자서 잘도 주무셨어요?"

"암."

"당신, 역시 수염을 기르지 않으셨군요?"

"아, 참, 지난번 헤어질 때 그런 말을 했었지, 수염을 기르라고."

"어차피 잊어버렸대도 상관없어요. 항상 파르스름하게 깨끗이 밀고 계시는군요."

"당신도 역시 언제나 분화장을 지우면 방금 면도를 하고 난 직후와 같은 얼굴인걸."

"뺨이 또 너무 살찐 것 같아요. 살결이 희어서 주무시고 계실 때는 수염이 없으면 이상해요. 동그래요."

"부드럽고 좋지 뭐."

"믿음직하질 않아요."

"기분 나쁜데. 말똥말똥 들여다보고 있었구나."

"그래요" 하고 고마코는 생긋 웃으며 고개를 끄덕이고는, 그 미소에서 갑자기 불이 붙은 듯 웃음을 터뜨리더니 자신도 모르게 그의 손가락을 쥔 손에 힘을 주며 말하는 것이었다.

"벽장 속에 들어가 숨어 있었어요. 하녀가 조금도 눈치채지 못했어요."

"언제야. 언제부터 숨어 있었어?"

"금방이지 언제긴요? 하녀가 불을 가지고 왔을 때요."

그리곤 자신이 한 짓을 생각하고 우스워 못 견디겠다는 표정이었으나, 갑자기 귀밑까지 빨개지더니 그걸 얼버무리려는 듯이 이불자락을 들고 부채질을 하면서,

"일어나세요. 제발 일어나 주세요."

"추워" 하고 시마무라는 이불을 끌어안고,

"여관집 사람들은 벌써들 일어났나?"

"몰라요. 뒤꼍으로 올라왔으니까."

"뒤꼍?"

"삼나무 숲이 있는 데로 기어 올라왔어요."

"그런 길이 있나?"

"길은 없지만, 가까워요."

시마무라는 놀란 표정으로 고마코를 쳐다봤다.

"내가 온 건 아무도 몰라요. 부엌에서 무슨 소리가 나긴 했지만 현관은 아직도 닫혀 있잖아요."

"당신은 역시 일찍 일어나는군."

"어젯밤 잠을 못 잤어요."

"소나기가 지나간 거 아나?"

"그래요? 저기 얼룩 조릿대가 축축히 젖어 있는 건 소나기 때문이었군요. 돌아갈래요. 이젠 한잠 더 푹 주무세요."

"일어날게" 하고 시마무라는 여인의 손을 붙잡은 채 이부자리 속에서 벌떡 일어났다. 그 길로 여인이 기어 올라왔다는 주위를 내려다보니 관목 따위가 무성하게 우거진 아래쪽이 요란스럽게 뚫려 있었다. 그것은 삼나무 숲으로 뚫린 언덕의 중턱인데, 창문 바로 아래에 있는 밭의 무, 고구마, 파, 토란 등의 평범한 야채이지만 아침의 햇살을 받아 저마다 빛깔이 다른 잎들을 처음 보기라도 하는 듯이 기분이 상쾌했다. 탕으로 가는 복도에서 지배인이 연못 속의 잉어에게 먹이를 던져 주고 있었다.

"추워졌는지 먹성이 나빠졌습니다" 하고 지배인은 시마무라에게 말하고는, 누에 번데기를 말려서 빻은 먹이가 물에 떠 있는 것을 한참 동안 바라보고 있었다.

고마코는 맑고 깨끗한 모습으로 앉아 있다가 탕에서 올라온 시마무라에게,

"이렇게 조용한 데서 바느질이나 했으면."

방은 이제 막 청소를 하고 난 뒤인데 약간 해묵은 다다미 위에 가을 아침 햇살이 깊숙이 내리비치고 있었다.

"바느질할 줄 아나?"

"실례의 말씀. 형제들 중에서 가장 많이 고생을 했어요. 돌이켜보면, 내가 자라날 무렵이 마침 우리 집안이 지내기가 어려운 때였나 봐요." 하고 혼잣말을 하는 듯했으나 갑자기 들뜬 목소리로,

"고마짱, 언제 왔어 하며 하녀가 이상한 표정을 지었어요. 두 번이고 세 번이고 계속해서 벽장 속에 숨어 있을 수는 없고 해서 난처해졌어요. 이젠 돌아갈래요. 몹시 바쁜 걸요. 잠이 오지 않아서 머리를 감으려고 했는데. 아침 일찍 감아 두지 않으면, 마를 때를 기다려 머리를 빗겨 주는 사람에게 갔다기는 낮의 연회 시간에 맞춰 갈 수 없거든요. 여기에서도 연회가 있지만, 어젯밤에야 알려 주는 거예요. 다른 곳에도 승낙한 뒤여서 오질 못할 거예요. 토요일이니까, 몹시 바빠요. 놀러 오지도 못할 거예요."

그런 말을 하면서도, 고마코는 일어날 기미를 보이지 않았다.

머리를 감는 일을 그만두고 시마무라를 뒷마당으로 끌고 갔다. 아까 거기로 숨어 들어왔는지 건물과 건물 사이에 있는 복도 밑에 고마코의 젖은 게다와 다비(足袋)*가 있었다.

그녀가 기어 올라갔다고 하는 얼룩 조릿대가 우거진 쪽으로는 갈 수도 없을 것 같아 밭을 따라서 물소리가 나는 쪽으로 내려가 보니,

---

* 일본식 버선. 방한 및 예장(藝裝)에 갖추어 신는다.

시냇가는 깊은 낭떠러지로 되어 있고 밤나무 위에서는 어린아이들의 목소리가 들렸다. 발밑의 풀 속에도 밤송이 몇 개가 떨어져 있었다. 고마코는 게다로 밟아 뭉개어 밤알을 까냈다. 모두 자디잔 밤알이었다.

맞은편 기슭의 경사가 급한 산허리에는 억새 이삭이 일제히 피어나, 눈부신 은빛으로 흔들리고 있었다. 눈부신 빛이라곤 하지만 그것은 가을 하늘을 날고 있는 투명한 덧없음과 같은 것이었다.

"저쪽으로 가 볼까, 당신네 약혼자의 무덤이 보이는."

고마코는 쑥 발돋움을 하고서 시마무라를 똑바로 쏘아보더니, 한 주먹의 밤을 힘껏 그의 얼굴에다 내던지고는,

"당신, 나를 업신여기는군요!"

시마무라는 피할 사이도 없었다. 이마에서 딱 소리가 나고 아팠다.

"무슨 인연이 있다고 당신이 무덤을 구경하는 거예요."

"뭘 그렇게 화를 내지?"

"그런 것도 나에겐 진지한 일이었어요. 당신처럼 사치스런 기분으로 살고 있는 사람과는 달라요."

"누가 사치스런 기분으로 살고 있담" 하고 그는 힘없이 중얼거렸다.

"그럼, 왜 약혼자니 뭐니 해요? 약혼자가 아니란 건 요전에 자세히 얘기했잖아요? 잊었군요."

시마무라는 잊고 있었던 것은 아니다.

'선생님이 말이에요. 아드님하고 나하고 결혼을 하면 좋겠다고

생각한 적이 있었는지도 몰라요. 마음속으로만 그렇게 생각했을 뿐이지 입 밖엔 한 번도 꺼내지 않았단 말이에요. 그러한 선생님의 마음속을 아드님이나 나나 다 같이 어슴푸레하게 알고 있었어요. 하지만 두 사람은 따로따로 떨어져서 살아온 거예요. 도쿄에 팔려 갈 때, 그 사람 혼자서 전송해 주었어요.'

고마코가 그렇게 말한 것을 기억하고 있었다.

그 사내가 위독하다고 하는데 그녀는 시마무라가 있는 방에서 자면서, '내가 좋아서 하는 일을 죽어 가는 사람이 어떻게 말리겠어요?' 하고 몸을 내던지듯이 말한 적도 있었다.

더구나 고마코가 마침 시마무라를 역에 전송하고 있을 때, 환자의 용태가 이상하다고 요코가 데리러 왔는데도 불구하고 고마코는 한사코 돌아가지 않으려 해서 임종도 못 보았던 일이 있었기에 한층 더 시마무라는 그 유키오라는 사내가 마음에 걸렸다.

고마코는 언제나 유키오 이야기를 피하려고 한다. 약혼자는 아니었다고 할지라도 그의 요양비를 벌기 위해서 여기서 게이샤로 나왔다고 하니까 '진지한 일'이었음에 틀림없다.

밤알로 얻어맞고도 화를 내는 기색이 없자 고마코는 잠시 의아스러운 모양이더니, 갑자기 풀이 죽어 무너지듯 매달리며,

"응, 당신 순진한 분이군요. 뭔가 슬프지요?"

"나무 위에서 애들이 보고 있어."

"알 수 없군요. 도쿄 사람은 복잡해서. 주위가 시끄러우니까, 마음이 산란해지는 거죠?"

"모두 다 어수선해졌어."

"이제 생명까지도 어수선해질 거예요. 무덤을 보러 가실까요?"

"글쎄."

"그거 보세요. 무덤 같은 건 조금도 보고 싶지 않은 것 아녜요?"

"당신 쪽에서 구애받고 있을 뿐이야."

"나는 한 번도 찾아간 일이 없으니까, 구애를 받는 거예요, 정말이에요, 한 번도. 지금은 선생님도 함께 묻혀 있으니까, 선생님에게는 죄송하다고 생각하지만, 새삼스레 갈 수도 없어요. 그런 건 속이 빤히 들여다보이는 짓 같아요."

"당신 쪽이 훨씬 더 복잡하군."

"왜요? 살아 있는 상대에게 마음먹은 대로 분명히 할 수도 없으니까 하다 못해 죽은 사람에게나마 분명히 해두는 거예요."

고요함이 차가운 물방울이 되어 떨어질 듯한 삼나무 숲을 빠져나가 스키장 아래쪽으로 철로를 따라 걸어가니 바로 묘지였다. 논두렁에서 약간 높다란 한쪽 모퉁이에 해묵은 돌 비석 여남은 개와 지장보살의 석상이 서 있을 뿐이었다. 초라하게 헐벗은 무덤이었다. 꽃은 없었다.

그러나 지장보살상 뒤쪽의 얕은 나무 그늘에서 뜻밖에 요코의 가슴이 보였다. 그녀도 순간 가면과도 같은 진지한 얼굴을 하고서 찌를 듯이 불타는 눈으로 이쪽을 보았다. 시마무라가 꾸뻑 인사를 하고는 그대로 멈춰 섰다.

"요코상, 빨리도 왔어. 난 머리 빗으러……" 하고 고마코가 막 얘기를 하기 시작했을 때였다. 획하고 새까만 돌풍이 불어 날려가기라도 하는 듯이 그녀도 시마무라도 몸을 움츠렸다.

112

화물 열차가 굉장히 큰 소리를 요란하게 울리면서 바로 옆을 지나간 것이었다.

"누나아" 하고 부르는 소리가 그 요란을 꿍음 속을 뚫고 흘러왔다. 까만 화물 열차의 문가에서 소년이 모자를 흔들고 있었다.

"사이치로[佐一郞], 사이치로" 하고 요코가 불렀다.

눈의 신호소에서 역장을 부르던 그 목소리였다. 들리지도 않는 먼 배 위에 타고 있는 사람을 부르는 듯한 슬프도록 아름다운 목소리였다.

화물 열차가 지나가 버리자 가리개를 치워 버린 듯이 철로 건너편의 메밀꽃이 선명하게 보였다. 빨간 줄기 위에 흐드러지게 피어 있는 풍경은 참으로 조용했다.

뜻밖에 요코를 만났는지라 두 사람은 기차가 오는 것도 알아차리지 못했을 정도였지만, 그러한 무엇까지도 화물 열차가 휩쓸어 가 버렸다.

그런 다음에는 차바퀴 소리보다도 요코 목소리의 여운이 남아 있는 듯한 느낌이었다. 순결한 애정의 메아리가 되울려 올 것만 같았다.

요코가 기차를 멀리 떠나 보내고 나서,

"동생이 타고 있으니까, 역에 가 볼까 해요."

"하지만 기차는 역에서 기다리고 있진 않아요" 하고 고마코가 웃었다.

"참, 그렇지."

"난, 유키오상의 묘에 참배하진 않을래."

요코는 고개를 끄덕이고 잠시 망설이더니 무덤 앞에 꿇어앉아 두 손을 모았다.

고마코는 우두커니 서 있을 뿐이었다.

시마무라는 눈길을 돌려 지장보살을 보았다. 긴 얼굴이 삼면에 새겨져 있는데, 가슴에 대고 합장한 한 쌍의 팔 외에도 좌우에 두 개씩의 손이 있었다.

"머리를 빗어야지" 하고 고마코는 요코에게 말하고는 논두렁 길을 따라 마을 쪽으로 내려갔다.

이 고장 사투리로 '핫테'라고 하는 나무의 줄기와 줄기 사이에 대나 막대기를 바지랑대와 같은 모양으로 몇 층이고 잡아매어 볏단을 걸쳐서 말리는 볏가리는 마치 볏단으로 높다란 병풍을 세워 놓은 것처럼 보이는데── 시마무라 일행이 지나가는 길가에서도 농부들이 그 '핫테'라고 하는 볏가리를 만들고 있었다.

산바쿠의 허리를 휙휙 비틀면서 처녀가 볏단을 던져 올리면 높이 올라가 있는 사내가 재치 있게 받아들고는 잡아 훑듯이 두 갈래로 쩍 갈라서 장대에 걸쳐 놓곤 한다. 익숙해진 무심한 동작이 구성지게 되풀이되고 있었다.

볏가리의 아래로 처진 이삭을 무슨 소중한 물건의 무게라도 달아 보듯이 고마코는 손바닥에 올려놓고 흔들흔들 까불어 올리면서,

"잘도 영글었다. 만져만 보아도 기분이 좋은 이삭이에요. 작년과는 아주 딴판인 걸요" 하고 이삭의 감촉을 즐기는 듯이 눈을 지그시 떴다. 그 위의 하늘에선 나직이 참새 떼들이 어지러이 날고 있었다.

'모내기 인부 임금 협정, 1일 임금 90전, 식사 제공, 여자 인부는

이상의 6할'이라는 낡은 벽보가 길가의 벽에 남아 있었다.

요코네 집에도 핫테가 있었다. 큰길에서 조금 들어간 밭 끄트머리에 서 있었는데, 그 집 마당의 왼쪽, 옆집의 하얀 벽을 따라 줄지어 늘어선 감나무에 높다란 핫테가 쌓여 있었다. 그리고 또한 밭과 마당의 사이에도 다시 말하면 감나무의 핫테와는 직각으로, 역시 핫테로 그 볏단 밑을 드나드는 입구가 한쪽가에 나 있었다. 거적 아닌 볏단으로 마치 가설극장을 만들어 놓은 것 같았다. 밭에는 시들어 버린 다알리아와 장미나무 앞에 토란이 싱싱한 잎사귀를 펼치고 있었다. 붉은 잉어가 있는 연못은 핫테의 저쪽에 있어서 보이지 않았다.

작년에 고마코가 살고 있던 그 누에 치던 방의 창문도 가려져 보이지 않았다.

요코는 화난 듯이 머리를 숙이고는 벼 이삭이 늘어진 입구로 돌아갔다.

"이 집에서 혼자 사나?" 하고 시마무라는 약간 등이 굽은 듯한 뒷모습을 바라보면서 물었다.

"그렇지도 않을 걸요" 하고 고마코는 퉁명스럽게 말했다.

"아이, 기분 나빠. 이젠 머리 빗는 건 그만둘래. 당신이 쓸데없는 말을 꺼내서 저 애의 성묘를 방해했어요."

"무덤에서 만나기 싫은 건 당신의 고집이겠지."

"당신은 내 마음을 몰라요. 나중에 틈이 있으면 머리 감으러 가겠어요. 늦어질지도 모르지만 꼭 갈 거예요."

그러고는 한밤중인 세 시였다.

장지를 냅다 밀어붙이듯이 여는 소리에 시마무라가 눈을 뜨자, 가슴 위에 넙죽 고마코가 길게 쓰러지더니,

"온다고 했으니까 왔죠. 그렇죠? 온다면 오는 거예요" 하고 배까지 들먹거리는 거친 숨을 쉬었다.

"몹시 취했군."

"이봐요, 온다면 오는 거예요."

"아, 그래 왔어."

"여기 오는 길, 안 보여. 후우, 괴로워."

"그러고도 언덕길을 잘도 올라왔군."

"몰라요, 이젠 몰라" 하고 고마코가 벌떡 드러누워 뒹구는 바람에 시마무라는 답답하게 짓눌려서 일어나려고 했으나 갑자기 잠이 깬 탓인지, 베슬거리며 다시 쓰러지자 머리가 뜨거운 것에 닿아서 깜짝 놀랐다.

"불덩이 같잖아? 바보 같으니."

"그래요? 불베개 베면 불에 데어요."

"정말이야" 하고 눈을 감고 있으니, 그 열이 머릿속에 스며들어 시마무라는 바로 살아 있다는 느낌이 드는 것이었다. 고마코의 가쁜 숨결을 따라 현실이라는 것이 전해져 왔다. 그것은 그리운 회한과도 같아서 다만 이젠 편안하게 어떤 복수를 기다리는 심정 같았다.

"온다고 했으니까, 온 거예요" 하고 고마코가 그 말을 열심히 되풀이하고는,

"이젠 왔으니까, 돌아갈래요. 머리를 감아야겠어요."

그러고는 기어오르더니 물을 벌떡벌떡 마셨다.

"그래가지고는 돌아갈 수 없어."

"돌아갈 수 있어요. 동행이 있거든요. 목욕 도구, 어디 갔나?"

시마무라가 일어나서 전등을 켜자 고마코는 두 손으로 얼굴을 가리고 다다미에 엎드려 버렸다.

"싫어요."

겐로쿠 소매〔元祿袖〕*의 화려한 메린스 겹옷에다 검은 깃이 달린 잠옷을 입고 속띠를 매고 있었다. 그래서 속옷의 깃은 보이지 않고 맨발의 가장자리까지 취기가 돈 채 숨는 듯이 몸을 오그려 붙이고 있는 모습이 이상하게도 귀엽게 보였다.

목욕 도구를 내동댕이친 모양인지 비누며 빗 등이 흩어져 있었다.

"잘라 줘요, 가위 가져왔으니까."

"뭘 잘라."

"이걸요" 하고 고마코는 머리 뒤로 손을 돌려,

"집에서 속댕기를 자르려고 했지만 손이 말을 들어야지요. 여기와서 잘라 달라고 하려고요."

시마무라는 여인의 머리를 헤치고 속댕기를 끊었다. 한 군데가 잘라질 때마다 고마코는 머리를 흔들어 내리면서 약간 차분한 태도로,

"지금 몇 시쯤 됐나요?"

---

*   일본 소매 모양의 한 가지. 길이가 짧고 배래가 동그란 소녀용의 소매이다. '겐로쿠〔元祿〕'는 에도 시대 중기의 연호.

"벌써 세 신데."

"어머, 벌써 그렇게 됐어요? 제 머리는 자르면 안 돼요."

"많이 매기도 했군."

그가 붙잡은 머리의 밑부분이 후끈하도록 따뜻했다.

"벌써 세 시예요? 손님 방에서 돌아와서 쓰러진 채 잠들었었나 봐요. 친구들하고 약속을 했더니 집으로 부르러 왔어요. 어딜 갔나 할 거예요."

"기다리고 있나?"

"공동탕에 들어가 있어요. 셋이서. 술자리가 여섯 군데나 있었지만, 네 군데밖에 돌지 못했어요. 다음 주엔 단풍 구경을 하러 오는 손님들로 바빠질 거예요. 참, 고마워요" 하고 풀어진 머리를 빗으면서 얼굴을 들더니 눈부신 미소를 머금고,

"몰라요, 호호호, 아이 우스워라."

그리고 할 수 없다는 듯이 다리꼭지를 주워 들었다.

"친구들한테 미안하니까, 가 봐야겠어요. 갈 땐 들르지 않을래요."

"길이 보이나?"

"보여요."

그러나 옷자락을 밟고 비틀거렸다.

아침 일곱 시와 밤 세 시, 하루에 두 번이나 이상한 시간에 틈을 내어 왔구나 하고 생각하니, 시마무라는 심상치 않은 느낌이 들었다.

*

여관 지배인들이 문간에 단풍을 가도마쓰[門松]*처럼 장식하고
있었다. 단풍을 구경하러 오는 손님을 환영하는 뜻에서였다.

건방진 말투로 지시하고 있는 사람은 '철새입죠' 하고 스스로 비
웃듯이 말하는 임시 고용의 지배인이었다. 신록으로부터 단풍까지
의 기간을 이 근방의 산 속에 있는 온천에서 일하고 겨울에는 아타
미[熱海]**나 나가오카[長岡]*** 이즈[伊豆]**** 등의 온천장에 돈벌이
를 하러 간다. 그러한 사내 중의 한 사람이었다. 해마다 같은 여관에
서 일한다고는 할 수 없다. 그는 이즈의 번화한 온천장의 경험을 내
세우면서 이 근처의 손님 접대에 대한 험담만 하고 있었다. 손을 싹
싹 비벼 가면서 끈덕지게 손님을 끌기는 하지만 자못 성의 없는 구
걸 같은 인상이 나타나 있었다.

"손님, 으름을 아십니까? 잡수신다면 따다 드리죠" 하고 산책에
서 돌아오는 시마무라에게 말하고는 그는 그 으름을 넌출째 단풍나
무 가지에 매달았다.

단풍은 산에서 베어 왔는지 처마끝에 닿을 만한 크기인데 현관이

---

* 새해에 집집마다 문앞에 장식으로 세우는 소나무.
** 시즈오카현 이즈 반도[伊豆半島]의 동북쪽에 치우쳐 있는 도시. 동해도(東海道)
 최대의 온천장이다.
*** 니가다현 중부에 있는 공업 도시.
**** 옛날의 지방 이름. 지금의 시즈오카현의 동남부.

환하게 밝아질 만큼 빛깔도 산뜻한 주홍색이고, 하나하나의 잎사귀도 놀랄 만큼 큼직큼직했다.

시마무라는 으름의 차디찬 열매를 만지다가 퍼뜩 사무실 쪽을 바라보니 요코가 화롯가에 앉아 있었다.

주인 아주머니가 도코(銅壺)*에 술을 데우고 있었다. 요코는 그러한 아주머니와 마주 앉아 무슨 말을 들을 때마다 분명하게 고개를 끄덕였다. 산바쿠도 하오리도 없이 갓 빨아 입은 듯한 명주 옷을 입고 있었다.

"거들어 주러 온 사람인가?" 하고 시마무라가 별다른 관심도 없는 듯이 지배인에게 물으니까,

"예, 덕분에 손이 모자라서요."

"자네하고 똑같은 처지군."

"예, 그렇습죠. 하지만 마을 처년데, 좀 색다른 데가 있는 아가씹니다."

요코는 부엌일을 보고 있는지 지금까지 손님 방에는 나가지 않는 모양이었다. 손님이 붐비면 부엌에서 일하는 하녀들의 목소리도 커지는 것이지만, 요코의 그 아름다운 목소리는 들리지 않았다. 시마무라의 방을 담당한 하녀의 이야기로는 요코는 잠자기 전에 목욕통 속에서 노래를 부르는 버릇이 있다고 하는데, 그는 그것도 여태 들은 일이 없었다.

그러나 요코가 이 여관에 있다고 생각하니 시마무라는 고마코를

---

* 구리나 쇳물을 끓이는 단지 모양의 그릇.

부르는 데에도 어쩐지 거북스러운 느낌을 받았다. 고마코의 애정은 그에게 쏠려 있는 것임에도 불구하고 그것을 아름다운 헛수고인 것처럼 생각하는 그 자신이 허무함을 느꼈으나 오히려 고마코의 살고자 하는 생명력이 발가벗은 살결처럼 부딪쳐 오기도 하는 것이었다. 그는 고마코를 가엾게 여기면서 자기 자신도 가엾게 여겼다. 그와 같은 심정임을 무심히 꿰뚫는 빛과 같은 눈이 요코에게 있을 것만 같아서 시마무라는 이 여자에게도 마음이 끌리는 것이었다.

시마무라가 부르지 않았는데도 고마코는 물론 뻔질나게 찾아왔다.

계곡 속의 단풍을 구경하러 가는 길에 그는 고마코의 집 앞을 지나간 일이 있었다. 그때 그녀는 귀에 익은 자동차 소리를 듣고 저건 시마무라임에 틀림없다고 생각하여 밖으로 뛰어나가 보았으나 그가 뒤도 돌아다보지 않은 것이 인정머리 없는 사람이나 하는 짓이라고 말할 정도였다. 그녀는 여관에 불려 오기만 하면 시마무라의 방에 들르지 않고는 배기지 못했다. 탕에 갈 때에도 들렀다. 연회가 있으면 한 시간이나 일찍 나왔다가 하녀가 부를 때까지 그의 방에서 놀고 있었다. 손님 방에서 곧잘 빠져나와서는 경대 앞에서 얼굴을 고친 다음,

"이제부터 일하러 가요. 장사 욕심이 있으니까, 자아, 돈벌이, 돈벌이다" 하고 일어서 나갔다.

발목 주머니라든지 하오리라든지 그밖에 뭔가 가지고 온 것을 그의 방에 놓아 두고 가곤 했다.

"어젯밤 돌아가니까 더운 물이 없잖아요. 부엌을 살금살금 뒤져

서 아침에 먹다 남은 된장국을 부어서 매실 장아찌하고 먹었죠. 몹시 차더군요. 오늘 아침 집에서 깨워 주지 않잖아요. 잠을 깨고 보니 열 시 반이 아니겠어요. 일곱 시에 일어나 오려고 했는데 그만 틀려 버렸어요.”

그런저런 이야기를 비롯하여 어느 여관에서 어느 여관으로 돌아다녔다는 술좌석의 이런저런 이야기를 보고하는 것이었다.

“또 올게요” 하고 물을 마시고 일어나면서,

“이젠 오지 못할지도 몰라요. 글쎄, 서른 명이나 되는 술좌석에 게이샤는 단 세 사람밖에 없지 뭐예요. 바빠서 빠져나올 수 없을 거예요.”

그러나 또 금세 와서는,

“아이, 괴로워, 서른 명 상대로 세 사람밖에 없어요. 그나마 제일 나이 많은 사람하고 제일 나이 어린 사람이니, 내가 괴로워요. 째째한 손님이지, 틀림없이 무슨 여행 단체일 거야. 서른 명이면, 적어도 여섯 사람은 있어야지, 실컷 마시고 한바탕 쏘아붙여 주고 올게요.”

날마다 이 모양 이 꼴이어선 장차 어떻게 될 것인가 해서 고마코도 몸이고 마음이고 숨겨 버리고 싶은 모양이었으나, 그 어딘가 고독한 모습은 도리어 요염한 느낌을 돋우어 줄 뿐이었다.

“복도가 울려서 창피해요. 살금살금 걸어도 아는 모양이에요. 부엌 옆을 지나노라면 고마짱, 동백실이냐고 하면서 킬킬거리는 거예요. 이렇게 스스러워하게 되리라고는 생각지 못했어요.”

“바닥이 좁아서 곤란하겠지.”

"이제는 모두 다 알고 있는 걸요."

"그건 안 되지."

"그럼요. 조금이라도 나쁜 소문이 퍼지게 되면 좁은 바닥에서 끝장이에요" 하고 말하다가 곧 얼굴을 들고 미소를 띠더니,

"뭐 괜찮아요. 우리들은 어디를 가든 일할 수 있으니까요."

그 솔직하고 실감어린 말투는 부모가 남겨 준 재산으로 놀고 먹는 시마무라에겐 너무나 의외였다.

"정말이에요. 어디 가서 버나 마찬가지죠. 걱정할 필요가 없어요."

아무렇지도 않은 듯한 말투였지만 시마무라는 여인의 속마음을 엿볼 수 있었다.

"그것으로 좋아요. 정말로 남을 사랑하게 되는 건 이제 여자뿐이니까요" 하고 고마코는 약간 얼굴을 붉히고 고개를 떨구었다.

옷깃이 벌어져서 등에서 어깨로 하얀 부채를 편 것 같았다. 그 분 냄새 짙게 풍기는 살결은 어쩐지 슬프도록 부풀어올라서 모직물 같기도 하고 또한 동물 같기도 했다.

"요즘 세상에선 말이야" 하고 시마무라는 중얼거리고는 그 말의 공허감에 찬물을 끼얹힌 듯 오싹해졌다.

그러나 고마코는 단순히,

"어느 때나 다 그런 걸요."

그러고는 얼굴을 들더니 멍하니 말했다.

"당신, 그걸 몰라요?"

등에 들러붙어 있던 빨간 속속곳이 가려졌다.

발레리와 알랭 그리고 또 러시아 무용이 화려하게 꽃 피던 무렵

의 프랑스 문인들의 무용론을 시마무라는 번역하고 있었던 것이다. 적은 부수의 호화본으로 자비 출판을 할 작정이었다. 오늘날의 일본 무용계에 아무런 도움도 되지 않을 것 같은 책인 점이 도리어 그를 안심시킨다고도 할 수 있다. 자신의 일로써 자신을 냉소하는 것은 달콤한 즐거움이 될 것이다. 그런 데서 그의 가련한 몽환의 세계가 태어나는지도 모른다. 여행길에 나와서까지 서두를 필요는 조금도 없다.

그는 곤충들이 괴로워하다가 죽어 가는 꼴을 자세히 관찰하고 있었다.

가을 날씨가 차가워짐에 따라 그의 방의 다다미 위에서 죽어가는 벌레도 매일같이 있었던 것이다. 날개가 단단한 벌레는 벌렁 나동그라지면 다시는 일어나지 못했다. 벌은 조금 기어가다가 나뒹굴고 다시 기어가다가는 쓰러졌다. 계절이 바뀌듯이 자연스럽게 멸망해 가는 조용한 죽음이었지만, 가까이 다가가서 바라보니 다리나 촉각을 바르르 떨면서 몸을 뒤틀고 있는 것이었다. 그러한 벌레들의 작은 죽음의 장소로써 8조의 다다미는 대단히 넓은 것처럼 보였다.

시마무라는 주검들을 버리고자 손가락으로 집어들면서 집에 남겨 두고 온 어린것들을 퍼뜩 생각하는 때도 있었다.

창밖의 방충망에 언제까지나 달라붙어 있는 줄 알았는데 실상 그것은 죽어 있어서 가랑잎처럼 흩어지는 나방도 있었다. 벽에서 떨어지는 것도 있었다. 손에 집어들고는 어떻게 이렇게 아름답게 생겼을까 하고 시마무라는 생각했다.

그 벌레를 없애는 방충망도 치워졌다. 벌레 소리가 한결 들리지 않았다.

현 접경의 산들은 적갈색이 짙어져 석양을 받으면 약간 차가운 광석처럼 둔하게 빛나고, 여관은 단풍 구경꾼으로 붐볐다.

"오늘은 못 올 거예요, 아마도. 이 지방 사람들의 연회니까요." 하고 그날 밤도 고마코는 시마무라의 방을 다녀가더니, 이윽고 넓은 방으로는 북이 들어가고 여자의 째지는 듯한 새된 목소리도 들려왔는데, 그 떠들썩한 시끄러움 속에서 뜻밖에 가까이에서 맑게 울리는 목소리로,

"실례합니다, 실례합니다" 하고 요코가 부르고 있었다.

"저, 고마짱이 이걸 보냈습니다."

요코는 선 채로 우체부처럼 손을 쑥 내밀었다가 황급히 무릎을 꿇었다. 시마무라가 그 쪽지를 펴 보는 사이에 요코는 벌써 없어졌다. 무슨 말을 할 사이도 없었다.

'지금 대단히 유쾌하게 떠들고 있어요, 술을 마시고'라고 휴지에 취한 글씨가 적혀 있을 뿐이었다.

그러나 10분도 되기 전에 고마코가 어지러운 발소리로 와서,

"방금 그 애가 뭔가 가져왔죠?"

"왔었지."

"그래요?" 하고 기분이 매우 좋은 듯이 한쪽 눈을 가늘게 뜨면서 말했다.

"호호, 아이 기분 좋아. '술을 주문하러 가요', 이렇게 말하고는 살짝 빠져나왔어요. 오다가 지배인에게 들켜서 혼났어요. 술은 좋아,

꾸중을 들어도 발소리에 신경이 쓰이지 않아요. 아, 지겨워라. 여기에 오기만 하면 갑자기 취기가 돌아요. 이제부터 일하러 가겠어요.

"손가락 끝까지 좋은 빛깔인데."

"자, 돈벌이. 그 애, 뭐라고 해요? 무서운 질투쟁이라는 거 아세요?"

"누가?"

"죽일 거예요."

"저 처녀도 거들어 주고 있군?"

"술병을 들고 와선 복도 그늘에서 뚫어지게 지켜보는 거예요. 반짝반짝 눈을 번득이면서요. 당신, 그런 눈을 좋아하시죠?"

"한심스런 광경이라고 구경하고 있었던 게지."

"그래서 이걸 가져다 드리라고 적어 보낸 거예요. 아이, 목말라. 물 좀. 어느 쪽이 한심스러운지 여자는 설득하여 따져 보지 않고서는 모르는 거예요. 나 취했어요?" 하고 쓰러질 듯이 경대의 양쪽 끝을 붙잡고 들여다보고는 단정하게 옷매무시를 매만지고 나갔다.

이윽고 연회도 끝난 모양인지 갑자기 조용해졌다. 사기 그릇 소리가 멀리서 들리곤 해서 고마코도 손님들에게 이끌려 다른 여관으로 2차 연회석에 갔나 보다고 생각하고 있노라니, 요코가 또다시 고마코의 쪽지를 가지고 왔다.

산풍관 연회는 그만뒀습니다. 이제부턴 매화실입니다. 돌아가는 길에 들를 테니, 주무십시오.

시마무라는 약간 부끄러운 듯 쓴웃음을 짓고는,

126

"대단히 고마워. 거들어 주러 왔어?"

"네" 하고 고개를 끄덕이는 순간 요코는 그 찌를 듯한 아름다운 눈으로 시마무라를 흘끗 훔쳐보았다. 시마무라는 웬일인지 당황했다.

이제까지 몇 번이고 만날 때마다 언제나 감동적인 인상을 남겨주고 있는 이 처녀가 아무 일도 없이 이렇게 그의 앞에 앉아 있는 것이 이상하게도 불안했다. 그녀의 지나치게 진지한 거동은 언제나 이상한 사건의 한복판에 있는 것같이 보이는 것이었다.

"바쁜 모양이군."

"네, 하지만 전 아무것도 할 줄 몰라요."

"아가씨하고는 여러 번 만났었지? 처음에는 그 사람을 간호하면서 돌아오는 기차 속에서 역장더러 동생을 잘 돌봐 달라고 부탁하던 일 생각나?"

"네."

"자기 전에 탕 속에서 노래를 부른다면서?"

"아이, 망측해라, 싫어요" 하는 그 소리는 놀랄 정도로 아름다웠다.

"아가씨 일이라면 뭐든지 다 알고 있는 듯한 기분이 드는군."

"그래요? 고마짱한테서 들으셨어요?"

"그 사람은 말하지 않아. 아가씨 이야기하는 것을 싫어할 정도지."

"그래요" 하고 요코는 살며시 옆을 보고는,

"고마짱은 좋은 사람입니다만, 가엾은 여자니까 잘 돌봐 주세요."

재빨리 말하는 그 목소리가 끝에 가서는 약간 떨렸다.

"하지만 나로선 아무것도 해줄 수 없거든."

요코는 이제 몸까지 떨리는 듯이 보였다. 위험한 광채가 도는 듯한 얼굴에서 시마무라는 눈을 돌려 웃으면서,

"빨리 도쿄에 돌아가는 편이 나을지도 모르지만 말이야."

"저도 도쿄에 갈 거예요."

"언제?"

"언제든지 좋아요."

"그럼, 돌아갈 때 데려다 줄까?"

"네, 데리고 가 주세요" 하고 천연스럽게, 그러나 진지한 목소리로 말하는 것이어서 시마무라는 놀랐다.

"아가씨 집에서 좋다면야."

"집안 사람이라고 해야 철도에 다니는 동생 하나밖에 없으니까 제가 결정하면 되는 거예요."

"도쿄엔 무슨 연줄이라도 있나?"

"아아뇨."

"저 사람하고 의논했어?"

"고마짱 말씀이세요? 고마짱은 미우니까 말하지 않아요."

그렇게 말하고는 긴장이 풀린 탓인지 약간 젖은 눈으로 그를 쳐다보는 요코에게 시마무라는 이상한 매력이 느껴지더니, 어찌 된 셈인지 도리어 고마코에 대한 애정이 거칠게 타오르는 듯한 느낌이 들었다. 정체를 알 수 없는 아가씨와 사랑의 도피 행각을 하듯이 돌아가 버리는 것은 고마코에 대한 너무 심한 사죄의 방법이 아닐까 하고 생각되기도 했다. 그러면서 뭔가 형벌 같기도 했다.

"아가씨는 그렇게 모르는 사내와 같이 가도 무섭지 않아?"

"무섭긴 왜 무서워요?"

"아가씨가 도쿄에서 우선 당장 자리잡고 있을 곳이라든지, 무엇을 하고 싶다든지 하는 정도는 결정하지 않아도 위험하지 않겠어?"

"여자의 몸 하나쯤이야 어떻게든 되겠지요" 하고 요코는 말꼬리를 아름답게 치켜올리듯이 말하고는 시마무라를 빤히 쳐다본 채,

"하녀로 써 주시지 않겠어요?"

"뭐, 하녀로?"

"하녀는 싫긴 해요."

"지난번 도쿄에 있을 땐 뭘 하고 있었어?"

"간호원이요."

"병원이나 학교에 들어가서 말이야?"

"아아뇨. 그저 되고 싶다고 마음먹었을 뿐이에요."

시마무라는 또다시 기차 안에서 선생의 아들을 간호하고 있던 요코의 모습을 머릿속에 떠올리고는 진지한 태도 속에는 요코의 소망도 나타나 있었던가 하고 미소를 지었다.

"그럼, 이번에도 간호원 공부를 하고 싶은 거군?"

"간호원은 이젠 안 되겠어요."

"그렇게 근본이 없으면 안 되는데."

"어머, 근본이라고요, 싫어요" 하면서 요코는 퉁겨 내듯이 웃었다.

그 웃는 소리도 슬프도록 드맑게 울리는 것이어서 백치처럼은 들리지 않았다. 그러나 시마무라의 마음의 껍질을 공허하게 두드리고 사라져 갔다.

"뭐가 그렇게 우습지?"

"하지만 전 한 사람밖엔 간호하지 않아요."

"응?"

"이젠 할 수 없어요."

"그래?" 하고 시마무라는 또 한 번 불의의 습격을 당하고는 조용히 말을 했다.

"매일같이 아가씨는 메밀밭 아래에 있는 무덤에만 다니는 모양이던데."

"네."

"한평생 다른 환자를 돌보는 일도, 다른 사람의 무덤에 참배하는 일도 이젠 없으리라고 생각하는 거야?"

"없어요."

"그런데도 무덤을 떠나, 도쿄엔 잘도 가겠군?"

"어머, 죄송합니다. 데려가 주세요."

"아가씨는 무서운 질투쟁이라고 고마코가 말하던데. 그 사람은 고마코의 약혼자가 아니던가?"

"유키오상? 거짓말, 거짓말이에요."

"고마코가 밉다는 건 무슨 까닭이야?"

"고마코짱?" 하고 그 자리에 있는 사람을 부르기라도 하는 듯이 말하고, 요코는 시마무라를 반짝거리는 눈으로 쏘아보았다.

"고마코짱을 잘 돌봐 주세요."

"난 아무것도 해줄 수가 없어."

요코의 눈시울에 눈물이 넘쳐흐르자 다다미에 떨어져 있던 작은 나방을 손에 집어들고 흐느껴 울면서,

"고마짱은 제가 미치광이가 될 거래요" 하고 훌쩍 방을 나가 버렸다.

시마무라는 오한을 느꼈다.

요코가 죽인 나방을 내버리려고 창문을 여니, 취한 고마코가 손님을 몰아오는 듯한 엉거주춤한 자세로 가위바위보를 하고 있는 모습이 보였다. 하늘은 흐려 있었다. 시마무라는 탕으로 내려갔다.

옆에 있는 여탕에 요코가 여관집 아이를 데리고 들어왔다.

옷을 벗기거나 씻어 주거나 하는 것이 여간 친절하게 구는 것이 아니어서 나이 어린 어머니의 달콤한 목소리를 듣는 것처럼 호감이 갔다.

그리고 그 슬프도록 아름다운 목소리로 노래를 부르기 시작했다.

············
············

뒤꼍에 나가 보니
배나무가 세 그루
삼나무가 세 그루
모두 다 여섯 그루
밑에선 까마귀가
집을 짓는다
위에선 참새들이
집을 짓는다
숲 속의 귀뚜라미
뭐라고 울고 있나

오스기〔お杉〕동무 무덤

성묘 가세

성묘 가세

　공치기 노래의 앳되고도 빠른 말로 싱그럽게 퉁겨 나오는 가락이
시마무라로 하여금 조금 전의 요코는 꿈인가 하고 생각하게 했다.

　요코가 쉴새없이 어린애에게 지껄이고 올라간 후에도 그 목소리
가 피리 소리와도 같이 아직도 그 근방에 남아 있는 듯했다. 검은 빛
으로 반들거리는 해묵은 현관의 마룻바닥 한쪽에 세워 놓은 오동나
무로 만든 샤미센 상자의 깊은 가을밤다운 고요함에 시마무라는 어
쩐지 마음이 끌려 샤미센 임자인 게이샤 이름을 읽고 있노라니, 설
거지 소리가 나는 쪽에서 고마코가 나왔다.

　"뭘 보고 계세요?"

　"이 사람, 이 여관에서 자나?"

　"누구요? 아, 이거? 바보네요, 당신은. 그런 걸 일일이 들고 다닐
수는 없잖아요. 며칠이고 내팽개쳐 두는 수도 있어요" 하고 웃는 순
간, 고통스러운 숨을 내쉬면서 눈을 감더니 옷자락을 놓고 시마무
라에게 비슬비슬 다가들었다.

　"이봐요, 바래다 줘요."

　"돌아갈 거 없잖아?"

　"안 돼, 안 돼, 돌아갈래요. 다른 사람의 연회에서 모두 2차 모임
에 따라갔는데, 나만 남은 걸요. 여기에 술좌석이 있었으니까 상관
없지만, 친구들이 돌아가는 길에 목욕이나 가자고 들렀다가 내가

집에 없으면 난처해요.”

몹시 취한 채로 고마코는 험한 언덕길을 잘도 올라갔다.

“저 앨 당신은 울렸더군요.”

“그러구 보니, 확실히 좀 미친 것 같더군.”

“남을 그런 식으로 보면 재미있어요?”

“당신이 말했잖아, 미치광이가 될 거라구. 당신한테서 들은 걸 생각하니, 분해서 울었나 보던데.”

“그렇담 좋아요.”

“하지만 십 분도 못 돼서 탕에 들어가 고운 목소리로 노래를 부르고 있는 거야.”

“탕 속에서 노래를 부르는 건 그 애의 버릇이에요.”

“당신을 잘 돌봐 달라고 진지하게 부탁하던데.”

“바보 같으니. 하지만 그런 말은 당신이 나에게 퍼뜨리지 않아도 되잖아요!”

“퍼뜨려? 당신은 저 애 얘기만 나오면, 왜 그런지 알 수는 없지만 이상하게도 심술을 부리는군.”

“당신, 저 앨 갖고 싶어요?”

“거봐, 그런 말은 왜 하나?”

“농담이 아니에요. 저 앨 보고 있으면, 앞으로 나에게 괴로운 짐이 될 것만 같아요. 어쩐지 그런 기분이 들어요. 당신도 가령 저 앨 좋아한다치고, 저 앨 잘 살펴보세요. 틀림없이 그런 생각을 하게 될 거예요” 하고 고마코는 시마무라의 어깨에 손을 얹고 정답게 기대어 오다가 갑자기 고개를 내저으면서,

"아냐, 당신 같은 분의 손에 걸리면, 저 앤 미치광이가 되지 않을 지도 몰라요. 내 짐을 가져가지 않을래요?"

"어지간히 해두지."

"취해서 투정을 부리는 줄 아세요? 저 애가 당신 곁에서 귀염을 받고 있다고 생각하고, 난 이 산 속에서 신세를 망쳐 버리죠. 조용히 좋은 기분으로요."

"이봐."

"내버려 두세요" 하고 종종걸음으로 달아나 빈지문에 탕하고 부딪쳤는데 거기는 고마코네 집이었다.

"이젠 돌아오지 않는 줄로 아나 보군."

"아녜요, 열려요."

바싹 마른 소리가 나는 빈지문 아래쪽을 안아 올리듯 당기면서 고마코는 속삭였다.

"들렀다 가세요."

"하지만 이 밤중에."

"이젠 집안 사람들은 다 잠들었어요."

시마무라는 역시 망설였다.

"그럼, 내가 바래다 드리죠."

"난 괜찮아."

"안 돼요. 이번 내 방은 아직 안 봤잖아요."

부엌 문으로 들어가니 눈앞에 집안 사람들이 엉망으로 잠든 모습이 보였다. 이 근방의 산바쿠 같은 무명, 그나마 빛 바래고 딱딱한 이불을 펴고 주인 내외와 열일곱이나 여덟쯤 돼 보이는 딸을 비롯한 대

여섯 명의 어린애들이 침침한 등불 밑에서 제멋대로 머리를 두고 잠들어 있는 모습은 을씨년스러우면서도 어기찬 힘이 서려 있었다.

시마무라는 잠자는 숨결의 다사로움에 밀려나듯 엉겁결에 밖으로 나오려고 했지만, 고마코가 뒷문을 덜커덕 잠그고 발소리도 죽이지 않고 마룻바닥을 밟고 가는 바람에 시마무라는 어린애들의 머리맡을 살금살금 빠져나가면서 야릇한 쾌감으로 가슴이 떨렸다.

"여기서 기다리세요. 2층에 불을 켤게요."

"괜찮아" 하고 시마무라는 캄캄한 층계를 올라갔다. 돌아다보니 소박한 모습으로 잠들어 있는 얼굴 저쪽으로 과자 가게가 보였다.

농가다운 낡은 다다미의 2층은 네 칸 넓이의 방이었다.

"나 혼자 쓰니까, 넓긴 넓어요" 하고 고마코는 말했지만, 맹장지를 모두 터놓고, 집 안의 헌 세간 등을 저쪽 방에 쌓아 두었으며, 더럽혀진 장지 안에 고마코의 잠자리 하나가 조그맣게 깔려 있었는데 벽에 나들이옷이 걸려 있는 광경이 늙은 여우나 너구리의 굴 같았다.

고마코는 잠자리 위에 달랑 나앉더니, 한 장밖에 없는 방석을 가져다가 시마무라에게 권하고는,

"어머나, 새빨갛네" 하고 거울을 들여다보았다.

"이렇게 많이 취했었나?"

그리고 나서 옷장 위에서 무엇을 찾는 듯하더니,

"이게, 일기예요."

"상당히 많군."

그 옆에서 색종이를 바른 조그만 상자를 꺼내자 거기에는 여러 가지 종류의 담배가 가득히 담겨 있었다.

"손님들이 주는 걸 소매 속에 집어넣거나 오비 속에 끼워 넣거나 하고 돌아오니까, 이렇게 구겨졌지만 더럽지는 않아요. 그 대신 웬만한 것은 다 갖춰져 있어요" 하고 시마무라 앞에 손을 짚고 상자 속을 뒤적거려 보였다.

"어머, 성냥이 없네요. 내가 담배를 끊었으니까, 필요 없거든요."

"아니, 괜찮아. 바느질을 하고 있었나?"

"네. 단풍 손님들로 인해 통 일이 안 돼요" 하고 고마코는 돌아다보고는 옷장 앞에 있는 바느질감을 치웠다.

고마코의 도쿄 생활의 유물처럼 보이는, 나뭇결이 근사한 옷장이라든지 붉은 칠을 한 사치스런 반짇고리는 선생네 집의 헌 종이 상자 같은 지붕밑 다락방에 있던 때와 똑같았지만, 이 너절한 2층에서는 무참하게 보였다.

전등에서 가느다란 끈이 베개 위로 늘어져 있었다.

"책을 읽고 잠잘 때면 이걸 당겨서 불을 끄는 거예요" 하고 고마코는 그 끈을 잡고 만지작거리면서, 그러나 가정 주부와도 같이 얌전히 앉아 뭔가 수줍은 듯한 표정을 짓고 있었다.

"여우가 시집가는 것 같군."

"정말 그래요."

"이 방에서 사 년 동안 살아야 하나?"

"하지만 벌써 반년 지났는 걸요. 금방 지나가요."

아래층에서 잠든 사람들의 숨소리가 들리는 것 같고 이야깃거리도 없어서 시마무라는 총총히 일어섰다.

고마코는 문을 닫으면서 목을 내밀어 하늘을 쳐다보더니,

"눈이 올 것 같네요. 이젠 단풍도 마지막 철이에요" 하고 또 밖으로 나와서는,

"이 근방은 두메 산골이어서 단풍이 있는데, 눈이 내려요."

"그럼, 잘 자."

"배웅해 드리죠. 여관집 현관까지요."

그런데 시마무라와 함께 여관으로 들어오더니,

"주무세요" 하고 어디론가 사라지더니, 잠시 후에 컵에다 찰찰 넘치는 두 잔의 찬술을 들고 그의 방으로 들어와서 거친 어조로 말했다.

"자, 마셔요, 마시는 거예요."

"여관에선 다들 잠들었는데, 어디서 가져왔나?"

"으음, 있는 델 알거든요."

고마코는 술통에서 따를 때에도 마신 모양인지, 전에 마신 취기가 다시 도는 듯이 눈을 가늘게 뜬 채 컵에서 술이 넘쳐흐르는 걸 지켜보면서,

"하지만 어두운 데서 들이키면 맛이 없어요."

내민 컵의 찬술을 시마무라는 어렵잖게 들이마셨다.

이 정도의 술로 취할 리가 없는데도 바깥을 나다녀서 몸이 차가워진 탓인지 갑자기 가슴이 아프고 머리가 어지러웠다. 얼굴이 창백해지는 것을 자신도 알 수 있어서 눈을 감고 가로눕자, 고마코는 당황하여 간호하기 시작했으나 이윽고 시마무라는 여인의 따뜻한 몸에 완전히 어린애처럼 안심해 버렸다.

고마코는 뭔가 거북한 듯이, 이를테면 아직 아기를 낳아 본 일이

없는 처녀가 남의 아기를 안는 것과 같은 몸짓이 되었다. 고개를 쳐들고 아기가 잠드는 걸 지켜보고 있는 듯한 거동이었다.

시마무라가 잠시 후에 띄엄띄엄 말했다.

"당신은 좋은 사람이야."

"왜요? 어디가 좋아요?"

"좋은 사람이야."

"그래요? 이상한 분이셔. 무슨 말을 하는 거예요. 정신을 차리세요" 하고 고마코는 외면을 하고서 시마무라를 흔들면서 토막토막 자르듯이 말하고는 입을 꾹 다물고 있었다.

그리고 혼자서 웃음을 머금으면서,

"마음이 안 좋군요. 괴로우니까, 돌아가 주세요. 이제 입을 옷이 없어요. 당신한테 올 때마다 나들이옷을 갈아입고 싶어도 이젠 바닥이 나서, 이것도 친구한테서 빌려 입은 거예요. 나쁜 애죠?"

시마무라는 말도 안 나왔다.

"그런데 어디가 좋은 애란 말이에요?" 하고 고마코가 약간 목소리를 울먹이며,

"처음 만났을 때, 당신, 뭐 이런 사람이 있나 했어요. 그런 실례되는 말을 하는 사람이 어딨어요?"

시마무라는 고개를 끄덕였다.

"아이 참, 내가 그걸 여지껏 입을 다물고 있었네, 아시겠어요? 여자한테서 이런 말 듣게 되면 볼장 다 본 거 아녜요."

"괜찮아."

"그래요?" 하고 고마코는 자신을 돌아다보는 듯이 한참 동안 조

용히 앉아 있었다. 한 여인의 살아가는 느낌이 따뜻하게 시마무라에게 전해져 왔다.

"당신은 좋은 여자군."

"어떻게 좋아요?"

"아무튼 좋은 여자야."

"우스운 분이셔" 하고 어깨가 간지러운 듯이 얼굴을 숨겼으나 무슨 생각을 했는지, 갑자기 뽀로통한 표정으로 한쪽 팔꿈치를 세우고 고개를 쳐들더니,

"그거 무슨 뜻이죠? 이봐요, 무슨 말이에요?"

시마무라는 깜짝 놀라 고마코를 보았다.

"말해 줘요. 그래서 찾아다니는 거예요? 당신, 날 비웃고 있었군요? 역시 비웃은 거로군요?"

새빨개져서 시마무라를 노려보며 다그쳐 묻는 사이에 고마코의 어깨는 심한 분노로 떨리고 불현듯 창백해지더니 눈물을 뚝뚝 떨어뜨리는 것이었다.

"분해라, 아아, 분해라" 하고 데굴데굴 뒹굴더니 뒤돌아 앉았다.

시마무라는 고마코가 잘못 오해한 것을 깨닫자 뜨끔하게 가슴이 아팠지만, 눈을 감고 잠자코 있었다.

"서글퍼요."

고마코는 혼잣말처럼 중얼거리고는 몸을 동그랗게 옴츠린 모양으로 엎드렸다.

그러더니 울기에도 지쳤는지 은으로 된 머리꽂이로 푹푹 다다미를 찌르고 있더니, 갑자기 방을 나가 버렸다.

시마무라는 뒤쫓아갈 수가 없었다. 고마코의 말을 듣고 보니 충분히 마음에 켕기는 것이 있었다.

그러나 곧 고마코는 발소리를 죽여 되돌아온 모양인지 장지 밖에서 높고 날카로운 목소리로 불렀다.

"저어, 탕에 오시지 않겠어요?"

"응, 그래."

"미안해요, 나, 생각을 다시 하고 온 거예요."

복도에 숨어 선 채 방에 들어올 것 같지도 않아서, 시마무라가 수건을 들고 나가니까, 고마코는 눈이 마주치는 것을 피해 약간 고개를 숙이면서 앞장을 섰다. 죄가 드러나 끌려가는 사람과 흡사한 모습이었지만, 탕에서 몸이 훈훈해질 무렵부터는 이상하게도 애처로울 만큼 마음이 들떠서 잠을 이룰 수가 없었다.

그 다음날 아침 시마무라는 우타이*소리에 잠이 깼다.

잠시 동안 조용히 듣고 있노라니, 고마코가 경대 앞에서 돌아다보고 빙긋 미소를 지으면서,

"매화실 손님이에요. 어젯밤 연회가 끝난 뒤에 불려 갔잖아요."

"우타이 회의 단체 여행인가?"

"네."

"눈이 오지?"

"네" 하고 고마코는 일어나서 활짝 장지를 열어 보였다.

---

* 일본의 대표적인 가면 음악극인 노가쿠〔能樂〕에 맞추어 부르는 노래의 가사. 이를 '요쿄쿠〔謠曲〕'라고도 한다.

"이젠 단풍도 끝장이죠."

창으로 구획이 지어진 잿빛 하늘에서 큼직큼직한 함박눈이 아련히 이쪽으로 떠서 흘러오고 있었다. 어쩐지 거짓말 같은 분위기를 자아내는 고요한 풍경이었다. 시마무라는 선잠 깬 허전한 눈으로 바라보고 있었다.

우타이 사람들은 북도 치고 있었다.

시마무라는 지난해 연말의 그 아침에 눈이 비치던 거울이 생각나서 경대 쪽을 보니, 거울 속에서는 함박눈의 차가운 꽃잎이 한결 큼직하게 떠서 옷깃을 벌리고 목덜미를 털고 있는 고마코의 주위에 하얀 선을 떠돌게 했다.

고마코의 살결은 갓 씻은 듯이 맑고 깨끗해서 시마무라의 사소한 말마저 저런 식으로 오해하지 않으면 안 되는 여인이라고는 도저히 생각할 수 없었다. 그래서 도리어 거역할 수 없는 슬픔이 서려 있는 듯했다.

날이 갈수록 단풍의 적갈색이 어두워져 가고 있던 산은 첫눈으로 산뜻하게 되살아났다.

엷게 눈이 쌓인 삼나무 숲은 그 삼나무의 하나하나가 선명하게 눈에 띄어, 날카롭게 하늘을 가리키면서 땅에 내린 눈을 딛고 섰다.

*

눈 속에서 실을 뽑고, 눈 속에서 짜며, 눈으로 씻고, 눈 위에서 바랜다. 실을 뽑기 시작하여 천을 다 짜기까지 모든 일이 눈 속에서 이루어졌다. 눈이 있은 다음에 지지미*가 있으니 눈은 지지미의 어버이니라 하고 옛사람**도 책***에 적어 놓았다.

마을 여인들이 눈에 갇힌 기나긴 동안의 길쌈, 이 눈고장의 삼〔麻〕으로 만들어진 지지미는 시마무라도 헌 옷가게에서 찾아내어 여름옷으로 입고 있었던 것이다. 춤 관계로 노〔能〕****의상의 고물을 취급하는 가게를 알고 있어서 바탕이 좋은 지지미가 나오거든 언제든지 보여 달라고 부탁해 둘 정도로 이 지지미를 좋아하여 홑겹 쥬방으로도 썼다.

눈이 많이 내리는 지방에서 집 주위를 짚이나 가마니 따위로 에워싸던 그 눈막이 발을 걷어 치우고 눈이 녹는 봄철이 되면 옛날엔 지지미의 첫 장이 섰다고 한다. 멀리서 지지미를 사러 오는 삼도(三都)*****의 포목 도매상들의 단골 여관까지도 있었다. 처녀들이 반년 간 정성들여 길쌈하는 것도 이 첫 장에 내다 팔기 위한 것이었다. 멀고 가까운 마을의 남녀들이 몰려들고 방물장수의 가게도 즐비하게 늘어서서 도시의 축제 때와 같이 붐볐다고 한다. 지지미에는 짠 사람의 이름과 주소를 쓴 꼬리표가 붙어 있고, 1등, 2등 하는 식으로 성

---

* '지지미오리〔縮織〕'의 준말. 바탕에 잔주름이 생기게 짠 천.
** 스즈키 보쿠시〔鈴木牧之〕의 수필집 《호쿠에쓰 셋푸〔北越雪譜〕》에서 인용한 말 (1835~1842년 간행).
*** 《호쿠에쓰 셋푸》를 가리킨다. 에치고〔越後〕의 눈〔雪〕의 도설(圖說)을 주제로 하여 풍속과 관습을 쓴 책.
**** 일본의 전통적 가면 음악극.
***** 교토, 도쿄, 오사카.

적을 내어 품평을 했다. 며느리를 뽑는 조건이 되기도 했다. 어린 시절부터 길쌈을 익혀온 열대여섯부터 스물네댓까지의 젊은 여자가 아니고선 질이 좋은 지지미를 짜내지 못했다. 나이를 먹으면 차츰 짜내는 옷감에 윤기가 사라졌다. 처녀들은 손꼽히는 직녀(織女) 축에 들려고 솜씨를 연마했으며 음력 10월부터 실을 잣기 시작하여 이듬해의 2월 보름께에 가서야 바래는 일을 끝마친다고 한다. 달리 할 일도 없는 눈에 갇힌 나날의 길쌈일이니까 정성을 들여 짰으며 그만큼 제품에는 애착도 깃들어 있었을 것이다.

시마무라가 입는 지지미 중에도 메이지 초기부터 에도 말기까지의 처녀가 짠 것이 있을지도 몰랐다.

자기의 지지미를 시마무라는 지금도 '눈 바램'에 내놓는다. 누구의 살결에 닿을지도 모르는 헌 옷을 해마다 생산지에 바래 달라고 보내는 등·귀찮은 노릇이지만 옛날의 처녀가 눈에 갇힌 계절에 쏟았던 정성을 생각하면, 역시 그 직녀의 고장에서 진짜로 바래고 싶었던 것이다. 깊은 눈 위에서 바랜 흰 모시에 아침 햇살이 내리쬐어 눈이나 천이 불그레하게 물들어질 것을 생각하는 것만으로도 여름의 더러움이 빠질 것 같아, 자신의 몸이 바래지는 것처럼 기분이 좋았다. 그렇지만 도쿄의 헌 옷가게에서 취급하기 때문에 옛날 그대로의 바래는 방법이 오늘날에도 전하는지 어떤지 시마무라는 알지 못한다.

바래는 집은 옛날부터 있어 왔다. 짜는 사람이 제각기 자기 집에서 바래는 일은 드물었고 대개가 바래는 집에 맡겼다. 흰 지지미는 짜고 나서 바로 바래고, 색이 있는 지지미는 자아낸 실을 실패에 걸어서 바랜다. 흰 지지미는 눈에 직접 펴 놓고 바랜다. 음력 정월부터

2월에 걸쳐 바래기 때문에 논이나 밭을 덮어 버린 눈 위를 바래는 장소로 쓰기도 한다는 것이다.

천이든 실이든 밤새도록 냇물에 담가 놓았던 것을 이튿날 아침 몇 차례고 물로 헹군 다음 꽉 짜서 바랜다. 이런 일을 며칠이고 되풀이하는 것이었다. 그리하여 흰 지지미가 드디어 다 바랬을 때, 아침 해가 떠올라 밝고 밝게 내리비치는 광경은 무엇에도 비할 만한 것이 없으며 따뜻한 고장에 사는 사람들에게 보이고 싶다고 옛날 사람도 적어 놓았다. 또한 지지미를 다 바랜다는 것은 눈고장의 봄이 다가왔음을 뜻하는 것이기도 했으리라.

지지미의 생산지는 이 온천장에서 가깝다. 산골짜기가 조금씩 넓어져 가는 강줄기 아래쪽의 벌판이 그곳인데, 시마무라의 방에서도 보일 것만 같았다. 옛날 지지미의 장이 섰다고 하는 마을에는 모두 역이 생겨서 지금도 방직업의 고장으로 알려져 있다.

그러나 시마무라는 지지미를 입는 한여름에도, 지지미를 짜는 한겨울에도 이 온천장에 와 본 일이 없기 때문에 고마코에게 지지미 이야기를 해볼 기회는 없었다. 옛날의 민예, 즉 민간 수공예의 발자취를 더듬어 찾아 볼 주제도 못 되었다.

그런데 요코가 탕 속에서 부르고 있던 노래를 듣고서, 이 처녀도 옛날에 태어났었더라면 물레나 베틀 앞에 앉아 저렇게 노래했을지도 모른다는 생각이 퍼뜩 떠올랐다. 요코의 노래는 확실히 그러한 목소리였다.

털보다도 가는 삼실은 천연적인 눈의 습기가 없이는 다루기가 어렵고, 그늘지고 차가운 계절이 좋다고 하는데 추위 속에서 짠 삼이

더위 속에서 입을 때 살결에 서늘한 느낌을 주는 것은 음양의 자연
스런 이치라는 말을 옛사람들은 하고 있다. 시마무라에게 매달리는
고마코에게도 어쩐지 그 본바탕에 서늘함이 있는 듯했다. 그렇기
때문에 더욱더 고마코의 몸 안에 있는 뜨거운 한 군데가 시마무라
에겐 애처롭게 여겨졌다.

　하지만 이런 애착은 한 장의 지지미만 한 확실한 모습도 남기지
못하리라. 몸에 입는 천은 공예품 중에서도 수명이 짧은 편에 속한
다고는 하지만, 소중히 다루어 쓰면 50년도 훨씬 더 된 지지미가 색
도 바래지 않은 채 입을 수 있지만, 이러한 인간의 몸에 덧붙은 관습
은 지지미만큼의 수명도 없구나 하고 멍하니 생각하고 있노라니,
다른 사내의 아기를 낳고 어머니가 된 고마코의 모습이 불현듯 떠
오르곤 해서 시마무라는 소스라치게 놀라며 주위를 둘러보았다. 피
곤한 탓인가 보다라고 생각했다.

　아내와 자식이 있는 집으로 돌아가는 것조차 잊어버린 듯 오랫동
안 머무른 느낌이었다. 떨어지기 싫어서인 것도 아니고 헤어지기
싫어서인 것도 아니지만, 고마코가 자주 만나러 오는 것을 기다리
는 버릇이 들어 버렸다. 그리고 고마코가 안타깝게 다가오면 다가
올수록 시마무라는 자신이 살아 있지 않은 듯한 가책이 점점 더 심
해지는 것이었다. 말하자면 자신의 허전함을 바라보면서 그저 우두
커니 서 있는 것이었다. 고마코가 자신 속에 빠져들어 오는 것이 시
마무라에겐 이해할 수 없는 일이었다. 고마코의 모든 것이 시마무
라에게 전해져 오는데도 시마무라의 어느 것도 고마코에게는 전해
진 것 같지 않다. 고마코가 내는 공허한 벽에 부딪히는 메아리와 같

은 소리를 시마무라는 자신의 가슴속에 눈이 내려 쌓이는 듯이 들었다. 이와 같은 시마무라의 제멋대로 구는 태도는 언제까지나 계속될 수 있는 것은 아니었다.

이번에 돌아가면 이젠 절대로 이 온천에는 올 수 없으리라는 느낌이 들었다. 시마무라가 눈의 계절이 다가오는 화로에 기대고 앉아 있노라니, 여관집 주인이 특별히 내준 교토산 제품인 오래된 쇠주전자에서 부드러운 솔바람 소리가 나고 있었다. 은으로 된 꽃과 새가 교묘하게 아로새겨져 있었다. 솔바람 소리는 이중으로 겹쳐져서 가까이서 나는 것과 멀리서 나는 것으로 구분되어 들렸는데, 그 멀리서 나는 솔바람의 조금 저편짝에서 작은 방울이 희미하게 계속 울리고 있는 것만 같았다. 시마무라는 쇠주전자에 귀를 가져다 대고 그 방울 소리를 엿들었다. 방울이 끊임없이 울리고 있는 근처의 저 멀리서 방울 소리만큼 종종걸음으로 걸어오는 고마코의 조그마한 발이 불현듯 시마무라에게 보였다. 시마무라는 깜짝 놀라며 이젠 여기를 떠나지 않으면 안 되겠다고 생각했다.

그래서 시마무라는 지지미의 생산지에 가 볼까 하고 생각했다. 이 온천장에서 떠날 구실을 만들 속셈이기도 했다.

그러나 시냇물 아래쪽에 몇 개 있는 고을 중에서 어느 고을로 가야 할지 시마무라는 알 수 없었다. 현재 방직업 지대로 발전해 나가고 있는 큰 읍내를 보고 싶은 것은 아니었기 때문에 시마무라는 쓸쓸해 보이는 역에 내렸다. 한참 걸어가니, 옛날의 역참이었던 것 같은 거리가 나왔다.

집들의 처마에 내어 단 차양이 길게 뻗어나오고 그 끄트머리를 받치는 기둥이 도로에 줄지어 늘어서 있었다. 에도 거리의 다나시타(店下)*라고 하는 것과 흡사한데, 이 고장에서는 옛날부터 강기**라고 하는 것 같았다. 눈이 깊이 쌓이는 겨울 동안에는 사람들이 다니는 길이 되었다. 한쪽은 처마를 가지런히 하여 이 차양이 잇달아 줄지어 있었다.

옆집에서 옆집으로 연달아 이어져 있으니까 지붕의 눈은 길의 한복판으로 쓸어내리는 방법 외에는 달리 버릴 곳이 없다. 실제로는 큰 지붕에서 길에 만들어진 눈의 둑 위에 던져올리는 것이다. 맞은편으로 건너가기 위해서는 눈의 둑을 군데군데 구멍을 뚫어 터널을 만든다. 이 고장에선 태내(胎內) 구멍이라고 일컫는 모양이다.

같은 눈고장 중에서도 고마코가 있는 온천장 등에는 처마가 잇달아 이어져 있지 않기 때문에 시마무라는 이 거리에서 처음으로 강기를 보는 셈이었다. 신기한 듯이 잠깐 그 속을 걸어다녀 보았다. 오래된 차양의 그늘은 어두웠다. 기울어진 기둥의 밑부분이 썩어 있기도 했다. 선조 대대로 눈에 파묻힌 침울한 집 속을 기웃거리며 가는 듯한 느낌이 들었다.

눈 속에서 길쌈에 끈기 있게 공을 들이는 베 짜는 여자들의 생활은 그 제작품인 지지미처럼 시원하고 밝은 것은 아니었다. 그런 생

---

*   상점의 처마.

**   주로 니가다현과 같은 눈이 많이 내리는 지방에서, 처마의 차양을 밖으로 길게 내어 달아 그 밑을 통로로 삼은 것. 기러기 행렬을 연상시키는 건조물이라는 데서 나온 말이다.

각을 하기에 충분한 옛날 거리의 인상이었다. 지지미에 관해서 쓴 옛날 책에도 당나라 진도옥(秦韜玉)의 시* 등이 인용되어 있는데, 길쌈하는 여자들을 고용해서까지 길쌈을 하는 집이 없었던 것은 한 필의 지지미를 짜는 데 상당히 많은 품이 들어서 수지가 맞지 않기 때문이라고 한다.

그런 고생을 한 이름없는 공인(工人)들은 벌써 예전에 죽고 그 아름다운 지지미만이 남아 있다. 여름철에 서늘한 촉감으로 시마무라와 같은 사람들의 사치스러운 옷이 되어 있다. 그다지 이상하지도 않은 일이 시마무라에겐 불현듯 이상하게 여겨졌다. 정성들인 사랑의 행위는 어디선가 사람을 채찍질하여 격려하는 것일까? 시마무라는 강기 밑에서 큰길로 나왔다.

역참의 큰길답게 똑바로 길게 뻗어 있는 거리였다. 온천장에서 이어져 있는 오래된 길이리라. 판자로 인 지붕 위의 막대기나 얹어놓은 돌도 온천장의 그것과 다를 바가 없었다.

차양 기둥이 엷은 그림자를 늘이고 있었다. 어느덧 저녁 무렵이 되었다.

아무것도 볼 만한 것이 없어서 시마무라는 다시 기차를 타고 또 하나의 읍에서 내려 보았다. 아까 본 읍과 비슷했다. 역시 그저 슬슬 거닐다가 추위를 막으려고 우동을 한 그릇 훌쩍훌쩍 마셨을 뿐이었다.

---

* 스즈키 보쿠시의 수필집.《호쿠에쓰 셋푸》의 '하타오리온나〔織婦〕'라는 글에 다음과 같은 문장이 있다. "당나라 진도옥이 촌녀(村女)라는 시에서, 가장 한스러움은 해마다 금빛 실을 만들어 남을 위해서 시집갈 옷을 지음이라고 한 것은 과연 옳은 말이로다."

우동집은 냇가에 있었는데 이것도 온천장에서부터 흘러나오는 시내이리라. 여승이 둘씩, 셋씩 짝을 지어 앞서거니 뒤서거니 하며 다리를 건너가는 모습이 보였다. 짚신을 신고 있었는데 그중에는 만두 모양의 삿갓을 등에 걸멘 중도 있는 것으로 보아 탁발을 하고 돌아가는 길인 모양이었다. 까마귀가 보금자리를 찾아 서둘러 돌아가는 느낌이었다.

"여승들이 많이 지나가는군요?" 하고 시마무라는 우동집 여자에게 물어 보았다.

"네, 이 안쪽에 절이 있어요. 앞으로 눈이 내리면 산에서 나다니기가 어려워지죠."

다리의 저쪽으로 저물어 가는 산은 벌써 하얗다.

이 고장은 나뭇잎이 떨어지고 마람이 차가워질 무렵이 되면 으스스하게 흐린 날이 계속된다. 눈을 재촉하는 흐린 날씨이다. 멀고 가까운 높은 산들이 하얘진다. 이것을 타케마와리〔嶽廻〕라고 일컫는다. 또한 바다가 있는 고장에선 바다가 울고, 산이 깊은 곳에서는 산이 운다. 먼 우레소리와도 같은 것이다. 이것을 도나리〔胴鳴〕라고 한다. 타케마와리를 보고 도나리를 듣고서 눈이 머지 않아 내릴 것임을 짐작한다. 옛날 책에 그렇게 씌어 있는 것이 시마무라는 생각났다.

시마무라가 아침 잠자리에서 단풍 손님의 우타이를 듣던 날에 첫눈이 내렸다. 벌써 금년에도 바다나 산이 운 것일까. 시마무라는 혼자서 여행을 온 온천에서 고마코와 계속 만나고 있는 사이에 청각 등이 이상하게 날카로워졌는지, 바다나 산의 우는 소리를 생각하는 것만으로도 그 먼 울음소리가 귓속을 스쳐 지나가는 것만 같았다.

"스님들도 이제부턴 겨우살이군요. 몇 명이나 있나요?"

"글쎄요, 많을 거예요."

"여자 스님들만 모여서 몇 달 동안이고 눈 속에서 뭘 하고 있을까요? 옛날 이 근방에서 짰던 지지미라도 절에서 짜는 게 어떨지."

호기심 많은 시마무라의 말에 우동집 여자는 배시시 웃었을 뿐이었다. 시마무라는 역에서 돌아가는 기차를 두 시간 가까이나 기다렸다. 엷은 해가 지면서부터 한기가 별을 맑게 닦아 내듯이 쌀쌀해졌다. 발이 시렸다.

뭘 하러 갔었는지도 깨닫지 못한 채 시마무라는 온천장으로 돌아왔다. 차가 늘 다니는 건널목을 지나 사당이 있는 삼나무 숲 옆까지 왔을 때, 눈앞에 등불이 달린 집 한 채가 나타나서 시마무라는 후유하고 안도의 한숨을 내쉬었는데, 그것은 조그만 요릿집인 기쿠무라였으며 문앞에선 게이샤 서너 명이 서서 이야기하고 있었다.

고마코도 있겠거니 하고 생각할 겨를도 없이 고마코만 보였다.

차의 속력이 갑자기 떨어졌다. 시마무라와 고마코와의 관계를 이미 알고 있는 운전수는 무심코 천천히 몰았던 모양이다.

문득 시마무라는 고마코와 반대 방향의 뒤쪽을 보았다. 타고 온 자동차의 바퀴 자국이 또렷이 남아 있어 별빛으로 뜻밖에도 멀리까지 보였다.

차가 고마코 앞에 닿았다. 고마코는 순간 눈을 감는가 싶었는데 획하고 뛰어올랐다. 차는 멈추지 않은 채 그대로 조용히 언덕길을 올라갔다. 고마코는 문밖의 발판에 몸을 구부려 문의 손잡이를 붙잡고 매달려 있었다.

달려들어 착 들러붙은 듯한 기세인데도 시마무라는 살짝 따뜻한 것에 다가붙은 듯해서 고마코가 하고 있는 행동에 부자연스러움도 위험도 느끼지 않았다. 고마코는 창을 안을 듯이 한쪽 팔을 들었다. 소맷자락이 흘러내려 긴 쥬방의 빛깔이 두꺼운 유리창 너머로 넘쳐 흘러, 추위로 굳어진 시마무라의 눈꺼풀에 스며들었다.

고마코는 유리창에 이마를 갖다 대면서,

"어딜 갔었어요? 네? 어딜 갔었어요?" 하고 새된 목소리로 외쳤다.

"위험하잖아. 형편없는 짓을 하는군" 하고 시마무라도 큰 소리로 대답했으나 달콤한 장난이었다.

고마코가 문을 열고 옆으로 쓰러질듯 들어왔다. 그러나 그때 차는 이미 멎어 산기슭에 닿아 있었다.

"글쎄, 어딜 갔다왔어요?"

"응, 저."

"어디?"

"어디라고 할 것도 없지만."

고마코의 옷자락을 여미는 손놀림이 게이샤다운 점이 시마무라에겐 문득 신기하게 보이곤 했다.

운전수는 잠자코 있었다. 길이 막혀 정지해 있는 차 속에 이렇게 타고 있는 것은 우스운 노릇이라고 시마무라는 깨닫자,

"내리세요" 하고 시마무라의 무릎 위에 고마코가 손을 포개어 얹더니,

"어머, 차기도 해라. 이렇게 어째서 난 안 데리고 갔어요?"

"그랬었군."

"뭐예요? 우스운 분이셔서."

고마코는 즐거운 듯이 웃고는 가파른 돌층계로 된 좁은 길을 올라갔다.

"당신이 나가시는 걸, 난 다 봤어요. 두 신가 세 시 전이었죠?"

"응."

"차 소리가 나길래 나가 봤어요. 밖에 나가 봤어요. 당신, 뒤도 안 돌아봤죠?"

"응?"

"안 봤어요. 왜 안 돌아봤죠?"

시마무라는 놀랐다.

"당신, 내가 전송하고 있던 걸 몰랐잖아요?"

"몰랐는걸."

"그거 보세요." 하고 고마코는 역시 즐거운 듯이 웃음을 머금었다. 그리고 어깨를 기대어 왔다.

갑자기 가까이서 불이 났음을 알리는 종소리가 울리기 시작했다. 두 사람은 돌아다보자마자,

"불, 불이에요!"

"불났군."

불꽃이 아랫마을의 한복판에서 오르고 있었다.

고마코는 뭐라고 두세 마디 외치고는 시마무라의 손을 붙잡았다.

검은 연기가 뭉게뭉게 치솟는 가운데 불꽃이 혓바닥을 날름거리고 있었다. 그 불은 옆으로 기어서 처마를 핥으며 돌아가고 있는 것 같았다.

"어디야, 당신이 전에 있던 선생 댁 근처 아냐?"

"아니에요."

"어디쯤이야?"

"훨씬 더 위쪽이에요. 정거장 옆이에요."

불꽃이 지붕을 뚫고 치솟았다.

"어머, 고치 창고예요. 고치 창고예요. 어머, 어머, 고치 창고가 타고 있어요" 하고 고마코가 계속 외치고는 시마무라의 어깨에 볼을 대고 꽉 눌렀다.

"고치 창고예요. 고치 창고."

불길은 세차게 타오르고 있는데 높은 곳에서 별빛 총총한 드넓은 하늘 아래를 내려다보니, 장난감 화재같이 조용했다. 그럼에도 불구하고, 무섭게 타오르는 불꽃 튀는 소리가 들리는 듯한 두려운 느낌은 전해져 왔다. 시마무라는 고마코를 끌어안았다.

"무서울 것 없잖아."

"싫어, 싫어, 싫어" 하고 고마코는 고개를 내젓고는 울기 시작했다. 그 얼굴이 시마무라의 손바닥에 어느 때보다도 더 조그맣게 느껴졌다. 굳은 관자놀이가 떨리고 있었다.

불을 보고 울기 시작한 것이지만 왜 우는지 시마무라는 의아하게 여기지도 않은 채 안고 있었다.

고마코는 갑자기 울음을 그치더니 얼굴을 떼고,

"어머나, 그랬군요. 고치 창고에서 영화를 하는 거예요. 오늘밤에요. 사람들이 가득 들어 있어요, 당신……"

"그거 큰일이군."

"부상자가 나올 거예요. 타 죽기도 하구요."

두 사람은 허둥지둥 돌층계를 뛰어 올라갔다. 위쪽에서 떠들썩한 소리가 들리기 때문이었다. 쳐다보니 높직한 여관집의 2층이건 3층이건, 방들은 대개 다 장지가 열려진 채 밝은 불이 켜지고 복도에는 사람들이 나와서 불구경을 하고 있었다. 뜰가에 늘어선 말라시들어진 국화 줄기들이 여관의 불빛 때문인지 별빛 때문인지 그 윤곽이 떠오르고 있는데, 문득 불꽃이 비치는가 싶더니 그 국화의 뒤쪽에도 사람들이 서 있었다. 두 사람의 얼굴 위로 여관의 지배인 등 서너 명이 쓰러질 듯이 내려왔다. 고마코는 소리를 질러,

"이봐요, 고치 창고죠?"

"고치 창고야."

"부상자는? 부상자는 없어요?"

"계속 구출해 내고 있지. 활동 사진 필름에서 펑 하고 대번에 불이 붙었대. 불길이 빨리 번지는 거야. 전화로 들었지. 저것 봐" 하고 지배인은 만나자마자 한쪽 팔을 치켜들어 보이며 내려갔다.

"어린애들은 2층에서 휙휙 내던진대."

"어머, 저를 어쩌지" 하고 고마코는 지배인을 쫓아가듯이 돌층계를 내려갔다. 뒤에서 내려오는 사람들이 앞질러 달려갔다. 고마코도 덩달아 뛰어가고 있었다. 시마무라도 뒤쫓아갔다.

돌층계 아래에선 화재가 인가에 가려져서 불길의 끄트머리밖에 보이지 않는 데다가 화재를 알리는 종소리가 울려 퍼지기 때문에 한층 더 불안이 커져서 마구 뛰어갔다.

"눈이 얼어붙었으니까 주의하세요. 미끄러져요" 하고 고마코는

시마무라를 돌아보다가 그 바람에 멈춰 서서,

"하지만 당신은 오시지 않아도 괜찮아요. 난 마을 사람들이 걱정이에요."

듣고 보니 딴은 그랬다. 시마무라는 맥이 빠지자 발밑에 철로가 보였다. 건널목 앞까지 와 있었다.

"은하수, 참 곱네요."

고마코는 중얼거리더니 그 하늘을 쳐다본 채 또다시 뛰기 시작했다.

아, 은하수 하고 시마무라도 우러러보는 순간에 은하수 속으로 몸이 불현듯 떠올라가는 듯했다. 은하수의 밝은 빛이 시마무라를 떠올릴 듯이 가까웠다. 나그네 길에 나섰던 바쇼*가 거친 바다 위에서 본 것은 이처럼 선명한 은하수의 거대함이었을까? 발가벗은 은하수는 밤의 대지를 알몸으로 휘감으려고 바로 거기에 내려와 있다. 무서운 아름다움이었다.

시마무라는 자신의 조그마한 그림자가 지상에서 거꾸로 은하수에 비친 것처럼 느껴졌다. 은하수에 가득 찬 별들이 하나하나 보일 뿐만 아니라, 군데군데 광운(光雲)의 은모래도 한 알 한 알 보일 만큼 맑게 개어 있고, 게다가 은하수의 밑바닥 없는 깊이가 시선을 빨아들였다.

"어어이, 어어이."

---

* 일본 하이쿠(俳句)의 작가 마쓰오 바쇼(松尾芭蕉). 에도 전기 사람(1644~1694). 여기서는 그가 기행시에서 '거친 바다나 사도(佐渡)에 가로누운 은하수'라고 읊조린 구절을 가리켜서 한 말이다.

시마무라는 고마코를 불렀다.

"어어이, 이리 와 봐."

은하수가 드리워지는 어두운 산 쪽으로 고마코는 달려가고 있었다.

옷자락을 치켜들고 있는 모양인지, 그 팔을 흔들 때마다 빨간 옷자락이 많이 펄럭거렸다. 밝은 별빛이 내리비치는 눈 위여서 붉은 빛임을 알 수 있었다.

시마무라는 쏜살같이 뒤쫓아갔다.

고마코는 발걸음을 늦추더니, 옷자락을 놓고 시마무라의 손을 붙잡았다.

"갈래요, 당신도?"

"응."

"호기심도 많네요" 하고 눈 위에 떨어져 있는 옷자락을 집어올리고는,

"내가 놀림을 당하니까, 돌아가 주세요."

"응, 거기까지만."

"미안하지 않아요? 불난 곳까지 당신을 데리고 가다니요. 마을 사람들에게 미안해요."

시마무라가 고개를 끄덕이며 걸음을 멈췄는데도 고마코는 시마무라의 소매를 가볍게 붙잡은 채 천천히 걷기 시작했다.

"어디서든지 기다려 주세요. 곧 돌아올게요. 어디가 좋아요?"

"어디든 좋아."

"그래요, 그럼 조금만 더 저쪽으로" 하고 고마코는 시마무라의 얼

굴을 들여다보다가 갑자기 고개를 내젓고는,

"싫어요, 이젠."

고마코는 콱하고 몸을 부딪쳤다. 시마무라는 한 발짝 비틀거렸다. 길가의 엷게 덮인 눈 속에 파가 줄지어 늘어서 있었다.

"한심해요."

그러고는 고마코는 재빠른 말로 대들었다.

"이봐요, 당신, 나를 좋은 여자라고 했었죠. 가 버릴 사람이 왜 그런 말을 하시는 거예요?"

시마무라는 고마코가 머리꽂이를 푹푹 다다미에 쑤시던 광경이 생각났다.

"울었어요. 집에 돌아가서도 울었단 말이에요. 당신과 헤어지는 건 무서워요. 하지만 이젠 빨리 가 버리세요. 그런 얘길 듣고 운 일, 난 안 잊어요."

고마코가 말을 한번 잘못 들음으로써 도리어 여인의 몸 속 밑바닥까지 뿌리 박힌 말을 생각하니, 시마무라는 미련으로 목이 꽉 죄는 듯했다. 그러나 갑자기 화재 현장으로부터 사람들이 아우성치는 소리가 들려 왔다. 새로운 불길이 불꽃을 뿜어올렸다.

"어머나, 또 저렇게 타오르네. 저렇게 불길이 솟아요."

두 사람은 불현듯 구원받은 듯이 달리기 시작했다.

고마코는 잘도 달렸다. 얼어붙은 눈을 게다로 스쳐 나는 듯이 보였는데 팔도 앞뒤로 내어 흔든다고 하기보다는 양쪽 겨드랑이에서 뻗어나온 모습이었다. 가슴 언저리에 단단히 힘을 준 모습인데 의외로 조그만 몸집이라고 시마무라는 생각했다. 약간 통통하게 살이 찐 시마무라는 고마코의 모습을 보면서 달리고 있어 더욱더 빨리 숨결이 가빠졌다. 그러나 고마코도 갑자기 숨이 차서 시마무라에게 비틀거리며 다가들었다.

"눈알이 시려서 눈물이 나와요."

뺨은 화끈하게 달아오르는데 눈만은 시리다. 시마무라도 눈꺼풀이 젖었다. 깜박이면 은하수가 눈 안에 가득 찼다. 시마무라는 눈물이 떨어질 듯한 것을 가까스로 참고,

"매일 밤, 이런 은하수야?"

"은하수? 참 곱기도 하네요. 매일 밤은 아니겠죠. 맑게 개었어요."

은하수는 두 사람이 달려온 뒤쪽에서부터 앞으로 흘러내리는데, 고마코의 얼굴은 은하수 속에 비친 것처럼 보였다.

그러나 날씬하고 오똑한 코의 모습도 분명치 않고, 조그마한 입술의 빛깔도 지워져 있었다. 하늘에 넘쳐 가로지르는 밝은 층이 이렇게도 어두울까 하고 시마무라는 믿어지지 않았다. 어슴푸레한 달밤보다도 엷은 별빛이련만 어떠한 보름달이 뜬 하늘보다도 은하수는 밝고, 지상에는 아무런 그림자도 없는 아련함 속에 고마코의 얼굴이 낡은 가면과도 같이 떠올라 여인의 정취를 풍기는 것이 이상스러웠다.

쳐다보고 있노라면 은하수는 또다시 이 대지를 끌어안으려고 내려오고 있다고 생각되었다.

커다란 오로라와도 같은 은하수는 시마무라의 몸을 흠뻑 적시며 흘러 땅 끝에 서 있는 것처럼 느껴지기도 했다. 쥐죽은 듯 고요하게 싸늘해지는 허전함 같으면서 뭔가 아름다운 경이이기도 했다.

"당신이 가시면, 난 성실하게 살 거예요" 하고 고마코는 말하고 나서 걷기 시작하더니, 느슨하게 늘어진 트레머리에 손을 댔다. 대여섯 발짝 가다가 돌아다봤다.

"왜 그래요? 싫어요."

시마무라는 선 채로 가만히 있었다.

"그래요? 기다려 주세요. 나중에 같이 방으로 가요."

고마코는 왼손을 약간 올리고는 달려갔다. 뒷모습이 어두운 산의 밑바닥으로 빨려 들어가는 듯했다. 은하수는 그 산의 능선으로 잘려지는 곳에서 옷자락을 펼치고 또 반내로 거기서부터 화려한 크기로 하늘로 퍼져 가는 듯했으므로 산은 더욱더 어둡게 가라앉아 있었다.

시마무라가 걷기 시작하자 이내 고마코의 모습은 길가의 인가에 가려졌다.

"영차, 영차, 영차"

메기는 소리가 들리고 펌프를 끌고 가는 광경이 거리에 보였다. 거리에는 사람들이 잇달아 달려가고 있는 모양이다. 시마무라도 서둘러 큰길로 나섰다. 두 사람이 온 길은 T자 모양으로 큰길에 맞닿는 것이었다.

또 펌프가 왔다. 시마무라는 앞으로 통과시키고 그 뒤를 따라 달려갔다.

손으로 누르는 낡은 펌프였다. 긴 밧줄을 앞에서 끄는 사람들 외에 펌프 주위에도 소방대원들이 둘러싸고 있는데, 그것이 우스울 정도로 펌프는 조그마했다.

그 펌프가 오는 것을 고마코도 길가에 비켜서서 보고 있었다. 시마무라를 발견하자 같이 뛰었다. 펌프를 피해서 길가에 서 있는 사람들이 펌프에 빨아당겨지듯이 뒤를 따랐다. 이젠 두 사람도 화재 현장으로 달려가는 군중의 한 사람에 지나지 않았다.

"오셨군요? 호기심도 많게."

"응. 허술한 펌프로군, 메이지 이전 거야."

"그래요. 넘어지지 마세요."

"미끄럽군."

"그래요. 앞으로 눈보라가 밤새도록 휘날릴 때, 당신 한번 와 보세요. 못 오시죠? 꿩이랑 토끼가 인가로 도망쳐 들어와요" 하고 고마코가 말했지만, 소방대원들의 메기는 소리라든지 사람들의 발걸음 소리에 어울려서 밝게 들뜬 목소리였다. 시마무라도 몸이 가벼웠다.

불꽃 튀는 소리가 들렸다. 눈앞에서 불길이 솟았다. 고마코는 시마무라의 팔꿈치를 붙잡았다. 큰길의 낮고 검은 지붕이 불빛으로 푸우푸우 숨쉬듯이 떠올랐다가 다시 희미해졌다. 발밑의 길바닥에 펌프 물이 흘러나왔다. 시마무라와 고마코는 울타리처럼 늘어선 사람들 속에 자연히 멈춰 섰다. 불타는 단내에 고치를 찌는 듯한 냄새가 섞여 있었다.

영화 필름에서 불이 났다느니, 구경하러 간 어린애들을 2층에서 획획 내던졌다느니, 부상자는 없었다느니, 지금은 마을의 고치도 쌀도 들어 있지 않아서 다행이었다느니 하며 사람들은 여기저기서 비슷한 말을 소리 높이 지껄이고 있었다. 모두 불을 향해서는 아무런 할 말이 없는 것 같은, 원근의 중심이 빠져나간 듯한 하나의 고요

160

함만 이 화재 현장을 통일하고 있었다. 불타는 소리와 펌프 소리만을 듣고 있다는 모습들이었다.

이따금 뒤늦게 달려온 마을 사람들이 있어서 집안 식구의 이름을 부르고 다녔다. 대답하는 사람이 있으면 기뻐서 얼싸안고 외쳤다. 그런 소리들만이 생생하게 울려 퍼졌다. 화재를 알리는 종소리도 이젠 그쳤다.

남의 눈도 있고 해서 시마무라는 고마코로부터 살그머니 떨어져 나가 한 무더기의 어린애들 뒤에 가서 섰다. 불 기운으로 얼굴이 뜨거워지자 아이들은 뒷걸음질쳤다.

발밑의 눈도 약간 풀리는 듯했다. 사람의 울타리 앞에 있는 눈은 불과 물로 인해 녹아내려 어지럽게 오가는 발자국 때문에 질퍽거렸다.

그곳은 고치 창고의 옆쪽에 있는 밭이었는데 시마무라 일행과 같이 달려온 마을 사람들은 대개 그곳에 들어가 있었던 것이다.

불은 영사기를 놓아 둔 입구 쪽에서 난 모양인데 고치 창고의 절반쯤은 이미 지붕이고 벽이고 불타 떨어지고 있었으나, 기둥이나 대들보 등의 뼈대는 연기를 내면서 서 있었다. 판자 지붕, 판자 벽에 판자 마루뿐, 텅 비어 있으므로 창고 속에는 그다지 연기도 오르고 있지 않고, 흠뻑 물을 뒤집어쓴 지붕도 불타고 있는 것 같지 않지만 불길이 번져 나가는 기세는 멈추지 않는 모양인지, 뜻하지 않은 데서 불꽃이 솟곤 했다. 석 대의 펌프 물로 허둥지둥 불을 끄려고 대들자 갑자기 불꽃을 뿜어올리고는 검은 연기가 솟았다.

그 불꽃은 은하수 속으로 퍼져 올라가 흩어지고 시마무라는 은하수 속으로 떠올려지는 깃 같았나. 연기가 은하수를 향해 흐르는 것과는 반대로 은하수가 획하고 흘러 내려왔다. 지붕을 빗나간 펌프의 물줄기 끝이 흔들려서 물 연기가 되어 희미한 것도 은하수의 빛이 비치는 것처럼 보였다.

어느 틈에 다가왔는지 고마코가 시마무라의 손을 쥐었다. 잠자코 있었다. 불 쪽을 바라본 채 약간 상기된 고마코의 진지한 얼굴에 불꽃의 호흡이 흔들거리고 있었다. 시마무라의 가슴에 세찬 것이 치밀어올랐다. 고마코의 트레머리는 느슨해지고 목은 쭉 뻗쳐 있다. 그 근처에 불쑥 손을 가져가고 싶어 시마무라는 손가락 끝이 떨렸다. 시마무라의 손도 따뜻해졌지만 고마코의 손은 더욱더 뜨거웠다. 어쩐지 시마무라는 이별할 시간이 다가온 듯이 느껴졌다.

입구 쪽의 기둥인지 뭔지에서 또다시 불길이 일어나 타오르기 시작하여 펌프의 물이 한 줄기 불을 끄러 향하자, 마룻대와 대들보가 치익치익 김을 내면서 기울어지기 시작했다.

앗 하고 둘러선 사람들이 숨을 죽인 채 여자의 몸이 떨어지는 것을 보았다.

고치 창고는 연극 같은 것에도 쓰일 수 있도록 모양만 갖춰 놓은 2층 객석이 마련되어 있었다. 2층이라고 하지만 나지막하다. 그 2층에서 떨어졌으니 지상까지는 눈깜짝할 순간이었지만, 떨어지는 모습을 똑똑히 눈으로 쫓아갈 수 있을 만큼의 시간이 있었던 것처럼 보였다. 인형 같은 이상한 모습으로 떨어진 탓인지도 모른다. 첫눈에 보아도 실신해 있음을 알 수 있었다. 아래에 떨어져서도 소리는 나지 않았다. 물에 끼얹혀진 곳이라서 먼지도 일어나지 않았다.

새로 불타 옮아가는 불길과 타다 남은 불더미에서 일어나는 불길과의 중간쯤에 떨어진 것이었다.

타다 남은 불을 향해서 펌프 한 대가 비스듬히 활 모양의 물줄기를 내뿜고 있었는데 그 앞에 퍼뜩 여자의 몸이 떠올랐다. 그러한 모습으로 떨어졌다. 여자의 몸은 공중에서 수평이었다. 시마무라는 가슴이 덜컥 내려앉기는 했지만 그 순간 위험도 공포도 느끼지 않았다. 비현실적인 세계의 환영과도 같았다. 뻣뻣이 굳어 있던 몸이 공중에 내던져지자 부드러워지긴 했으나, 인형 같은 무저항성, 생명이 통해 있지 않은 자유로움으로 삶도 죽음도 정지해 버린 듯한 모습이었다. 시마무라에게 번뜩인 불안이라고 하면 수평으로 뻗은 여자의 몸으로서 머리 쪽이 아래로 처지지나 않을까, 허리나 무릎이 굽지나 않을까 하는 것이었다. 그렇게 될 것 같은 기미는 엿보였으나 수평인 채로 떨어졌다.

"아앗."

고마코가 날카롭게 부르짖고 두 눈을 가렸다. 시마무라는 눈도 깜빡이지 않고 보고 있었다.

떨어진 여자가 요코라는 걸 시마무라도 안 것은 어느 순간의 일이었을까? 사람들의 울타리가 앗 하고 숨을 죽인 것도, 고마코가 아앗 하고 부르짖은 것도 실상은 똑같은 순간인 듯싶었다. 요코의 장딴지가 땅 위에서 경련을 일으킨 것도 똑같은 순간인 듯했다.

고마코의 부르짖음은 시마무라의 몸 속을 꿰뚫고 지나갔다. 요코의 장딴지가 경련을 일으킴과 동시에 시마무라의 발끝까지 차디찬 경련이 지나갔다. 뭔가 애달픈 고통과 비애에 충격을 받아 가슴이 격렬하게 뛰었다.

요코의 경련은 눈에 띄지 않을 정도로 미미한 것이어서 곧 그쳤다.

그 경련보다도 먼저 시마무라는 요코의 얼굴과 붉은 화살 무늬의 옷을 보고 있었다. 요코는 누운 자세로 떨어졌다. 한쪽 무릎의 조금 위까지 옷자락이 걷혀져 있었다. 땅 위에 부딪혀서도 장딴지가 경련을 일으켰을 뿐 실신한 그대로인 것 같았다. 시마무라는 왠지 죽음을 느끼지 않았지만, 요코의 내적 생명이 변형하는, 그 갈림길 같은 것을 느꼈다. 요코를 떨어뜨린 2층 관람석에서 뼈대가 되는 나무가 두세 개 기울어져 요코의 얼굴 위에서 타기 시작했다. 요코는 그 찌를 듯이 아름다운 눈을 감고 있었다. 턱을 내밀고 있어서 목의 선이 틀어져 있었다. 불빛이 창백한 얼굴 위를 흔들거리며 지나갔다.

몇 해 전인가 시마무라가 이 온천장으로 고마코를 만나러 오는 기차 속에서 요코의 얼굴 한가운데에 산과 들의 등불이 켜졌을 때의 모습이 불현듯 생각나서 시마무라는 또다시 가슴이 떨렸다. 한순간에 고마코와의 세월이 비친 듯했다. 뭔가 애달픈 고통과 비애도 여기에 있었다.

고마코가 시마무라 옆에서 뛰쳐나가고 있었다. 고마코가 부르짖고 눈을 가린 것과 거의 같은 순간인 것 같았다. 둘러선 사람들의 울타리가 앗 하고 숨을 죽인 바로 그때였다.

물을 맞고 검게 타다 남은 등걸들이 흩어진 속으로 고마코는 게이샤의 긴 옷자락을 끌며 비틀거렸다. 요코를 가슴에 안고 돌아오려고 했다. 그 필사적으로 힘껏 버틴 얼굴 밑에 요코의 승천할 듯이 멍해진 얼굴이 늘어져 있었다. 고마코는 자신의 희생인지 형벌인지

164

를 안고 있는 듯이 보였다.

사람의 울타리가 저마다 소리를 지르며 흐트러지기 시작하더니 갑자기 두 사람을 둘러쌌다.

"비켜요, 비켜 줘요."

고마코의 부르짖는 소리가 시마무라에게 들렸다.

"이 애가 미쳐요. 미쳐요."

그렇게 말하는 목소리가 미친 듯이 보이는 고마코에게 시마무라가 가까이 다가가려고 하다가 요코를 고마코에게서 빼앗아 안으려고 하는 사나이들에게 밀려서 비틀거렸다. 발에다 힘을 주며, 버티고 선 채 눈을 쳐든 순간, 쏴아하는 소리를 내면서 은하수가 시마무라의 속으로 흘러내리는 것 같았다.

이즈의 무희

1

꼬불꼬불 꼬부라진 길을 따라 드디어 아마기〔天城〕고개*에 거의
다 왔다고 생각할 무렵, 빗발이 울창하게 우거진 삼나무 숲을 뿌옇
게 물들이면서 굉장한 속도로 산기슭에서부터 나를 뒤쫓아왔다.

　나는 스무 살, 고등학생 모자를 쓰고 가느다란 줄무늬가 있는 감
색 옷에 하카마**를 입고 학생 가방을 어깨에 메고 있었다. 혼자서

---

* 　아마기산〔天城山〕에 있음. 아마기 산은 시즈오카현〔静岡縣〕이즈〔伊豆〕반도의
　　중앙부에 솟아 있는 사화산.

** 　예복에 갖추어 입는 기모노의 하의(下衣). 허리에서부터 발까지를 덮도록 된 헐렁
　　한 옷.

이즈[伊豆]* 여행을 떠난 지 나흘째 되는 날의 일이었다. 슈젠사[修善寺]** 온천에서 하룻밤 묵고, 유가시마*** 온천에서 이틀밤을 묵은 다음, 후박나무로 만들어진 굽 높은 왜나막신을 신고 아마기 산을 올라온 것이었다. 겹겹으로 포개져 있는 산들이며 원시림이며 깊은 계곡의 가을 단풍 등을 넋놓고 바라다보면서도, 나는 한 가지 기대로 가슴을 설레며 길을 서두르고 있었다. 그러는 사이에 굵은 빗방울이 내 얼굴을 때리기 시작했다. 굽이돌아간 가파른 고갯길을 달려서 올라갔다. 간신히 고개의 북쪽 어귀에 있는 찻집에 당도하여 후유하고 한숨 돌림과 동시에 나는 그 입구에 우뚝 멈춰 서고 말았다. 너무나도 근사하게 기대가 들어맞았기 때문이다. 거기엔 지방순회 연예인 일행이 쉬고 있었던 것이다.

멀거니 서 있는 나를 본 무희가 자기의 방석을 얼른 빼내더니 뒤집어서 옆에 놓았다.

"아, 예……"라고만 말하고 나는 그 위에 앉았다. 고갯길을 달려온 탓으로 숨이 찬 데다 놀라움과 감동이 뒤섞여 "고맙습니다"라는 말이 목구멍에 걸려서 나오지 않았던 것이다.

무희하고 아주 가까이 마주 앉은 탓으로 나는 당황하여 소맷자락에서 담배를 꺼냈다. 무희가 또다시 같은 일행인 여인 앞에 있는 담배합을 끌어당겨 내 옆에 밀어 놔 주었다. 여전히 나는 입을 다물고

---

*   시즈오카현 동부에 있는 일곱 개의 섬을 통틀어 일컫던 옛 지명.

**   시즈오카현에 있는 읍의 이름.

*** 시즈오카현에 있는 온천지.

있었다.

　무희는 열일곱 살쯤 되어 보였다. 나로서는 알 수 없는 예스런 이상한 모양으로 큼직하게 머리를 땋고 있었다. 그게 달걀 모양의 활기차고 야무진 얼굴을 아주 작아 보이게 하면서도 아름답게 조화를 이루고 있었다. 머리를 큼직하게 과장해서 그려 놓은 패사적(稗史的)*인 아가씨의 그림 같은 느낌이었다. 무희 일행은 40대 여인이 한 명, 젊은 여인이 두 명, 그밖에 나가오카[長岡] 온천 여관의 시루시반텐**을 걸친 25, 6세쯤 되어 보이는 사나이가 있었다.

　나는 그때까지 이 무희 일행을 두 번 본 일이 있었다. 처음에는 내가 유가시마에 오는 도중에 슈젠사로 가는 그녀들과 유가와 다리[湯川橋] 근처에서 만났다. 그때는 젊은 여인이 세 명이었는데 무희는 북을 들고 있었다. 나는 뒤돌아보고 또 뒤돌아보면서 여정(旅情)이 내 몸에 푹 배어 있다고 생각했다. 그 후 유가시마에서 이틀째 묵던 날 밤, 여관에 흘러 들어왔다. 무희가 현관의 마룻바닥에서 춤을 추던 것을 나는 사다리 모양의 층계에 걸터앉아 정신 없이 바라보고 있었—— 그날 슈젠사에서 묵었고 오늘밤은 유가시마에서 묵는다면, 내일은 아마기를 남으로 넘어가 유가노[溫ヶ野]*** 온천으로 가겠지. 아마기 70리의 산길에서 틀림없이 따라잡을 수 있을 것

---

*　패사는 왕에게 민정을 보고하던 패관(稗官)이 세상에 떠도는 이야기 등을 모아 엮은 기록.

**　깃, 등, 허리 둘레에 상호나 성명 등을 염색한 짧은 웃도리.

***　이즈 반도 남동쪽에 있는 온천장.

이다. 그렇게 공상을 하면서 길을 서둘러 왔지만, 비를 긋는 찻집에서 딱 마주친 것이니만큼 나는 당황하고 말았던 것이다.

조금 후에 찻집 노파가 나를 다른 방으로 안내해 주었다. 평소에는 쓰지 않는 모양인지 문과 미닫이가 없었다. 아래쪽을 내려다보니까 아름다운 골짜기가 한도 끝도 없을 만큼 깊었다. 나는 살갗에 오톨도톨 소름이 돋고 딱딱딱 이가 떨려서 달달달 몸을 떨고 있었다. 차를 끓이러 온 노파더러 춥다고 했더니,

"아아니, 손님은 비에 옷이 젖었구먼. 이쪽에서 잠시 불을 쬐구려. 자아, 옷도 말리고" 하며 손을 잡아끌듯이 자신들의 거처인 방으로 들어가게 했다.

그 방에는 방바닥 화로가 만들어져 있어서 미닫이를 열자 후끈한 불기가 흘러나왔다. 나는 문지방 옆에 서서 망설였다. 물에 빠져 죽은 사람처럼 온몸이 푸르퉁퉁한 영감이 화롯가에 책상다리를 하고 앉아 있었다. 눈동자마저 누렇게 썩은 듯한 눈을 께느른하게 내가 있는 쪽으로 돌렸다. 몸 둘레에 해묵은 편지며 봉지를 수북이 쌓아 놓아 그 종이 나부랭이들 속에 파묻혀 있다고 해도 좋을 정도였다. 도저히 살아 있는 생물이라고 여겨지지 않는 산 속의 괴물을 바라다본 채 나는 말뚝처럼 우뚝 서 있었다.

"이런 창피스런 꼴을 보여 줘서……. 하지만 우리 집 영감이니까 염려하진 말아요. 보기 흉하더라두 움직이진 못하니까 이대로 그냥 참아 줘요."

그렇게 미리 양해를 구한 다음에 노파가 하는 얘기로는 영감은 여러 해 동안 중풍을 앓아서 전신불수가 되어 버렸다는 것이다. 종

이 더미는 여러 나라에서 중풍의 치료에 관해서 알려 준 편지와 여러 나라에서 들여온 중풍약의 봉지들이었다. 영감은 고개를 넘어온 나그네한테서 듣거나 신문광고를 보면, 그중의 하나도 빠짐없이 전국 각지에다 중풍의 치료법에 관해 문의하고 약을 사들였다는 것이다. 그리고 그 편지나 봉지를 하나도 버리지 않고 몸 둘레에 늘어놓고 바라다보면서 지내 왔다는 것이다. 여러 해 동안에 그것이 케케묵은 휴지 더미로 쌓이게 되었다는 것이다.

나는 노파에게 대꾸할 말도 없고 해서 방바닥 화로 위에 고개를 숙이고 있었다. 산을 넘어가는 자동차가 집을 뒤흔들었다. 가을인데도 이렇게 춥고 머지않아 눈에 덮일 고개를 어째서 이 영감은 내려가지 않을까 생각하고 있었다. 내 옷에서 김이 나고 머리가 띵해질 만큼 불이 뜨거웠다. 노파는 가게에 나가서 지방 순회 연예인인 여인과 얘기하고 있었다.

"아 그런가. 요전번에 데리고 있던 애가 벌써 요렇게 됐다우. 좋은 아가씨가 됐구만. 자네도 이젠 됐어. 어쩌면 요렇게 예뻐졌을까. 여자 아이는 빠르다니까."

거의 한 시간쯤 지나자 연예인들이 출발하는 듯한 소리가 들려왔다. 나도 가만히 앉아 있을 때가 아니었지만 가슴만 두근거릴 뿐 일어설 용기가 나지 않았다. 여행길에 발이 익숙해졌다고 하더라도 여자 걸음이니까 1킬로미터나 2킬로미터 떨어져 봤자 잠깐 사이에 따라잡을 수 있다고 생각하면서 화롯가에서 초조해하고 있었다. 그러나 무희들이 곁에 있지 않게 되자 도리어 나의 공상은 해방된 듯이 생기 있게 춤을 추기 시작했다. 그들을 떠나 보내고 들어온 노파더러 물어 보았다.

"저 연예인들은 오늘밤 어디서 묵을까요?"

"저런 것들, 어디서 묵을지 알게 뭐람, 관객이 있기만 하면야 어디서든 묵겠지. 오늘밤의 숙소는 꼭 어디라고 정한 데가 있겠소."

심한 경멸이 담긴 노파의 말이, 그렇다면 무희를 오늘밤은 내 방에서 묵게 해야겠다고 생각했을 만큼 나를 부추겨 주었다.

빗발이 가늘어지면서 산봉우리가 드러나기 시작했다. 이제 10분만 기다리면 깨끗이 갤 거라고 하면서 자꾸만 만류하였지만 가만히 앉아 있을 수가 없었다.

"할아버지, 건강에 조심하세요. 추워지니까요" 하고 나는 진심으로 말하고 자리에서 일어났다. 영감은 누런 눈을 무겁게 움직여 희미하게 고개를 끄덕거렸다.

"손님, 손님" 하고 외치면서 노파가 뒤쫓아왔다.

"이렇게 모시게 되어 미안합니다. 뭐라고 말씀드릴 수가 없구면."

그러고는 내 가방을 껴안고서 건네 주려고도 하지 않은 채, 아무리 거절해도 저기까지 바래다 주겠다고 하면서 듣지 않았다. 1킬로미터쯤이나 종종걸음으로 따라오면서 똑같은 말을 되풀이하고 있었다.

"미안해요. 푸대접을 해드려서. 얼굴을 잘 익혀 두었다가 요담에 지나가실 때에 보답해 드리리다. 요담에도 꼭 좀 들러 줘요. 잊지 않으리다."

내가 50전 은화 한 닢을 그냥 놓고 온 것에 몹시 놀라서 눈물을 글썽거릴 정도로 감격해하고 있었던 것이지만, 무희에게 빨리 뒤따라

174

가고 싶었기 때문에 노파의 비치적거리는 발걸음이 성가시기도 했다. 드디어 고개의 터널까지 와 버리고 말았다.

"대단히 감사합니다. 할아버지가 혼자 계시니까, 어서 돌아가세요." 하고 내가 말하자, 그제서야 노파는 겨우 가방을 내주었다.

컴컴한 터널 속으로 들어가자 차가운 물방울이 똑똑 떨어지고 있었다. 남이즈〔南伊豆〕로 나가는 출구가 앞쪽에 조그맣게 뚫려 있었다.

2

터널의 출구에서부터 하얗게 칠을 한 울짱이 한쪽으로 치우친 고갯길을 따라 번개처럼 쭉 이어져 있었다. 이 모형 같은 전망의 아래쪽에 연예인들의 모습이 내려다보였다. 6킬로미터도 채 못 가서 나는 그들의 여행을 따라잡았다. 그러나 갑자기 발걸음을 늦출 수도 없어서 나는 냉담한 태도로 여자들을 앞지르고 말았다. 20여 미터쯤 앞쪽에서 혼자 걸어가고 있던 사나이가 나를 보더니 멈춰 섰다.

"발걸음이 빠르군요. 날씨가 꼭 알맞게 겠는데요."

나는 후유 한숨을 쉬고 나서 사나이와 함께 나란히 걸어가기 시작했다. 사나이는 연달아 여러 가지 일을 나에게 물었다. 두 사람이 얘기를 시작한 것을 보고 뒤쪽에서 여자들이 종종걸음으로 달려왔다.

사나이는 큼직한 버들고리를 짊어지고 있었다. 40대 여인은 강아지를 안고 있었다. 제일 큰 아가씨가 보따리, 중간쯤 되는 아가씨는 버들고리, 제각기 큰 짐을 들고 있었다. 무희는 북과 그 틀을 짊어지고 있었다. 40대 여인도 띄엄띄엄 나에게 말을 걸었다.

"이봐요, 고등학생" 하고 언니 되는 아가씨가 무희에게 속삭였다. 내가 돌아다보자 웃으면서 말했다.

"그거 보라구. 그 정도는 알고 있어요. 학생이 섬에 왔군요."

일행은 오시마(大島)*의 하부항(波浮港) 사람들이었다. 봄에 섬을 떠나 여행을 계속하고 있는데, 날씨는 추워지고 겨울 채비는 되어 있지 않아서 시모타(下田)**에 10일쯤 있다가 이토(伊東)*** 온천에서 섬으로 돌아갈 예정이라고 했다. 오시마라는 말을 듣자 나는 한층 더 시정(詩情)을 느끼고, 다시금 무희의 아름다운 머리를 바라보았다. 오시마에 대해서 이것저것 물었다.

"학생들이 수영하러 많이 오더군요" 하고 무희가 일행인 여자에게 말했다.

"여름이겠죠?" 하고 내가 돌아다보니까 무희는 당황하여,

"겨울에도……" 하고 나직한 목소리로 대답한 것 같았다.

"겨울에도?"

무희는 역시 일행인 여자를 보고 웃었다.

"겨울에도 수영할 수 있습니까?" 하고 내가 다시 한번 말하자 무

---

* 이즈 제도에서 가장 큰 섬.

** 이즈 반도 남동쪽에 있는 항구 도시.

*** 시즈오카현에 있는 도시. 이즈 반도의 항구로서 온천지.

희는 얼굴을 붉히고 아주 진지한 표정을 지으면서 가볍게 고개를 끄덕거렸다.

"바보야, 이 애는" 하고 40대 여인이 웃었다.

유가노까지는 가와쓰강〔河津川〕의 계곡을 따라 30리 남짓 내리막길이었다. 고개를 넘으면서부터는 산이나 하늘의 색깔마저 남국답게 느껴졌다. 나와 사나이는 줄곧 얘기를 주고받아 아주 친해졌다. 오기노리〔荻乘〕며 나시모토〔梨本〕 등의 작은 마을을 지나 유가노의 짚으로 이어진 지붕이 산기슭에 보이기 시작했을 무렵, 나는 시모타까지 같이 여행을 하고 싶다고 대담하게 말했다. 그는 대단히 기뻐했다.

유가노의 싸구려 여인숙 앞에서 40대 여인이 그럼 잘 가라는 표정을 지었을 때 그는 말해 주었다.

"이분이 우리하고 같이 가고 싶다고 하시는데요."

"이거야 정말, 여행은 길동무요 세상은 인정이라. 우리들 같은 시시한 것들도 무료함을 달래는 데는 도움이 되지요. 어서 올라가 쉬세요" 하고 대수롭지 않게 대답했다. 아가씨들은 일제히 나를 바라보았는데, 아주 아무렇지도 않다는 표정으로 입을 꼭 다물고 약간 부끄러운 듯이 나를 바라보고 있었다.

다 같이 여인숙 2층으로 올라가서 짐을 내려놓았다. 다다미나 맹장지도 케케묵고 더러웠다. 무희가 아래층에서 차를 날라 왔다. 내 앞에 앉더니, 새빨개지면서 손을 부들부들 떤 탓으로 찻잔이 차 받침에서 떨어지려고 하자, 떨어뜨리지 않으려고 다다미에 놓는 바람에 차를 엎지르고 말았다. 너무나 심하게 수줍어하는 것 같아서 나는 어안이 벙벙해졌다.

"어머나! 아이 보기 싫어. 이 애는 이성에 눈뜨기 시작한 모양이야. 어머머……" 하고 40대 여인이 어처구니없다는 듯이 이맛살을 찌푸리고 수건을 던져 주었다. 무희는 그걸 주워들고 거북스러운 듯이 다다미를 훔쳤다.

이 같은 뜻밖의 말을 듣고 나는 문득 나 자신을 반성했다. 고개의 노파에게 부추김을 당한 공상이 딱 깨지는 것을 느꼈다.

그러는 사이에 갑자기 40대 여인이,

"학생의 곤가스리〔紺飛白〕*는 정말 좋군요" 하고 말하고는 찬찬히 나를 바라보았다.

"이분이 입은 가스리는 타미쓰기〔民次〕하고 똑같은 무늬구나. 이봐, 그렇구나. 똑같은 무늬잖아."

옆에 있는 여자에게 몇 번이고 다짐을 하고 나서 나에게 이야기했다.

"고향에 학교 다니는 아들을 두고 왔는데, 방금 그 아이 생각이 나서요. 그 아이가 입은 줄무늬 옷하고 똑같네요. 요즘에는 곤가스리도 값이 비싸서 정말 곤란해요."

"어느 학교인데요?"

"초등학교 오 학년이에요?"

"허허, 초등학교 오 학년이라니, 정말……"

---

* 짧고 가느다란 줄무늬가 있는 감색 옷감. 또는 그 무늬. '가스리〔飛白〕'는 군데군데 붓으로 살짝 스친 것 같은 무늬가 있는 천, 또는 그 무늬.

"고후(甲府)에 있는 학교에 다니고 있어요. 오시마에 오랫동안 있었지만 고향은 가이(甲斐)의 고후예요."

한 시간쯤 쉬고 나서 사나이가 나를 다른 온천 여인숙으로 안내해 주었다. 그때까지는 나도 연예인들과 같이 싸구려 여인숙에 묵을 거라고만 생각하고 있었던 것이다. 우리는 국도에서 자갈길이며 돌층계를 1킬로미터쯤 내려가 작은 시냇가에 있는 공동탕 옆의 다리를 건넜다. 다리 건너편은 온천 여관의 뜰이었다.

그 여관의 옥내 목욕탕에 들어가 물 속에 잠겨 있으니까 조금 후에 사나이가 들어왔다. 자기의 나이가 스물네 살이라는 둥, 아내가 두 번이나 유산과 조산을 해서 아이를 죽게 했다는 둥 얘기를 했다. 나가오카 온천의 시루시반텐을 입고 있어서 나는 그가 나가오카 사람이라고 생각하고 있었던 것이다. 또한 표정이나 말하는 태도가 상당히 지식인다운 데가 있는 것으로 보아, 호기심이 많은 사람이거나 연예인인 아가씨에게 반하거나 해서 짐을 날라 주면서 따라오고 있는 것이라고 상상하고 있었다.

목욕탕에서 나오자 나는 곧 점심을 먹었다. 유가시마에서 아침 여덟 시에 떠났었는데 그때는 아직 세 시 전이었다.

사나이가 돌아갈 때 뜰에서 나를 쳐다보고 인사를 했다.

"이걸로 감이나 사 드세요. 2층이라 실례" 하고 말하고는 나는 돈뭉치를 던졌다. 사나이는 거절하고는 그냥 지나가려고 했으나 뜰에 종이뭉치가 떨어져 있는 걸 보고 되돌아와서 그걸 집어 들더니,

"이런 짓을 하면 안 돼요" 하고 던져 올렸다. 그것이 초가 지붕 위에 떨어졌다. 내가 다시 한번 던져 주자 사나이는 가지고 돌아갔다.

해 질 녘부터 비가 많이 내렸다. 산들의 모습이 온통 뿌얘지고 앞에 있는 작은 시내가 순식간에 누런 흙탕물이 되어 쿨렁쿨렁 흘러갔다. 이렇게 비가 억수같이 와서는 무희들이 손님을 찾아나설 리도 만무하다고 생각하면서, 나는 가만히 앉아 있을 수가 없어서 두 번이고 세 번이고 탕 속에 들어가 보곤 했다. 방 안은 어두컴컴했다. 옆방과의 사이에 있는 맹장지를 네모지게 도려낸 문미(門楣)에 전등이 늘어져 있었는데 한 개의 전등이 양쪽 겸용으로 되어 있었다.

두둥 둥둥, 줄기찬 빗소리 저 멀리에서 북치는 소리가 희미하게 들려 왔다. 나는 쳐부수듯이 빈지문을 열고 몸을 쑥 내밀었다. 북소리가 가까이 다가오는 것 같았다. 비바람이 내 머리를 두드렸다. 나는 눈을 감고 귀를 기울이면서 북이 어디를 어떻게 지나서 이쪽으로 오는지를 알아내려고 했다. 이윽고 샤미센 소리가 들렸다. 여자의 긴 외마디 소리도 들렸다. 왁자지껄한 웃음소리도 들렸다. 그래서 연예인들이 싸구려 여인숙과 마주 바라보는 요릿집의 술자리에 불려가 있다는 걸 알았다. 두세 명의 여자 목소리와 서너 명의 남자 목소리가 구별되어 들려 왔다. 그곳에서 끝나면 이쪽으로 손님을 찾아 들어올 것 같아 기다리고 있었다. 그러나 그 술자리는 쾌활한 정도를 넘어 야단법석이 벌어지는 모양이었다. 여자의 찢어지는 듯한 외마디 소리가 이따금 번개처럼 어두운 밤에 날카롭게 울려 퍼졌다. 나는 신경을 곤두세우고 언제까지나 문을 열어 놓은 채 가만히 앉아 있었다. 북소리가 들려 올 때마다 가슴속이 갑자기 환해졌다.

"아아, 무희는 아직도 술자리에 앉아 있구나. 앉아서 북을 치고 있구나."

북소리가 그치면 견딜 수가 없었다. 빗소리 속으로 나는 잠겨 들어가고 말았다.

조금 후에는 모두들 술래잡기를 하고 있는지, 춤을 추고 돌아다니고 있는지, 어지러운 발소리가 한참 동안 계속되었다. 그리고 뚝 그치더니 쥐죽은 듯 고요해졌다. 나는 눈빛을 번쩍거렸다. 이 고요함이 무엇을 의미하는 것인지 어둠을 통해서 보려고 했다. 무희의 오늘밤이 더럽혀지는 것일까 하여 괴로웠다.

빈지문을 닫고 잠자리에 들어가서도 마음이 괴로웠다. 또다시 탕 안에 들어갔다. 뜨거운 물을 몹시 거칠게 마구 휘저었다. 비가 그치고 달이 나와 있었다. 빗물에 씻긴 가을밤이 유난히 맑고 환했다. 맨발로 욕실에서 빠져나가 봤댔자 어떻게 할 도리가 없다고 생각했다. 두 시가 지나고 있었다.

3

이튿날 아침 아홉 시가 넘어서 벌써 사나이가 내 숙소에 찾아왔다. 이제 막 일어난 나는 그를 꾀어 탕에 들어갔다. 아름답게 활짝 갠 남이즈의, 음력 10월의 따뜻한 날씨였다. 물이 불어난 작은 시내가 욕실 밑에서 따뜻하게 햇볕을 받고 있었다. 어젯밤의 괴로움이 나 자신에게도 꿈처럼 느껴졌지만 나는 사나이에게 물어 보았다.

"어젯밤은 꽤 늦게까지 흥청거린 모양이죠?"

"아아뇨. 소리가 들리던가요?"

"들리고말고요."

"이 고장 사람들이었어요. 이 고장 사람들은 야단법석만 부릴 뿐이지, 도무지 재미가 없어요."

그가 너무나 아무렇지도 않은 눈치여서 나는 입을 다물어 버리고 말았다.

"저쪽 땅에 그치들이 와 있어요. 저것 좀 봐요, 이쪽을 봤는지 웃고 들 있어요."

그가 손가락질을 해서 나는 시내 맞은편에 있는 공동탕 쪽을 바라보았다. 김 속에 7, 8명의 나체가 어렴풋이 떠올라 있었다.

어두컴컴한 욕실 안쪽에서 갑자기 발가벗은 여자가 달려나오는가 싶었는데, 탈의장 끄트머리에서 냇가에 뛰어내릴 듯한 모습으로 서서는 양손을 번쩍 쳐들어 뭐라고 외치고 있다. 수건도 걸치지 않은 알몸 그대로였다. 그게 바로 무희였다. 어린 오동나무처럼 다리가 보기 좋게 쭉 뻗은 허연 나체를 바라다보면서, 나는 마음속으로 맑은 물이 흐르는 듯한 느낌을 받고 깊은 숨을 내쉬고 나서 깔깔깔 웃었다. 어린애였다. 우리를 발견한 기쁨에 겨워, 발가벗은 채 햇빛 속으로 뛰어나와 발돋움을 하고 몸을 온통 쭉 뻗칠 정도로 어린애 였던 것이다. 나는 명랑한 기쁨으로 깔깔깔 웃어 젖혔다. 머릿속이 씻어진 듯이 해맑아졌다. 미소가 언제까지나 그치지 않았다.

무희의 머리가 너무나 풍성해서 17, 8세로 보였던 것이다. 게다가 아리따운 처녀처럼 꾸며져 있어서 나는 얼토당토 않은 착각을 하고 있었던 것이다.

사나이와 함께 내 방에 돌아와 있으니까, 조금 후에 언니 되는 아가씨가 여관의 뜰에서 국화밭을 구경하고 있었다. 무희가 다리를 반쯤 건너고 있었다. 40대 여인이 공동탕에서 나와 두 사람 쪽을 바라보았다. 무희는 어깨를 꼭 움츠리면서, 야단맞을 테니까 돌아가겠다는 듯이 생긋 웃어 보이고는 빠른 걸음으로 되돌아갔다. 40대 여인이 다리까지 와서 소리쳤다.

"놀러 좀 오세요."

"놀러 좀 오세요."

언니 되는 아가씨도 같은 말을 하고 있는 여자들과 함께 돌아갔다. 사나이는 결국 해 질 녘까지 눌러앉아 있었다.

밤에 종이 따위를 팔러 다니는 장사꾼과 바둑을 두고 있노라니까 여관의 마당 쪽에서 갑자기 북소리가 들려 왔다. 나는 일어나려고 했다.

"연예인들이 왔군요."

"으응, 시시해. 저런 것들. 자, 자, 자네가 둘 차례야. 난 여기 놓았어" 하고 바둑판을 가볍게 손가락으로 가리키면서 종이 장수는 승부에 열중했다. 내가 안절부절못하고 있는 사이에 연예인들은 벌써 돌아가는 길인지 사나이가 뜰에서,

"안녕하쇼" 하고 소리를 질렀다.

나는 복도로 나가서 손짓해 불렀다. 연예인들은 뜰에서 잠깐 소곤거리고 나더니 현관으로 돌아왔다. 사나이의 등뒤에서 아가씨 세 사람이 차례차례,

"안녕하세요" 하고 복도에 손을 짚고서 기생처럼 인사를 했다. 바둑판 위에는 갑자기 나의 패색(敗色)이 나타나기 시작했다.

"이렇게 돼 가지곤 할 수 없습니다. 졌습니다."

"그럴 리가 있나. 내가 불리하지, 아무튼 몇 집 차이 아니야."

종이 장수는 연예인들 쪽은 거들떠보지도 않고 바둑판의 눈을 하나하나 세어 보고 나서 점점 더 주의 깊게 두어 갔다. 여자들은 북이며 샤미센을 방구석에 치워 놓더니 장기판을 가져다 놓고 오목을 두기 시작했다. 그러는 사이에 나는 이기고 있던 바둑을 지고 말았는데 종이 장수는,

"한 판 더 둘까? 한 판만 더 두지" 하고 끈덕지게 졸랐다. 하지만 내가 아무 뜻도 없이 웃고만 있으니까 단념하고 일어섰다.

아가씨들이 바둑판 가까이 나왔다.

"오늘밤은 이제부터 또 어디를 돌 건가요?"

"돌긴 돌아야겠습니다만" 하고 사나이는 아가씨들 쪽을 돌아봤다.

"어떻게 할까? 오늘밤은 이젠 그만하고 놀아 줄까?"

"아이 좋아, 감사합니다."

"야단맞진 않을까요?"

"아아니, 돌아다녀 봤자 어차피 손님은 없는 걸 뭐."

그러고는 오목 등을 두면서 열두 시가 넘도록 놀다 갔다.

무희가 돌아간 후에는 도저히 잠이 들 것 같지도 않고 머리도 유난히 맑아졌기 때문에, 나는 복도에 나가서 불러 보았다.

"종이 장수 아저씨, 종이 장수 아저씨."

"여어……" 하고 예순 가까운 영감이 방에서 뛰쳐나와 용기 있게 말했다.

"오늘밤은 철야하기야, 밤을 꼬박 새우는 거라구."

나 역시 매우 호전적인 기분이었다.

4

그 이튿날 아침 여덟 시에 유가노를 떠나기로 약속이 되어 있었다. 나는 공동탕 옆에서 산 사냥 모자를 쓰고 고등학교 모자를 가방 속에 쑤셔넣은 다음 국도를 따라 싸구려 여인숙으로 갔다. 2층의 맹장지가 활짝 열려 있고 아무런 기척도 없어서 올라가니까 연예인들은 아직도 잠자리 속에 있는 것이었다. 나는 당황하여 복도에 멀거니 서 있었다.

내 발밑에 있는 잠자리에서 무희가 얼굴을 새빨갛게 붉히면서 양 손바닥으로 얼른 얼굴을 가려 버렸다. 그녀는 가운데 아가씨와 함께 한 이부자리 속에서 자고 있었다. 어젯밤의 짙은 화장이 남아 있었다. 입술과 눈의 연지가 조금 번져 있었다. 잠자고 있는 이 정서적인 모습이 나의 가슴을 물들였다. 그녀는 눈이 부신 듯이 휙 돌아누워 손바닥으로 얼굴을 가린 채 이불 속에서 빠져나오더니 복도에 꿇어앉아,

"어젯밤은 감사했어요" 하고 곱게 절을 하여 멀거니 서 있는 나를 당황하게 했다.

사나이는 언니되는 아가씨와 같은 이불 속에서 잠들어 있었다. 그걸 보기까지 나는 두 사람이 부부라는 사실을 전혀 알지 못했던

것이다.

"대단히 미안하게 됐어요. 오늘 떠날 작정이었지만, 오늘밤 초대받은 연회가 있어서 우리는 하루 늦추기로 했어요. 우리는 고슈옥이라는 여인숙에서 묵기로 되어 있으니까 금세 알 수 있을 거예요" 하고 40대 여인이 잠자리에서 반쯤 일어나 말했다. 나는 따돌림을 당한 듯한 심정이었다.

"내일 가시면 안 되겠습니까? 어머니가 하루 늦추시겠다고 하시니까요. 길동무가 있는 편이 좋습니다. 내일 같이 떠납시다." 하고 사나이가 말하자 40대 여인도 덧붙였다.

"그렇게 하세요. 모처럼 동행이 되어 주셨는데, 이런 말을 드려서 죄송합니다만——내일은 무슨 일이 있더라도 떠나겠어요. 모레가 여행하다가 죽은 갓난아기의 사십구재인데요. 사십구재에는 시모타에서 약간의 성의를 베풀어 줘야겠다고 진작부터 마음먹고 시모타에 그날까지는 갈 수 있도록 여행을 서둘러 온 것이에요. 이런 말을 하는 건 실례지만, 이상한 인연이 있어서 서로 만났으니, 모레는 공손히 합장을 하고 절 좀 해주세요."

그래서 나는 출발을 연기하기로 하고 아래층으로 내려갔다. 모두들 일어나 내려오기를 기다리면서 지저분한 카운터에서 여인숙 사람과 얘기를 하고 있으니까, 사나이가 산책하러 가자고 꾀었다. 국도를 남으로 약간 내려가니까 깨끗한 다리가 있었다. 다리의 난간에 기대서서 그는 또다시 자신의 얘기를 하기 시작했다. 도쿄에서 어느 신파 극단에 한동안 끼어 있었다는 것이다. 지금도 이따금 오시마의 항구에서 연극을 한다고 했다. 그들의 보자기에서 칼집이 발처럼 비쭉 나와 있었는데, 초대받은 술자리에 나가서도 연극 흉내를 내보인다는 것이었다. 버들고리 속에 들어 있는 것은 그런 짓을 하는 데 필요한 의상이며 냄비, 찻잔 등의 살림 도구였다.

"나는 몸을 그르친 끝에 영락해 버리고 말았지만, 형님이 고후에서 훌륭히 집안의 대를 이어 나가고 있습니다. 그러니까 나는 필요없는 몸입니다."

"나는 당신이 나가오카 온천 사람인 줄로만 생각하고 있었지요."

"그랬습니까. 저 언니 되는 아가씨가 내 아내입니다. 당신보다 한 살 아래인 열아홉이지요. 객지에서 두 번째 아이를 조산했는데 아이는 일주일쯤 지나서 숨이 끊어지고, 아내는 아직 몸이 회복되지 않았어요. 저 노파는 아내의 친정 어머니입니다. 춤추는 애는 내 친누이구요."

"하, 그래요. 열네 살 되는 여동생이 있다고 한 것은— —"

"저 애입니다. 여동생한테만은 이런 짓을 시키고 싶지 않다고 골똘히 생각하고 있습니다만 거기엔 또한 여러 가지 사정이 있어서요."

그러고 나서 자기는 에이키치〔榮吉〕, 아내는 지요코〔千代子〕, 누이동생은 가오루〔薫〕라는 것을 가르쳐 주었다. 나머지 한 사람인 유리코〔百合子〕라는 열일곱 살 된 아가씨만이 오시마 태생인데 고용인이라고 했다. 에이키치는 아주 감상적인 심정이 되어 울음을 터뜨릴 것 같은 표정을 지으면서 강바닥을 응시하고 있었다.

되돌아와서 보니까, 분을 씻어 낸 무희가 길바닥에 웅크리고 앉아 개의 머리를 쓰다듬어 주고 있었다. 나는 내 숙소로 돌아가려고 하면서 말했다.

"놀러 와요."

"네, 하지만 혼자서는……"

"그러니까 오빠하고 같이."

"곧 갈게요."

조금 후에 에이키치가 내 숙소로 찾아왔다.

"딴 사람들은?"

"여자들은 어머니가 잔소리를 하기 때문에."

그러나 둘이서 잠시 동안 오목을 두고 있으니까 여자들이 다리를 건너 통탕거리며 2층으로 올라왔다. 여느 때와 마찬가지로 공손히 인사를 하고 복도에 앉은 채 망설이고 있었으나 맨 먼저 지요코가 일어났다.

"이건 내 방이야. 자, 어서 스스럼없이 들어가."

한 시간쯤 놀다가 연예인들은 이 여관의 옥내 목욕탕에 갔다. 같이 들어가자고 자꾸만 졸라 댔으나 젊은 여자가 셋이나 있어서, 나는 나중에 가겠다고 얼버무리고 말았다. 그러자 무희가 혼자서 올라왔다.

"어깨를 밀어 드린다고 오시래요, 언니가" 하고 지요코의 말을 전했다.

탕에는 가지 않고 나는 무희하고 오목을 두었다. 그녀는 이상하리만큼 잘 두었다. 토너먼트를 벌이자 에이키치나 다른 여자들은 간단히 졌으나, 대부분의 사람에게 이기는 나도 힘껏 두어야만 했다. 일부러 후하게 두지 않아도 되는 것이 도리어 기분이 좋았다. 단

둘이서만 두니까 처음에 그녀는 멀찌감치 앉아서 손을 쭉 뻗쳐 돌을 놓고 있다가 점점 자기를 잊어버리고 열심히 바둑판 위로 몸을 기울여 왔다. 부자연스러울 만큼, 아름다운 검은 머리가 내 가슴에 스칠 정도가 되었다. 그런데 갑작스레 얼굴이 빨개지더니,

"실례하겠어요. 야단맞으니까요" 하고 돌을 내던진 채 뛰쳐나갔다. 공동탕 앞에 어머니가 서 있었던 것이다. 지요코와 유리코도 허겁지겁 탕에서 나오더니 2층에는 올라오지 않은 채 달아나 버렸다.

이날도 에이키치는 아침부터 해 질 녘까지 내 숙소에서 놀고 있었다. 순박하고 친절해 보이는 여관의 안주인이 저런 사람에게 밥을 먹여 주는 건 아까운 일이라면서 나에게 충고해 주었다.

밤에 내가 싸구려 여인숙에 나가 보니까 무희는 어머니한테서 샤미센을 배우고 있는 참이었다. 나를 보더니 그만두었지만 어머니의 말을 듣고 다시 샤미센을 안아올렸다. 노랫소리가 조금 높아질 때마다 어머니가 말했다.

"소리를 내면 안 된다는데도."

에이키치가 건너편의 요릿집 2층 술자리에 불려 가서 뭔가 웅얼거리며 노래하는 모습이 이쪽에서 바라다보였다.

"저건 뭔가요?"

"저건……우타이예요."

"우타이는 좀 이상하구나."

"무슨 일이든 흥미를 가지고 하고 싶어 하는 사람이니까. 무슨 짓을 하기 시작할지 알 수 없어요."

그때 이 싸구려 여인숙의 방을 얻어 새 요리 가게를 하고 있다는

40전후의 사나이가 맹장지를 열고 맛있는 요리를 주겠다고 아가씨들을 불렀다. 무희는 유리코와 함께 젓가락을 들고 옆방으로 가서 새요리 장수가 먹다 남긴 새요리 냄비를 들쑤셔서 속엣것을 집어먹고 있었다. 이쪽 방으로 나란히 서서 나오다가 새요리 장수는 무희의 어깨를 가볍게 두드렸다. 어머니가 험악한 표정을 지었다.

"이놈아, 이 아이한테 손대면 안 돼, 숫처녀니까 말야."

무희는 아저씨 아저씨 하고 부르면서 새요리 장수더러 《미토코 몬 만유기〔水戸黃門漫遊記〕》*를 읽어 달라고 부탁했다. 하지만 새요리 장수는 금세 일어나 나가 버렸다. 무희는 그 뒤를 읽어 달라고 나에게 직접 말할 수가 없으니까, 어머니가 부탁해 달랬다는 말만 자꾸 했다. 나는 한 가지 기대를 품고 야담책을 집어들었다. 예상했던 대로 무희가 슬금슬금 가까이 다가왔다. 내가 읽기 시작하자 그녀는 내 어깨에 닿을 정도로 얼굴을 가까이 대고 진지한 표정을 지으면서 열심히 내 이마를 지켜보며 눈 한 번 깜박거리지 않았다. 이것은 그녀가 책 읽는 소리를 들을 때의 버릇인 모양이었다. 조금 전에도 새요리 장수와 거의 얼굴을 포개다시피 하고 있었다. 나는 그런 모습을 보고 있었던 것이다. 이 아름답게 빛나는, 검은 눈망울이 부리부리하고 큰 눈은 무희의 가장 아름다운 소유물이었다. 쌍꺼풀의 선이 말할 수 없이 고왔다. 그리고 그녀는 꽃처럼 웃는 것이었다. 꽃처럼 웃는다는 말은 그녀에게는 사실이었다.

---

* 도쿠카와 미쓰쿠니(德川光, 1628~1700)가 남이 몰라보도록 변장하고서 부하들과 함께 여러 지방을 돌아다니며 쓴 이야기.

조금 후에 요릿집 하녀가 무희를 데리러 왔다. 무희는 의상을 갖추어 입고 나더니 나에게 말했다.

"바로 돌아올 테니까, 기다렸다가 그다음을 읽어 주세요, 네?"

그러고는 복도에 나가 손을 짚고 절을 했다.

"다녀오겠어요."

"절대로 노래를 하면 안 된다" 하고 어머니가 말하자 그녀는 북을 들고 가볍게 고개를 끄덕였다. 어머니는 나를 돌아다보았다.

"지금이 바로 변성기니까……."

무희는 요릿집 2층에 단정히 앉아 북을 치고 있었다. 그 뒷모습이 이웃 술자리에 앉아 있는 것처럼 보였다. 북소리는 내 마음을 명랑하게 약동케 했다.

"북이 들어서면 술자리가 들뜨게 돼요" 하고 어머니도 맞은편 짝을 바라보았다.

지요코나 유리코도 같은 술자리에 갔다.

한 시간쯤 지나자 네 명이 똑같이 돌아왔다.

"이것뿐이에요" 하고 무희는 주먹 속에서 어머니의 손바닥에 50전짜리 은화를 거칠게 떨어뜨렸다. 나는 다시금 한참 동안 《미토코몬만유기》를 낭독했다. 그들은 또다시 여행지에서 죽은 아기 얘기를 했다. 물처럼 투명한 아기가 태어났다는 것이다. 울 기운도 없었지만 그래도 역시 일주일 동안 숨이 붙어 있었다고 한다.

호기심도 없고 경멸도 담겨 있지 않고 그들이 지방 순회 연예인이라는 부류의 인간이라는 것도 잊어버린 듯한, 나의 예사로운 호의는 그들의 가슴속에도 스며 들어가는 모양이었다. 나는 어느 틈엔지 오시마에 있는 그들의 집에 가기로 결정되어 있었다.

"할아범이 있는 집이라면 괜찮아요. 거기라면 집도 널찍하고, 할아범을 쫓아내면 조용해지니까, 언제까지든지 계셔도 상관 없고 공부도 하실 수 있고" 어쩌고 하면서 그들끼리 의논을 하고는 나에게 말했다.

"작은 집 두 채를 가지고 있는데요, 산 쪽에 있는 집은 비어 있는 거나 다름없어요."

또한 정월에는 내가 거들어 주기로 하고, 하부 항구에서 다 같이 연극을 하기로 되어 있었다.

그들의 여정은 맨 처음에 내가 생각하고 있었던 것만큼 야박한 것이 아니라 들판의 향기를 잃지 않은 낙천적이고 한가로운 것이라는 것도 나는 알게 되었다. 모자와 형제지간인만큼 저마다 육친다운 애정으로 결합되어 있다는 것도 느껴졌다. 고용인인 유리코만은 수줍음을 잘 타는 여자인 탓도 있지만 언제나 내 앞에서 무뚝뚝하게 앉아 있었다.

한밤이 지나서 나는 싸구려 여인숙을 나왔다. 아가씨들이 배웅해 주었다. 무희가 게다를 바로 놓아 주었다. 무희는 문간에서 목을 내놓고 맑은 하늘을 쳐다보았다.

"아아, 달님——내일은 시모타, 아이 좋아라. 아기의 사십구재를 지내고, 엄마한테서 빗을 받고, 그리고 여러 가지 할 일이 있거든요. 영화 구경을 시켜 주세요, 네?"

시모타항은 이즈 사가미(伊豆相模)의 온천장 등을 흘러다니는 지방 순회 연예인들이 객지에서 그리워하는 고향다운 분위기가 감도

192

는 고장이다.

5

연예인들은 제각기 아마기를 넘을 때와 똑같은 짐을 들었다. 어머니의 팔찌에 강아지가 앞발을 얹고서 여행에 익숙해진 표정을 짓고 있었다. 유가노를 벗어나자 또다시 산으로 들어섰다. 바다 위의 아침 해가 산허리를 따스하게 비치고 있었다. 우리는 아침 해가 떠 있는 쪽을 바라보았다. 가와쓰 강 쪽에 가와쓰의 해변이 훤히 트여 있었다.

"지게 오시미지요?"

"저렇게 크게 보이네요. 이리 오세요"라고 무희가 말했다.

가을 하늘이 너무 맑게 갠 탓인지 태양에 가까운 바다는 봄날처럼 흐릿해 보였다. 여기서부터 시모타까지 50리를 걸어가는 것이었다. 한참 동안을 바다가 보였다 안 보였다 했다. 지요코는 한가로이 노래를 부르기 시작했다.

도중에 약간 험하기는 하지만 2킬로미터 가까운 산을 넘어가는 지름길로 가느냐, 편안한 국도를 따라가느냐고 물었을 때 나는 물론 지름길을 택했다.

낙엽에 미끄러질 듯한, 앞가슴부터 쑥 내밀고 올라가야 하는 길이었다. 숨이 차기 때문에 도리어 반은 자포자기 상태가 되어 나는 무릎을 손바닥으로 쭉쭉 뻗치듯이 하며 걸음을 재촉했다. 순식간에

일행은 뒤에 처지고 애깃소리만이 나무들 속에서 들려 오는 것 같
았다. 무희가 혼자서 옷자락을 높이 추켜들고 빠른 걸음으로 나를
따라오는 것이었다. 한 간쯤 뒤에 떨어져 오는데 그 간격을 좁히려
고도 늘리려고도 하지 않았다. 내가 돌아다보며 말을 걸자 놀라는
듯 미소를 띠면서 걸음을 멈추고 대답을 했다. 무희가 말을 걸었을
때 뒤따라오게 할 셈으로 기다리고 있으면 그녀도 역시 걸음을 멈
춰 버리고 내가 걷기 시작할 때까지 걷지 않았다. 길이 꼬부라지고
한층 더 험해지는 곳에서 더욱더 빨리 걷노라니 무희는 여전히 한
간쯤 뒤에서 열심히 올라왔다. 산은 조용했다. 다른 사람들은 훨씬
더 뒤쳐져서 이젠 애깃소리도 들리지 않게 되었다.

　"도쿄 어디에 집이 있어요?"

　"아니, 학교 기숙사에 있어요."

　"나도 도쿄는 알고 있어요. 꽃놀이철에 춤추러 갔었는데……. 어
린 시절의 일이어서 아무것도 기억하지 못해요."

　그러고는 또다시 무희는,

　"아버님 계세요?"라는 둥,

　"고후에 가 본 적이 있어요?"라는 둥, 띄엄띄엄 여러 가지를 물
었다. 시모타에 가면 영화 구경을 간다느니, 죽은 아기의 얘기 등을
했다.

　산꼭대기에 올라섰다. 무희는 마른풀 속에 있는 판판한 자리에
북을 내려놓더니 손수건으로 땀을 닦았다. 그리고 자기의 발에 묻
은 먼지를 털려고 하다가 문득 내 발밑에 쪼그리고 앉아 하카마 자
락을 털어 주었다. 내가 급히 물러나는 바람에 무희는 무릎을 땅에

탁 찧고 말았다. 몸을 웅크린 채 내 주위를 돌며 털고 나서 쳐들고 있던 옷자락을 내리고서는 크게 숨을 내쉬며 서 있는 나에게,

"앉으세요" 하고 말했다.

판판한 자리의 바로 옆에 작은 새들이 날아왔다. 새가 앉는 나뭇가지의 마른 잎이 바스락거리는 소리가 들릴 만큼 고요했다.

"왜 그렇게 빨리 걸으세요?"

무희는 더운 모양이었다. 내가 손가락으로 덩덩덩 북을 두드리자 작은 새가 날아갔다.

"아, 목말라."

"둘러보고 올게요."

하지만 무희는 조금 후에 누르스름한 잡목 사이에서 헛수고만 하고 돌아왔다.

"오시마에 있을 때는 뭘 하고 있었지요?"

그러나 무희는 당돌하게 여자의 이름을 두세 개 들먹이며 나에게는 짐작도 가지 않는 얘기를 하기 시작했다. 오시마가 아니라 고후의 얘기인 모양이었다. 초등학교 2학년까지 다닌 친구들의 얘기인 것 같았다. 그걸 생각나는 대로 얘기하는 것이었다.

10분쯤 기다리니까 젊은 세 사람이 정상에 당도했다. 어머니는 그로부터 10분 늦게 당도했다.

내려갈 때에는 나와 에이키치가 일부러 뒤늦게 천천히 얘기하면서 출발했다. 2킬로미터쯤 걸어가자 밑에서 무희가 달려왔다.

"이 밑에 샘이 있어요. 빨리 오시래요, 안 마시고 기다리고 있으니까."

물이란 말을 듣고 나는 내달렸다. 나무 그늘의 바위 틈에서 맑은 물이 솟아나오고 있었다. 샘 가에 여자들이 서 있었다.

"자아, 먼저 마시세요. 손을 넣으면 흐려지고, 여자가 마신 다음에는 더러울 거라고 생각해서" 하고 어머니가 말했다.

나는 차디찬 물을 손으로 움켜서 마셨다. 여자들은 쉽사리 그곳을 떠나지 않았다. 수건을 짜서 땀을 닦곤 했다.

그 산을 내려와 시모타 거리에 들어서자 숯을 굽는 연기가 여러 군데나 보였다. 길가의 목재에 앉아 쉬었다. 무희는 길바닥에 쪼그리고 앉아 분홍빛 빗으로 개의 텁수룩한 털을 빗어 주고 있었다.

"살이 부러지잖아" 하고 어머니가 타일렀다.

"괜찮아요. 시모타에서 새 빗을 살 거예요."

유가노에 있을 때부터 나는 이 앞머리에 꽂는 빗을 얻어 가지고 갈 작정이어서 개털을 빗어 주는 건 안 된다고 생각했다.

길 맞은편에 많이 있는 조릿대 다발을 보고 지팡이로 삼기에 알맞겠다고 얘기하면서 나와 에이키치는 한발 앞서서 떠났다. 무희가 뒤쫓아 달려왔다. 자기의 키보다도 더 길고 굵은 대를 들고 있었다.

"뭘 하려구?" 하고 에이키치가 묻자 약간 당황해하면서 나에게 대를 내밀었다.

"지팡이로 드리겠어요. 제일 굵은 걸 뽑아 가지고 왔어요."

"안 돼. 굵은 건 훔친 줄 금방 알게 돼. 들키면 곤란하잖아. 도로 갖다 놓고 와."

무희는 대나무 다발이 있는 데까지 되돌아가더니 또다시 달려왔다. 이번에는 가운뎃손가락만 한 굵기의 대를 나에게 주었다. 그리고 밭두둑에 등을 박아 붙이듯이 쓰러져서 괴로운 듯이 숨을 몰아 쉬면서 여자들을 기다렸다.

나와 에이키치는 쉴새없이 10여 미터쯤 앞서서 걸었다.

"그건 뽑아 버리고 금니를 해 박기만 하면 아무것도 아녜요" 하고 말한 무희의 목소리가 문득 내 귀에 들려 왔기에 돌아다보니까, 무희는 지요코하고 나란히 걸어오고, 어머니와 유리코가 그들보다 조금 처져 있었다. 내가 돌아다보는 걸 모르는지 지요코가 말했다.

"그건 그래. 그렇게 알려 주는 게 어떻니?"

내 얘길 하는 모양이다. 지요코가 내 잇마디가 고르지 않다고 말했기 때문에 무희가 금니 얘기를 꺼낸 것이리라. 얼굴의 생김새에 대한 얘기인 모양이지만, 그런 말이 섭섭하지도 않고 엿듣고 싶은 마음도 안 날 만큼 나는 친근한 기분이 되어 있었던 것이다. 잠시 동안 나지막한 목소리가 계속되고 나서 무희의 말소리가 들렸다.

"좋은 분이지?"

"하긴 그래, 좋은 분 같애."

"정말로 좋은 분이지? 좋은 분은 좋지?"

이 말투는 단순하고 노골적인 어감을 지니고 있었다. 마음이 쏠리는 감정을 유치하게 확 내던져 보인 목소리였다. 나 자신으로서도 나를 좋은 사람이라고 자연스럽게 느낄 수가 있었다. 상쾌하게 눈을 들어 맑은 산들을 바라보았다. 눈 속이 어렴풋이 아팠다. 20세인 나는 자신의 성격이 고아 근성으로 인하여 비뚤어져 있다는 냉혹한 반성을 거듭하여, 그 답답하고 우울한 감정을 견디지 못해서 이즈 여행을 떠나온 것이었다. 그러니까 세상 사람들의 일반적인 의미에서 내 자신이 좋은 사람으로 보이는 것은 말할 수 없이 고마운 일이었다.

산들이 맑은 것은 시모타의 바다가 가까워졌기 때문이었다. 나는 조금 전의 대지팡이를 휘둘러 대면서 가을 풀의 머리를 잘랐다.

가는 도중에 여기저기 있는 마을의 입구에 팻말이 서 있었다.

'비렁뱅이 지방 순회 연예인들은 마을에 들어오지 말 것.'

6

고슈옥이라는 싸구려 여인숙은 시모타의 북쪽 어귀에 들어가자 바로 거기에 있었다. 나는 연예인들의 뒤를 따라 들어가서 다락방 같은 2층으로 올라갔다. 천장이 없고, 거리를 향해서 창가에 앉으니까 다락방이 머리에 받히는 것이었다.

"어깨는 아프지 않니?" 하고 어머니는 무희에게 몇 번이고 다짐을 받고 있었다.

"손은 아프지 않아?"

무희는 북을 칠 때의 손짓을 해 보인다.

"안 아파요. 칠 수 있어요, 칠 수 있어요."

"아, 다행이야."

나는 북을 들어 보았다.

"어럽쇼, 무겁구나."

"그건 생각보다 더 무거워요. 자기 가방보다 무거워요." 하고 무희가 웃었다.

연예인들은 같은 여인숙에 묵고 있는 사람들과 떠들썩하게 인사를 나누고 있었다. 역시 연예인이나 흥행사, 싸구려 잡상인 같은 사람들뿐이었다. 시모타항은 이러한 철새들의 소굴인 듯싶었다. 무희는 종종걸음으로 방에 들어온 여인숙 어린아이에게 동전을 꺼내 주고 있었다. 내가 고슈옥을 나오려고 하자 무희가 현관에 앞질러 나와 있다가 게다를 가지런히 놓아 주면서,

"영화 구경 좀 시켜 주세요, 네?" 하고 또다시 혼잣말처럼 중얼거렸다.

불량배 같은 사나이가 도중까지 길을 안내해 줘서 나와 에이키치는 이전의 읍장이 주인이라고 하는 여관에 갔다. 탕에 들어가서 에이키치와 함께 신선한 생선을 곁들여 점심을 먹었다.

"이걸로 내일 있을 재(齋)에 꽃이나 사서 공양하세요."

그렇게 말하고 약간의 돈을 에이키치에게 주어 돌려보냈다. 나는 내일 아침 배로 도쿄로 돌아가지 않으면 안 되는 처지였다. 여비가 이젠 다 떨어진 것이다. 학교에 가 봐야 한다고 말했기 때문에 연예인들도 억지로 못 떠나게 말릴 수는 없었다.

점심을 먹은 지 세 시간이 채 안 되어 저녁을 먹고 나서, 나는 혼자서 시모타의 북쪽을 향해 다리를 건넜다. 시모타후지(下田富土)에 기어 올라가 항구를 내려다보았다. 돌아오는 길에 고슈옥에 들러보았더니 연예인들은 닭고기 냄비를 놓고 밥을 먹고 있는 중이었다.

"한술 드시지 않겠어요? 여자가 젓가락을 대서 지저분하지만 재미있는 얘깃거리가 될 테니까요" 하고 어머니는 고리짝에서 찻잔

과 젓가락을 꺼내어 유리코로 하여금 씻어 오게 했다.

내일이 아기의 사십구재니까 단 하루 만이라도 출발을 연기해 달라고 또다시 모두들 말했지만, 나는 학교를 핑계 대고 응하지 않았다. 어머니는 되풀이해서 말했다.

"그러면 겨울 방학 때에는 다 같이 배터까지 마중을 나가겠어요. 날짜를 알려 주세요. 기다리겠어요. 여인숙에 오시거나 하면 안 돼요. 배터까지 마중을 나가겠어요."

방에 지요코와 유리코만 남아 있을 때 영화 구경을 가자고 꾀었더니 지요코는 배를 눌러 보이고는,

"몸에 병이 났어요. 그렇게 걸음을 많이 걸으면 약해져 버리거든요" 하고 핼쑥한 얼굴을 하고서 축 까라져 있었다. 유리코는 굳은 표정으로 머리를 숙이고 말았다. 무희는 아래층에서 여인숙 아이하고 놀고 있었다. 어머니한테 매달려 영화 구경을 가게 해달라고 졸라대었지만, 나를 보더니 면목없는 듯이 멍하니 나 있는 데로 돌아와 게다를 똑바로 놓아 주었다.

"왜 그래요? 혼자서 따라가게 하면 되잖아요" 하고 에이키치가 얘길 해주었지만 어머니가 허락하지 않는 모양이었다. 어째서 혼자서는 안 되는지 나는 정말 이해할 수 없었다. 현관을 나서려고 하자무희는 개의 머리를 쓰다듬어 주고 있었다. 내가 말을 걸기가 어려울 정도로 서먹서먹한 모양이었다. 고개를 쳐들어 나를 바라볼 기운도 없는 모양이었다.

나는 혼자서 극장에 갔다. 여자 변사가 작은 램프 앞에서 대사를 읽고 있었다. 바로 나와 여관으로 돌아갔다. 창턱에 팔을 괴고 언제

까지나 밤거리를 내다보고 있었다. 어두운 거리였다. 멀리서 끊임없이 희미하게 북소리가 들려 오는 듯했다. 까닭도 없이 눈물이 뚝뚝 떨어졌다.

7

떠나는 날 아침 일곱 시에 밥을 먹고 있노라니까 에이키치가 길에서 나를 불렀다. 검은 가문(家紋)이 있는 하오리〔羽織〕를 걸치고 있었다. 나를 전송하기 위한 예복 차림인 모양이다. 여자들의 모습이 보이지 않았다. 그 순간 나는 갑자기 쓸쓸함을 느꼈다. 에이키치가 방에 올라와서 말했다.

"모두들 전송을 하고 싶어 하지만, 어젯밤 늦게 자서 아직 일어나지 못하기 때문에 실례를 하게 됐어요. 겨울에는 기다리고 있을 테니까 꼭 좀 와 주십사고 합니다."

거리는 가을 아침의 바람이 차가웠다. 에이키치는 도중에 감과 가오루〔薫る〕라고 하는 구중 청량제를 사 주었다.

"여동생 이름이 가오루니까" 하고 살짝 웃으면서 말했다.

"귤은 뱃속에서는 좋지 않지만, 감은 배멀미에 좋으니까 먹을 수 있어요."

"이걸 드릴까요."

나는 사냥 모자를 벗어서 에이키치의 머리에 씌워 주었다. 그리고 가방 속에서 학교 모자를 꺼내어 구김살을 펴면서 서로 웃었다.

배 타는 곳으로 가까이 가자 바닷가에 웅크리고 앉아 있는 무희의 모습이 가슴으로 덮쳐 왔다. 곁으로 갈 때까지 그녀는 꼼짝 않고 있었다. 말없이 고개를 수그렸다. 어젯밤에 한 화장이 그대로 남아 있는 것이 더욱더 나를 감정적으로 흐르게 해주었다. 눈에 바른 연지가 성내고 있는 듯이 보이는 얼굴이 앳되고 야무진 느낌을 주었다. 에이키치가 말했다.

"다른 사람도 오니?"

무희는 고개를 저었다.

"다들 아직도 자고 있니?"

무희는 고개를 끄덕였다.

에이키치가 배표와 거룻배표를 사러 간 사이에 나는 이런저런 얘기를 해보았으나 무희는 바다로 난 수로를 물끄러미 내려다본 채한마디도 하지 않았다. 내 말이 채 끝나기도 전에 몇 번이고 끄덕끄덕해 보일 뿐이었다.

그때 "할머니, 이 사람이 좋겠어요" 하고 노동자 행색을 한 사나이가 나에게 다가왔다.

"학생, 도쿄에 가는 거지? 자네를 믿고 부탁하는데 말야. 이 할머니를 도쿄에 모셔다 드리지 않겠는가? 가엾은 할머니야. 아들이 렌다이지(蓮台寺)* 은산(銀山)에서 일하고 있었는데 말야, 이번 유행성 독감에 걸려 아들하고 며느리가 다 죽고 말았다네. 어린 손자가 셋이나 남게 된 거야. 도저히 어쩔 수가 없어서 우리가 의논해서 고

---

* 이즈 반도 남부, 시모타유 근처에 있는 온천지. 은이 나오는 광산이 있다.

향에 돌려보내 드리는 참이야. 고향은 미토(水戶)*지만 할머니는 아무것도 모르시니까 레이간지마(靈岸島)**에 닿거든 우에노(上野) 역으로 가는 전차에 태워 드리라구. 귀찮겠지만 말야, 우리가 두 손 모아 부탁하네. 이 딱한 처지를 잘 돌봐 드리면 참 기특하다고 생각하시겠지."

멍하니 서 있는 할머니의 등에는 젖먹이 아기가 붙들어 매어져 있었다. 작은애가 세 살, 큰애가 다섯 살쯤 되어 보이는 계집아이들이 좌우의 손에 잡혀 있었다. 추접스런 보따리에서 큼직한 김밥과 매실장아찌가 드러나 보였다. 대여섯 명의 광부가 할머니를 친절히 돌보고 있었다. 나는 할머니를 보살펴 주는 일을 선뜻 떠맡았다.

"잘 부탁하네."

"고맙소. 우리가 미토까지 바래다 드려야 하지만, 그렇게 할 수도 없고 말이오" 하고 광부들은 저마다 한마디씩 하며 나에게 고맙다는 인사를 했다.

거룻배는 몹시 흔들거렸다. 무희는 여전히 입술을 꼭 다문 채 한쪽을 응시하고 있었다. 내가 줄사다리를 붙잡으려고 뒤를 돌아다보았을 때 마지막 인사를 하려고 했지만 그도 그만두고 다시 한번 고개를 끄덕여 보였을 뿐이었다. 거룻배가 돌아갔다. 에이키치는 조금 전에 내가 준 사냥 모자를 연신 흔들어 대고 있었다. 꽤나 멀어진 후에야 무희가 하얀 것을 흔들기 시작했다.

---

* 이바라기현(茨城縣) 동부에 있는 도시.

** 도쿄에 있는 지명.

기선이 시모타 바다를 떠나 이즈 반도의 남단이 등뒤로 사라져 갈 때까지 나는 난간에 기대서서 바다에 떠 있는 오시마를 골똘히 바라다보고 있었다. 무희와 헤어진 것이 먼 옛날인 듯한 기분이었다. 할머니는 어찌 되었을까 하고 선실을 기웃거려 보니까 이미 사람들이 둥그렇게 둘러앉아 여러 가지로 위로해 주고 있는 모양이었다. 나는 마음을 놓고 그 옆 선실로 들어갔다. 사가미나다(相模灘)*는 파도가 높았다. 앉아 있으니까, 아따금 좌우로 쓰러졌다. 선원이 작은 쇠 대야를 나눠 주고 다녔다. 나는 가방을 베개 삼아 드러누웠다. 머릿속이 텅 비어 시간이라는 것을 느끼지 못했다. 가방에 눈물이 주르르 흘러내렸다. 뺨이 차가워져서 가방을 뒤집어 놓았을 정도였다. 내 옆에 소년이 누워 있었다. 가와쓰의 공장 주인의 아들인데 입학 준비를 하러 도쿄에 가는 길이었으니까, 일고(一高)의 모자를 쓰고 있는 나에게 호의를 느낀 모양이었다. 몇 마디 얘기를 나누고 나더니 그는 말했다.

"무슨 불행이라도 당했어요?"

"아니, 방금 어떤 사람하고 이별하고 오는 길이에요."

나는 아주 자연스럽게 말했다. 울고 있는 것을 발각당해도 아무렇지 않았다. 나는 아무 생각도 하지 않았다. 다만 상쾌한 만족 속에 조용히 잠들어 있는 것 같았다.

바다가 어느 틈에 저물었는지 모르고 있었는데, 아지로〔網代〕**

---

* 이즈오시마〔伊豆大島〕와 사가미만〔相模彎〕 사이 바다.

** 이즈 반도 기부(基部)인 사가미만에 면한 어항. 서쪽은 아타미〔熱海〕에 접해 있다.

나 아타미(熱海)*에는 등불이 켜져 있었다. 살갗이 시리고 배가 고팠다. 소년이 대나무 껍질로 싼 음식을 꺼내 주었다. 나는 그것이 남의 음식임을 잊기라도 한 듯이 김초밥 등을 먹었다. 그리고 소년의 학생 망토 속으로 기어 들어갔다. 나는 아무리 친절히 대해 주더라도 그것을 아주 자연스럽게 받아들일 수 있는 아름답고도 공허한 기분이었다. 내일 아침 일찍 할머니를 우에노 역에 모시고 가서 미토까지 가는 표를 끊어 주는 것도 지극히 당연한 일이라고 생각하고 있었다. 무엇이나 다 하나로 융합되어 있는 것처럼 느껴졌다.

선실의 램프가 꺼져 버렸다. 배에 실은 생선과 바닷물 냄새가 훅하고 풍겨 왔다. 깜깜한 어둠 속에서 나는 소년의 체온에 따뜻이 안기면서 눈물을 나오는 대로 흘리고 있었다. 머릿속이 맑은 물이 되어 버려서, 그 물이 주르르 흘러넘친 다음에는 아무것도 남지 않는 것과 같은 달콤하고 상쾌한 기분이었다.

---

* 이즈 반도의 동북쪽, 사가미만에 면한 도시.

금수

작은 새의 울음소리에 그의 백일몽은 깨졌다.

연극의 무대에 나오는 중죄인을 실어 나르기 위한 도마루카고〔唐丸籠〕,* 그것보다 두세 배나 큰 새장이 이젠 낡아빠진 트럭에 실려 있었다.

장례식을 치르러 온 자동차의 행렬 사이에 그가 탄 택시가 어느 틈엔지 끼어 들어가 있었던 모양이다. 뒤쪽에 있는 자동차는 운전사의 얼굴 앞에 있는 유리에 '23'이라는 번호표가 붙어 있었다. 길가를 돌아다보니까 거기에는 '사적 다자이 슌다이**묘〔史蹟太宰春台墓〕'라는 돌 푯말이 바깥에 서 있는 선찰(禪刹) 앞이었다. 그 절의 문

---

* 에도 시대에 죄인을 호송하던 닭둥우리 같은 대나무로 된 가마.

** 에도 중기의 유학자(1680~1747).

에도 쪽지가 붙어 있었다.

산문불행(山門不幸), 진송집행(津送執行)

비탈길의 도중이었다. 비탈길 아래는 교통 순경이 서 있는 네 거리였다. 거기에 한꺼번에 30대 가량의 자동차가 밀려들었기 때문에 좀처럼 정리가 되지 않아서 방조(放鳥) 새장을 바라보면서 그는 애가 타기 시작했다. 꽃바구니를 소중히 안고 그의 옆에 공손히 서 있는 하녀더러,

"지금 몇 시지?"

하지만 어린 하녀가 시계를 차고 있을 리가 없었다. 운전사가 하녀를 대신해서,

"일곱 시 십오 분 전, 이 시계는 육칠 분 늦습니다만."

초여름의 저녁 무렵은 아직도 밝았다. 꽃바구니에 담긴 장미꽃 향기가 훅 풍겼다. 선찰의 뜰에서 6월의 나무 꽃이 풍기는 강렬한 냄새가 흘러나왔다.

"그렇다면 시간에 늦겠는데, 좀 서둘러 줄 수 없소?"

"하지만 지금은 우측을 통과시킬 만큼 통과시키고, 그런 다음이 아니면. 히비야 공회당(日比谷公會堂)은 뭘 하는 곳이오?"

운전사는 모임을 마치고 돌아가는 손님이라도 태울까 하고 마음먹었던 것이리라.

"무용 발표회요."

"아, 그렇군. 저렇게 많은 새를 놓아 주는 데 얼마나 들까요?"

"도대체 도중에 장례식을 만나다니, 재수가 없겠군."

날갯소리가 어지럽게 들려 왔다. 트럭이 움직이기 시작하는 바람에 새들이 소란을 떨었던 것이다.

"재수가 좋은 거예요. 이보다 더 좋은 일은 없다고 하잖아요."

운전사는 자기 말의 표정을 자동차로 나타내기라도 하는 듯이, 우측으로 미끄러져 나가더니 기세 좋게 장례식을 앞지르기 시작했다.

"이상하네. 정반대인데" 하고 그는 웃었지만 그러나 인간이 그런 식으로 생각하는 습관을 붙이게 된 것은 당연한 일이라고 생각했다.

지바나코〔千花子〕의 무용을 보러 가는데 그런 걸 가지고 신경을 쓴 것이 지금은 하찮게 여겨졌다. 재수가 없다고 한다면 길에서 장례식을 만난 것보다는 그의 집에 동물의 시체를 내팽개쳐 두고 있는 편이 더 재수가 없을 것이었다.

"돌아가거든 오늘밤엔 잊지 말고 상모솔새를 내다 버려라. 아직도 2층 반침에 그대로 있겠지" 하고 그는 내뱉듯이 하녀에게 말했다.

상모솔새 한 쌍이 죽은 지 벌써 일주일이나 된다. 그는 죽은 새를 새장에서 꺼내기도 귀찮고 해서 반침 속에 그대로 내팽개쳐 두고 있는 중이다. 층계를 올라가서 맨 끝의 반침이다. 손님이 올 때마다 그 새장 밑의 방석을 꺼내고 넣고 하면서도 그나 하녀나 내다 버리지 않을 만큼 이젠 작은 새의 시체에도 익숙해져 버린 것이다.

상모솔새는 진박새, 쇠박새, 굴뚝새, 쇠유리새, 제주오목눈이 등과 함께 몸집이 가장 작은 기르는 새이다. 위쪽은 올리브색, 아래쪽은 담황회색인데, 목에도 회색을 띠고 있으며 날개에 두 줄의 하얀 띠가 있고, 칼깃 바깥쪽 가장자리가 노랗다. 머리 꼭대기에 하나의 노란 선이 에워싼 굵고 검은 선이 있다. 털을 부풀렸을 때, 그 노란 선이 잘 나타나서 마치 황국의 꽃잎 하나를 이고 있는 것처럼 보인다. 수컷은 이 노란색이 짙어서 주황빛을 띠고 있는 동글동글한 눈에 익살맞은 짓을 하는 애교가 있고 즐거운 듯이 새장의 천장을 기어다니곤 하는 동작도 발랄해서 참으로 가련하면서도 고상하고 우아한 기품이 있다.

작은 새를 파는 장사꾼이 가지고 온 것은 밤이었기 때문에 바로 어두컴컴한 감실(龕室) 위에 얹어 놓았는데, 조금 후에 가서 보니까 작은 새는 정말 아름다운 모습을 하고 잠들어 있었다. 두 마리의 새는 바싹 달라붙어 제각기 목을 상대방 목의 깃털 속에 집어넣어 마치 한 개의 털실 공처럼 동그랗게 되어 있었다. 한 마리씩 분간해 낼 수는 없었다.

40이 가까운 독신자인 그는 어린 마음이 우러나 가슴속이 따뜻해짐을 느끼고, 식탁 위에 우두커니 선 채 오랫동안 감실을 지켜보고 있었다.

인간일지라도 첫사랑을 하는 어린 애인들이라면 이렇게 아름다운 느낌을 주는 모습으로 잠들어 있는 사람이 어느 나라엔가 한 쌍쯤은 있어 줄 것 같다고 생각했다. 이 잠자는 모습을 같이 바라볼 사람이 있었으면 하고 바랐지만 하녀를 부르지는 않았다.

그리하여 그 이튿날부터는 밥을 먹을 때도 새장을 식탁 위에 올려놓고 상모솔새를 바라보면서 먹었다. 대체로 그는 손님을 만날 때에도 신변에서 애완 동물을 떼어 놓은 일이 없었다. 상대방의 이야기는 별로 귀담아 듣지 않고 울새의 새끼에게 손을 흔들면서 손가락으로 모이를 주며 손짓을 이해하는 울새를 만들기 위한 훈련에 열중하거나, 무릎 위에 올라앉은 시바견(柴犬)*의 이를 끈기 있게 잡아 주거나 하는 것이었다.

"시바견은 운명론자 같은 데가 있어서 나는 좋아하지요. 이렇게 무릎 위에 올려놓거나 방 안 구석에 앉혀 놓아도 한나절 정도는 꼼짝도 하지 않는 일이 있어요."

그리하여 손님이 일어설 때까지 상대방의 얼굴을 쳐다보려고도 하지 않는 일이 많았다.

여름철 같은 때는 객실에 있는 테이블 위의 유리 화분에 잉어 새끼 등을 풀어 놓고,

"나이 탓인지, 나는 남자하고 만나는 게 점점 싫어졌네. 남자란 지겨운 거야. 금세 나 자신이 피곤해지지. 밥을 먹을 때나 여행을 할 때나 상대방은 역시 여자라야 하거든."

"결혼하면 되잖아."

"그것도 말야, 박정해 보이는 여자가 좋으니, 할 수 없지 뭔가. 이 여자는 박정한 사람이구나 하고 생각하면서도 시치미를 떼고 교제를 하는 것이 결국은 제일 편하지. 하녀도 되도록 박정해 보이는 여

---

* 일본 개의 한 품종. 몸집이 작고 털이 짧으며 귀가 서고 꼬리를 말아올리는 것이 특징이다.

자를 쓰기로 하고 있네."

"그러니까 동물을 기르는 거겠지."

"동물은 여간해선 박정하지 않네. 내 옆에 항상 뭔가 살아서 움직이는 것이 있어 주지 않으면 적적해서 견딜 수가 없기 때문이야."

그런 말을 건성으로 하면서 그는 유리 화분 속의 형형색색의 잉어 새끼가 요리조리 헤엄쳐 다님에 따라 비늘 색깔이 여러 가지로 변하는 것을 뚫어지게 바라보면서, 이렇게 좁은 물 속에도 미묘한 빛의 세계가 있다고 감탄하며 손님이 와 있다는 것을 까맣게 잊어버리는 것이었다.

새장수는 새로운 새가 자기한테 들어오면 말없이 그의 집에 가지고 온다. 그의 서재에 있는 새가 30종류나 되는 일도 있다.

"새장수, 또 가지고 왔어요?" 하고 하녀가 지겨워하지만,

"좋지 않니. 이걸로 사오 일 동안 내 기분이 좋아진다고 생각하면, 이렇게 값싼 것이 어디 있겠니."

"하지만 주인 아저씨께서 너무나 진지한 표정으로 새만 보고 계시면."

"기분이 언짢니? 미치광이라도 될 것 같니? 집안이 쥐죽은 듯 적막해지니?"

하지만 그의 처지에서 보면, 새로운 작은 새가 들어온 후 이삼 일 동안은 생활이 정말로 윤택하고 싱싱해진 분위기로 가득 차게 되는 것이었다. 이 세상의 고마움을 느끼는 것이었다. 아마도 그 자신이 나쁜 탓이겠지만, 인간으로부터는 여간해서 그와 같은 느낌을 받을 수가 없다. 조가비나 화초의 아름다움보다도, 작은 새는 살아 움직이

니만큼 그 조화로운 묘미가 빨리 이해되는 것이었다. 새장 속에 갇힌 새라 할지라도 작은 놈들은 삶의 기쁨을 한껏 보여 주고 있었다.

몸집이 작고 활발한 상모솔새는 특히 그러했다.

그런데 한달 가량 지나서 모이를 넣어 줄 때 한 마리가 새장에서 달아났다. 하녀가 황급히 굴다가 헛간 위의 녹나무에서 놓쳐 버리고 말았다. 녹나무 잎에는 아침 서리가 있었다. 두 마리의 새는 안과 밖에서 높은 소리를 지르며 서로 부르고 있었다. 그는 즉시 새장을 헛간의 지붕 위에 얹어 놓고 새를 잡기 위해서 끈끈이를 칠한 장대를 세워 놓았다. 더욱더 애절하게 울어 대던 달아난 새는 정오 무렵에는 멀리 날아간 모양이었다. 이 상모솔새는 닛코〔日光〕*의 산에서 온 것이었다.

남은 것은 암새였다. 그렇게도 예쁜 모습으로 잠을 자고 있었는데 하면서 그는 새장수더러 수새를 가져다 달라고 성가시도록 재촉했다. 자기 자신도 사방으로 새장수를 찾아 헤맸으나 발견하지 못했다. 얼마 후에 새장수가 시골에서 들여온 한 쌍을 또다시 가져다 주었다. 그는 수새만 필요하다고 말했지만.

"한 쌍이 같이 있었으니까요. 한 놈만 가게에 둬 봤자 별수가 없고, 암놈은 거저 드리지요."

"하지만 세 마리가 사이 좋게 지낼는지 모르겠군."

"괜찮을 겁니다. 사오 일 간 새장 두 개를 바싹 붙여 나란히 놓아 두면 서로 친숙해질 테니까요."

---

* 　도치기현〔木懸〕에 있는 관광 도시.

하지만 어린아이가 새로운 장난감을 가지고 만지작거리며 놀 듯 하는 그는 그때까지 기다릴 수가 없다. 새장수가 돌아가자 즉시 새로 들어온 두 마리를 전부터 있던 한 마리의 새장 안에 넣어 보았다. 예상했던 것보다 더 소란을 떨었다. 새로 온 두 마리는 홰에 앉지도 않고 새장의 이쪽 끝에서 저쪽 끝으로 푸드득푸드득 날아다녔다. 전에 있던 상모솔새는 공포에 떤 나머지 새장 바닥에 무르춤하고 선 채 두 마리가 소란을 피우는 꼴을 벌벌 떨면서 올려다보고 있었다. 두 마리는 재난을 당한 부부처럼 서로를 부르고 대답하곤 했다. 세 마리가 다 겁을 먹어 가슴의 고동이 심하게 팔딱거렸다. 반침에 넣어 보니까 부부는 울면서 몸을 다가붙였으나 이혼한 암새는 외따로 떨어져서 안절부절못했다.

이래서는 안 되겠다고 생각하여 새장을 따로따로 떼어 놓았으나, 한쪽으로 짝을 이룬 새를 보고 있으면 다른 한쪽의 암새가 불쌍해졌다. 그래서 원래의 암새와 새로 들어온 수새를 같은 새장에 넣어 보았다. 새로 들어온 수새는 떨어진 아내하고 서로 불러 대면서 원래의 암새하고는 친해지지 않았지만 그래도 역시 어느 틈엔가 몸을 맞대고 잠들었다. 이튿날 저녁 때는 하나의 새장에 같이 넣어도 어제만큼 소란을 피우진 않았다. 한 마리의 몸에 양쪽에서 머리를 처넣고 세 마리가 동그랗게 붙어 잠들어 있었다. 그래서 새장을 베갯머리에 놓고 그도 잠을 잤다.

그렇지만 다음날 아침 일어나서 가 보니까 두 마리가 한 개의 따스한 털실 공처럼 되어 가지고 잠들어 있었다. 그 홰 밑의 새장 바닥에 한 마리는 반쯤 날개를 벌리고 다리를 뻗고 눈을 가늘게 뜨고서 죽어 있었다. 그걸 두 마리에게 보여선 안 되기라도 하는 것처럼 그는 죽은 새를 살그머니 집어내어 하녀더러 아무 말 말고 쓰레기통에 버리라고 했다. 무참한 죽음을 당하게 했다고 생각했다.

"어느 쪽이 죽었을까?" 하고 새장을 찬찬히 살펴보고 있었는데 예상과는 반대로 살아 남은 것은 아무래도 원래부터 있었던 암새인 듯했다. 그저께 밤에 온 암새보다도 한동안 먹이느라고 정이 든 암새 쪽에 애착이 더 갔다. 그러한 그의 바람이 그와 같이 생각하게 했는지도 몰랐다. 가족 없이 살아가고 있는 그는 자신의 그러한 바람을 미워했다.

"차별해서 사랑할 바에는 뭣하러 동물과 같이 지내느냐, 인간이라는 훌륭한 대상이 있는데."

상모솔새는 매우 허약해서 떨어져 죽기 쉽다고 한다. 그러나 그 후 그의 두 마리 새는 건강했다. 밀렵한 때까치 새끼를 사들인 것을 비롯하여 산에서 잡혀 들어오는 여러 종류의 새끼새에게 모이를 주는 일 때문에 그는 외출도 할 수 없는 계절이 다가왔다. 빨래 대야를 툇마루에 내놓고 작은 새에게 목욕을 시켜 주고 있으려니까, 그 안으로 등꽃이 흩날려 왔다.

날개를 치는 물소리를 들으면서 새장 안의 새똥을 치우고 있을 때 담 밖에서 아이들의 떠들썩한 소리가 들려 왔는데, 무슨 작은 동물의 생명을 걱정하는 듯한 얘기여서, 그가 기르고 있는 와이어 헤어드, 폭스테리어 새끼라도 안마당에서 잘못 나간 것이나 아닌가 해서 담 위로 발돋움을 하고 내다보니까, 한 마리의 종다리 새끼였다. 아직 제대로 일어서지도 못하는 것이 쓰레기통 속에서 허약한

날개를 허우적거리고 있었다. 문득 그는 길러 줄까 하고 생각하여,

"왜 그러니?"

"저 집 사람이······" 하고 초등학생 하나가 오동나무가 칙칙하게 우거진 푸른 집을 가리키며,

"내버렸어요. 죽어 버리겠어요."

"응, 죽어 버릴 거다" 하고 그는 냉담하게 담에서 물러났다.

그 집에는 종다리를 서너 마리나 기르고 있었다. 앞으로 우는 새가 될 가망성이 없는 새끼를 버렸을 것이다. 쓸모없는 새 같은 건 주워 와도 별수가 없다는 생각이 들어 그의 자비스러운 마음은 금세 사라졌다.

새끼일 동안에는 암수가 분간되지 않는 작은 새가 있다. 새장수는 어쨌든 산에서 한 개의 둥우리에 있는 새끼를 모조리 가지고 오지만, 암새라는 걸 알기만 하면 내다 버리고 만다. 울지 않는 암새는 팔리지 않는다. 동물을 사랑한다는 것도, 얼마 안 가서는 그중에서 좋은 것만을 찾게 되는 것이 당연한 일이어서 한편으로는 이와 같은 냉혹한 마음이 작용하는 것을 피하기 어렵다. 그는 어떠한 애완동물일지라도 보기만 하면 가지고 싶어 하는 성격이지만 그와 같은 변덕은 결국 박정함과 같다는 것을 경험으로 알게 되었고, 또한 자기의 생활 감정의 타락 현상이 결과적으로 나타나는 법이라고 생각하여, 이제는 어떠한 명견(名犬)이든 명조(名鳥)든 다른 사람의 손으로 길러져 어른이 된 것은 가령 거저 주겠다고 해도 기르려고는 생각지 않는다.

그러니까 인간은 싫다고 고독한 그는 제멋대로 생각을 한다. 부

부가 되고 부모 형제가 되고 보면, 하찮고 시시한 사람일지라도 그렇게 손쉽게 인연을 끊어 버리기가 어려워 체념을 하고서 같이 살지 않으면 안 된다. 게다가 사람들은 저마다 자기의 아만심(我慢心)이라는 걸 지니고 있다.

그보다는 동물의 생명이나 생태를 노리개로 삼아, 하나의 이상적인 거푸집을 목표로 정해 놓고, 인공적이고 기형적으로 기르고 있는 편이 슬픈 순결이요, 신과 같은 상쾌한 느낌이 있다고 생각하는 것이다. 좋은 품종, 좋은 품종하며 광분하는, 동물 학대 따위의 짓을 하는 애호가들을 그가 살고 있는 이 세상의 또는 인간의 비극적인 상징이라 보고, 냉소를 던지면서 용서하고 있다.

작년 11월 해질녘의 일이었다. 평소에 심장병인지 뭔지를 앓느라고 쭈글쭈글한 귤처럼 된 개장수가 그의 집에 들러,

"사실은 방금 큰일을 당했습니다. 공원에 들어가서 개줄을 풀어 놓았는데요. 이렇게 짙은 안개로 눈앞이 어두워서 잠시 동안 안 보인다고 생각하는데 벌써 들개가 붙어 있지 뭡니까. 즉시 떼어놓고, 이놈의 개새끼의 배때기를 걷어차고 또 차고 해서 꼼짝달싹도 못하게 만들어 놓았으니까 설마 또 그러지는 않으리라고 생각합니다만, 도리어 이런 놈이 얄궂게도 아주 붙어 버린다니까요."

"칠칠치 못하군, 화냥년 아니오?"

"헤헤, 창피해서 남에게 얘기도 못 합니다. 이놈의 개새끼, 눈 깜짝할 사이에 사오 백 엔 손해를 보게 하구" 하더니 개장수는 누런 입술을 바르르 떨고 있었다.

그 날쌔고 사나운 도베르만 핀셰르가 자존심을 잃은 것처럼 목을

움츠리고 겁먹은 시선으로 심장병 환자를 흘끔흘끔 쳐다보고 있었다. 안개가 몰려 왔다.

그 암캐는 그의 소개로 팔기로 되어 있었던 것이다. 아무튼 살 사람의 집에 가서 잡종을 낳거나 해서는 그의 체면도 잃게 되니까 조심하라고 그가 다짐을 받았음에도 불구하고, 개장수는 돈이 궁해서 그랬던지 며칠 안 지나서 그에게는 개를 보여 주지도 않고 팔아 버렸다. 예측한 대로 2, 3일 후에 산 사람이 그의 집으로 개를 끌고 왔다. 사 간 그 이튿날 밤, 사산했다는 것이다.

"고통스러워하는 신음 소리가 들려서 하녀가 덧문을 열고 보니까, 툇마루 밑에서 제가 낳은 새끼를 먹고 있더라는 겁니다. 무서워서 깜짝 놀란 데다가 아직 새벽녘이어서 잘은 모르지만, 몇 마리를 낳았는지, 하녀가 본 것은 맨 마지막 낳은 새끼를 먹고 있는 참인 것 같더라는 거예요. 즉시 수의사를 불러다 보였더니, 새끼를 밴 개를 개장수가 말없이 팔 리가 없다, 틀림없이 들개나 뭔가가 붙어서 몹시 걷어차거나 두들겨 패서 넘겼을 거라는 거예요. 새끼 낳는 상태가 심상치 않다, 또한 어쩌면 새끼를 잡아먹는 버릇이 있는 개일지도 모른다, 그렇다면 되돌려 주고 오라고 하면서 집안에서 몹시 분개하고 있습니다. 그런 꼴을 당한 개가 불쌍하다지 뭡니까."

"어디 좀 보자" 하고 아무렇게나 개를 안아올려 젖을 만지작거리면서,

"이건 새끼를 길러 낸 일이 있는 젖이오. 이번에는 사산했으니까 잡아먹은 거요" 하고 그는 개장수의 부도덕한 행위에 화를 내고, 개를 가엾게 여기면서도 무신경한 표정으로 말했다.

그의 집에서도 잡종이 태어난 일이 있었던 것이다.

그는 여행을 가서도 남자 일행과는 한 방에서 잠을 이루지 못할 정도이고, 자기의 집에 남자를 재우기 싫어서 서생(書生)도 두지 않지만 그건 그런 사내들의 찌무룩해하는 태도를 싫어하는 심정과는 관계가 없으며, 개도 암캐만을 기르고 있었다. 수캐는 상당히 우수한 것이 아니면 씨받이 수캐로 통용되지 않는다. 사들이는 데 돈이 들고, 영화 배우 같은 선전도 하지 않으면 안 되며, 따라서 인기의 성쇠가 무성하다. 수입 경쟁에 휘말려들게 되고 도박처럼 되고 만다. 그는 어느 개장수의 집에 가서 씨받이 수캐로서 유명한 일본 테리어를 구경한 일이 있었다. 2층의 이불 속에 하루 종일 들어가 있었다. 아래층으로 안아서 내려놓기만 하면 이젠 습관이 붙어서 암캐가 온 줄로 아는 모양이다. 숙련된 창녀와도 같다. 털이 짧기 때문에 이상하게 발달한 기관이 드러나 보여, 그도 역시 눈을 돌리고 언짢게 여겼을 정도였다.

그러나 그런 일에 구애받아 수캐를 기르지 않는 것이 아니라, 개의 출산과 육아가 그에게는 무엇보다도 즐겁기 때문이었다.

그것은 괴상한 보스턴 테리어였다. 담 밑을 후벼 파고, 해묵은 대울타리는 물어뜯어 부수고, 암내가 날 시기에는 매어 놓았는데도 끈을 물어뜯어 끊어 버리고 나돌아다닌 듯해서 잡종이 태어나리라는 것은 알고 있었다. 하지만 하녀의 부르는 소리를 듣고 잠자리에서 일어나자 그는 의사 같은 눈을 하고서,

"가위하고 탈지면을 꺼내 오너라. 그리고 술통의 새끼줄을 얼른 가서 끊어라."

안마당의 흙은 초겨울의 아침 햇살을 받은 부분만이 어렴풋이 산뜻한 느낌이었다. 그날 중에 개는 드러누워, 배에서 가지처럼 생긴 주머니가 머리를 내밀기 시작하고 있었다. 그저 해명한다는 투로 꼬리를 흔들고, 호소하는 듯이 그를 쳐다보자 갑자기 그는 도덕적인 가책 같은 것을 느꼈다.

이 개는 이번이 초조(初潮)여서 몸이 아직은 충분히 여성이 되어 있지 않았다. 따라서 그 눈의 표정은 분만이라는 것이 무엇인지 알지 못하는 것처럼 보였다.

'내 몸에는 지금 대관절 무슨 일이 일어나고 있을까. 무엇인지 알지는 못하지만, 곤란한 일인 모양이다. 어떻게 해야 좋을까' 하고 약간 창피한 듯이 수줍어하면서 그러나 대단히 순진하고 귀엽게 사람에게 내맡긴 채 자기가 하고 있는 일에 대해서 아무런 책임도 느끼지 않는 모양이다.

그랬기 때문에 그는 10년 전의 지바나코를 연상했던 것이다. 그무렵 그녀는 그에게 자기 몸을 팔 적에 영락없이 이 개와 똑같은 표정을 짓고 있었던 것이다.

"이런 장사를 하고 있으면 점점 느끼지 못하게 된다는데, 그게 사실이에요?"

"그런 경우가 없는 것도 아니지만, 다른 기회에 네가 좋아하는 사람을 만나면 그렇지도 않아. 게다가 두 사람이나 세 사람쯤 정해진 사람하고 관계하는 일이라면 장사라고는 할 수 없어."

"나는 자기를 아주 좋아하는데."

"그런데도 안 되나?"

"그렇지 않아요."

"아, 그래."

"시집갈 때 알게 되겠죠?"

"알게 되겠지."

"어떻게 하고 있어야 해요?"

"너는 어떻게 하고 있었는데?"

"당신 부인은 어떻게 하고 있었어요?"

"글쎄."

"좀 가르쳐 줘요."

"아내 같은 건 없어" 하고 그는 이해할 수 없다는 듯이 그녀의 고지식한 얼굴을 물끄러미 바라보았던 것이다.

"그 애하고 비슷해서 양심의 가책을 느낀 거야" 하고 그는 개를 안아올려 새끼 낳을 자리로 옮겨 주었다.

조금 후에 난포를 뒤집어쓴 새끼를 낳았지만, 어미개는 어떻게 해야 할지를 모르는 모양이었다. 그는 가위로 난포를 찢고 탯줄을 잘랐다. 다음 주머니는 컸는데, 푸르고 탁한 물 속에 두 마리의 새끼가 죽은 것처럼 보였다. 그는 재빨리 신문지에 싸 버렸다. 이어서 세 마리째 태어났다. 모두가 난포를 뒤집어쓰고 나온 새끼였다. 그리고 일곱번째의 마지막 새끼는 주머니 속에서 꼬물거리기는 했지만 생기를 잃고 쪼그라들어 있었다. 그는 잠깐 살펴본 다음 주머니째 얼른 신문지에 싸더니,

"어디다가 내다 버려라. 서양에서는 태어난 새끼를 골라 내어 싹수가 노란 새끼는 죽여 버린다. 그렇게 하는 것이 좋은 개를 만드는

방법이지만, 인정이 많은 일본인은 그런 짓을 하지 못하지. 어미한
테는 날계란이라도 갖다 줘라."

그리고 나서 손을 씻더니, 다시금 잠자리에 들어가고 말았다. 새
로운 생명의 탄생이라는 싱그러운 기쁨이 가슴에 넘쳐서 거리를 거
닐고 싶은 심정이었다. 자기가 한 마리의 새끼를 죽였다는 것은 잊
고 있었다.

그런데 실눈을 뜰 무렵인 어느 날 아침, 강아지 한 마리가 죽어 있
었다. 그는 집어내어 호주머니 속에 넣고는 아침 산책을 나간 김에
버리고 왔다. 이삼 일 후에 또다시 한 마리가 싸늘하게 되어 있었다.
어미개가 잠자리를 만들기 위해서 짚을 이리저리 헤쳐 놓는다. 강
아지가 그 짚에 파묻힌다. 제 스스로 짚을 헤치고 나올 만한 힘이 강
아지에겐 아직 없다. 어미개는 새끼를 입에 물고 꺼내 주지 않는다.
그러기는커녕 도리어 강아지 위에 깔려 있는 짚 위에 자기가 드러
눕는다. 강아지는 밤 사이에 깔려 죽거나 얼어 죽거나 한다. 아기를
젖통으로 질식시키는 인간의 어리석은 어머니와 똑같다.

"또 죽었구나" 하고 세 마리째의 죽은 새끼도 아무렇게나 호주머
니 속에 넣으면서 휘파람을 불어 개들을 불러 모으곤 가까운 공원
에 갔다. 하지만 제 새끼를 죽인 줄도 모르고 장난을 치면서 달려가
는 보스턴 테리어를 보자 문득 지바나코 생각이 났다.

지바나코는 19세 때 투기꾼에 끌려 하얼빈에 가서, 거기서 3년
가량 백계(百系) 러시아인에게서 무용을 배웠다. 사나이는 하는 일
마다 모두 실패하여 생활력을 잃은 모양이었다. 그래서 만주 순회
음악단에 지바나코를 끼워 넣고 간신히 둘이서 일본 땅에 들어섰으

나, 도쿄에 자리를 잡은 지 얼마 안 되어 지바나코는 투기꾼을 버리고 만주에서 같이 왔던 반주 연주자와 결혼했다. 그리하여 여러 무대에 서기도 하다가 자기의 무용 발표회를 열기까지 되었다.

그 무렵 그는 악단 관계자의 한 사람으로 알려져 있었지만, 음악을 이해한다기보다는 어떤 음악 잡지에 다달이 돈을 내는 데 지나지 않았다. 그러나 안면이 있는 사람과 시시콜콜한 얘기를 하기 위해서 음악회에는 나가고 있었다. 지바나코의 무용도 보았다. 그녀의 육체에 나타나는 야만스런 퇴폐에 매력을 느꼈다. 도대체 무슨 비밀이 그녀를 이 같은 야생적인 생기가 넘치게 소생시켜 주었는지 육칠 년 전의 지바나코와 비교해 볼 때 그는 신기해 마지않았다. 왜 그 무렵에 결혼을 해두지 않았을까라는 생각까지 했다.

그러나 제4회 무용회를 열었을 때, 그녀의 육체의 힘은 아주 둔해 보였다. 그는 용기를 내어 분장실에 가서, 아직 무용 의상을 입은 채로 화장을 지우고 있는 것도 아랑곳없이 그녀의 소매를 잡고 어두컴컴한 무대 뒤로 그녀를 끌어냈다.

"이 손 좀 놓아 주세요. 조금만 무엇에 스쳐도 젖이 아프니까요."

"그러면 안 되지 않아, 왜 바보 같은 짓을 해."

"하지만 나는 옛날부터 아이를 좋아했거든요. 정말로 내 아이를 갖고 싶었어요."

"기를 작정이야? 그런 여자 같은 짓을 해서, 한 가지 재주로 먹고 살 수 있겠어? 지금부터 아이를 가지면 어떡하나? 좀 더 빨리 정신을 차리라구."

"하지만 어쩔 도리가 없었어요."

"바보 같은 소리하지 마, 여자 연예인이 일일이 곧이곧대로 뭐든지 다 해서야 되나. 남편은 어떻게 생각하고 있지?"

"기꺼이 사랑해 주고 있어요."

"흥."

"옛날에 그런 짓을 했던 나도 아이를 낳을 수 있으니까 정말 기뻐요."

"무용 같은 건 집어치우는 게 좋을 거야."

"안 돼요" 하고 뜻밖에도 거센 목소리여서 그는 입을 다물어 버리고 말았다.

하지만 지바나코는 두 번 다시 아이를 낳지 않았다. 태어난 아이도 그녀 곁에서는 보이지 않게 되었다. 그런데 그런 이유 때문인지 그녀의 부부 생활은 차츰차츰 어둡고 거칠어져 가는 모양이었다. 그러한 소문이 그의 귀에도 들려 왔다.

이 보스턴 테리어처럼 지바나코는 자식에 대해서 무심해질 수가 없었던 것이다.

강아지만 하더라도 그가 살리려고 마음만 먹었다면 살릴 수 있었던 것이다. 첫 번째 새끼가 죽은 후에 짚을 좀 더 잘게 썰어 넣어 주든지, 짚 위에 천을 깔아 주든지 했더라면 그 다음번의 새끼는 죽이지 않을 수 있었던 것이다. 그런 것쯤은 그도 알고 있었다. 그러나 마지막에 남은 한 마리도 얼마 안 가서 세 마리의 형제와 똑같은 모양으로 죽었다. 그는 강아지가 죽었으면 좋겠다고 생각한 것은 아니었다. 하지만 살리지 않으면 안 되겠다고 생각한 것도 아니었다. 그 정도로 냉담했던 것은 그 강아지들이 잡종이었기 때문일 것이다.

길가에 있던 개가 그를 따라오는 일은 종종 있었다. 그는 먼길을 그러한 개하고 같이 얘기하면서 집으로 돌아가 밥을 주고 따뜻한 잠자리에 재워 주었던 것이다. 개가 그의 다정한 마음씨를 알아 주는 것 같아서 고마웠다. 하지만 자기의 개를 기르게 되면서부터는 길에 나와 있는 잡종 개 따위는 거들떠보지도 않게 되었다. 인간에 대해서도 역시 그와 같을 거라고 생각하고, 그는 이 세상의 가족들을 멸시하면서 자기 자신의 고독도 조소하는 것이었다.

종다리의 새끼도 마찬가지였다. 살려 내어 길러야겠다는 자비스러운 마음은 금세 사라지고, 잡동사니 새 같은 건 가져와 봤자 별수 없다는 생각이 들어 아이들이 괴롭히고 놀리다가 죽이도록 내버려 두었던 것이다.

그런데 이 종다리 새끼를 내다보고 있던 아주 짧은 시간에 그의 상모솔새는 물을 너무 많이 뒤집어썼던 것이다.

깜짝 놀라 새장을 대야에서 꺼냈으나 두 마리가 다 새장 바닥에 쓰러져 물에 젖은 넝마처럼 꼼짝도 하지 않았다. 손바닥에 올려 놓자 꼬불꼬불 다리를 움직였기 때문에,

"아 고맙다, 아직은 살아 있다" 하고 기운을 내어, 이미 눈을 감고 조그만 몸 속까지 식어 버려서 도저히 살아날 것 같지도 않는 것을 손에 쥐고 네모진 화로에 쬐어 주면서 숯을 더 얹게 한 다음 하녀로 하여금 부치게 했다. 깃털에서 김이 났다. 작은 새가 경련을 일으키듯이 떨었다. 몸을 말리는 뜨거운 열에 놀라는 것만으로도 죽음과 싸우는 힘이 되겠지 하고 생각했다. 하지만 그는 자기의 손이 불기

운을 견뎌 내지 못했기 때문에 새장 바닥에 수건을 깔고 그 위에 작은 새를 얹어 놓은 다음 불에 쬐었다. 수건이 옅은 갈색으로 눌을 정도였다. 작은 새는 이따금 튀김을 당한 듯이 버르적버르적 날개를 펴고 뒹굴기 시작했지만 일어서지는 못하고 또다시 눈을 감았다. 깃털이 완전히 말랐다. 하지만 불에서 떼어 놓자, 쓰러진 채 그대로 있어서 살아날 것 같지는 않았다. 하녀가 종다리를 기르는 집에 가서, 작은 새가 약해졌을 때에는 질이 낮은 엽차를 먹인 다음 솜으로 씻어 주면 좋다는 말을 듣고 왔다. 그는 탈지면에 작은 새를 싸서 양손에 들고 엽차를 식혀서 부리에 넣어 주었다. 작은 새는 물을 먹었다. 조금 후에 겨·생선·풀 등을 짓이긴 새 모이를 가져다 댔더니 머리를 뻗쳐 쪼아먹기 시작했다.

"아아, 다시 살아났다!"

얼마나 생명감이 넘치는 기쁨인가. 정신을 차리고 보니, 작은 새의 생명을 살려 내는 데 벌써 네 시간 반이나 걸렸던 것이다.

하지만 상모솔새는 두 마리 다 홰에 올라앉으려고 하다가 몇 번이고 떨어졌다. 발가락이 벌어지지 않는 모양이었다. 잡아서 손가락으로 건드려 보니까 발가락이 오그라붙은 채 굳어 있었다. 가느다란 마른 가지처럼 부러질 것만 같다.

"아저씨, 불에 덴 게 아닐까요?" 하는 하녀의 말을 듣고 보니, 과연 발의 색깔이 꺼칠꺼칠하게 변해 버려서 큰일났다고 생각이 드는 만큼 더욱더 화가 나서,

"내가 손에 쥐고 있었고 수건 위에 있었는데 새 발이 델 리가 있니. 내일도 발이 낫지 않으면 어떻게 해야 하는지 새장수한테 가서

알아 가지고 와.”

　그는 서재의 문을 잠그고 들어가서 작은 새의 양발을 자기의 입에 넣어 따뜻하게 해주었다. 혀에 닿는 감촉은 애련의 눈물을 자아낼 정도였다. 이윽고 그의 손바닥의 땀이 날개를 젖게 했다. 침이 축축하게 묻어 작은 새의 발가락은 약간 부드러워졌다. 거칠게 건드리면 힘없이 부러질 것만 같았다. 그는 우선 발가락 한 개를 조심스럽게 뻗쳐 주고 자기의 새끼손가락을 쥐어 보게 했다. 그러고는 다시 발을 입에 물었다. 홰를 빼내어 작은 접시에 걸쳐 놓고 먹이를 새장 바닥에 놓아 주었지만, 불편한 다리로 서서 쪼아먹기는 아직도 어려운 모양이었다.

　“역시 아저씨가 다리를 태우시지 않았느냐고 새장수 아저씨도 말씀하셨어요” 하고 이튿날 하녀는 새장수한테 갔다 돌아와서,

　“엽차로 다리를 따뜻하게 축여 주면 좋다는 거예요. 하지만 대개는 새가 스스로 다리를 콕콕 쪼아서 치료한다는 거예요.”

　과연 작은 새는 자꾸만 자기의 발가락을 부리로 두드리거나 입에 물고 잡아당기거나 하고 있었다.

　‘다리야, 왜 그러니. 기운 좀 내라’ 하며 딱다구리 같은 기세로 힘을 잔뜩 내어 쪼아 대고 있었다. 불편한 다리로 감연히 일어나려고 했다. 몸의 일부분이 병이 나다니, 이상하기 짝이 없다고 말하고 싶어 하는 듯한, 작은 새의 밝은 생명력에 대해서 소리를 질러 힘을 북돋워 주고 싶을 정도였다.

　엽차에 적셔 주기도 했지만 역시 인간의 입 속에 넣어 주는 것이 효과가 있는 듯했다.

이 상모솔새는 두 마리가 다 너무나도 인간에게 친숙해지지 않아서, 여태까지는 손에 쥐면 가슴을 세차게 울렁거리고 있을 정도였다. 그러나 다리를 다친 후 하루이틀 만에 그의 손바닥에 완전히 친숙해진 모양인지, 겁을 내기는커녕 도리어 즐거운 듯이 지저귀면서 안긴 채 먹이를 쪼아먹을 정도로 변해 버리고 말았다. 그것이 한결 애처로운 느낌을 더해 주었다.

그러나 그의 간호도 전혀 효험이 없을 뿐만 아니라 게을러진 데다가 오그라붙은 발가락은 똥투성이가 된 채 6일째 되는 날 아침, 상모솔새 부부는 사이좋게 시체가 되어 있었다.

작은 새의 죽음은 참으로 허망하다. 대개는 아침에 새장에서 뜻하지 않은 시체를 보게 된다.

그의 집에서 처음으로 죽은 것은 홍작새였다. 한 쌍이 다 같이 밤사이에 쥐에게 물려 꽁지가 빠지고 새장에는 피가 묻어 있었다. 수컷은 이튿날 쓰러졌다. 그런데 암컷은 연달아서 상대방을 맞아 해치워, 수컷이 모두 죽어 감에도 불구하고 웬일인지 원숭이같이 살갗이 발갛게 벗겨진 엉덩이를 한 채 여러 날 살아 있었다. 하지만 얼마 안 가서 쇠약해진 끝에 떨어져 죽었다.

"우리 집에서는 홍작새는 살지 못하나 보다. 홍작새는 이젠 안 기르겠다."

원래 소녀가 좋아하는 홍작새 같은 새는 싫어하는 처지였다. 뿌려 주는 모이를 주워먹는 서양풍의 새보다는 짓이긴 모이를 쪼아먹는 일본풍의 은근한 멋을 사랑했다. 우는 새만 하더라도 카나리아나 휘파람새나 종다리 등과 같은 울음소리가 화려한 것은 마음에 들지 않았다. 그런데도 홍작새 등을 기른 것은 새장수가 주고 갔기 때문임에 지나지 않았다. 한 마리가 죽었으니까 나머지 한 마리를 또 샀을 뿐이었다.

그렇지만 개만 하더라도, 예컨대 한번 콜리를 기르면 그런 종류를 집에서 없애고 싶지 않은 심정이 된다. 어머니를 닮은 여자를 그리워한다. 첫번째 애인 같은 여자를 사랑한다. 죽은 아내와 같은 여자와 결혼하고 싶어 한다. 그런 심정과 마찬가지가 아닌가. 동물을 상대로 해서 사는 것은 좀 더 자유로운 오만을 즐기고 싶기 때문이라고 생각해서 그는 홍작을 기르기를 포기했다.

홍작새 다음에 죽은 노랑할미새는 허리에서부터 뒷부분의 녹황색이며 배때기의 황색, 게다가 그 우아하게 어렴풋한 자태에는 대나무가 듬성듬성 서 있는 대숲 같은 아취가 있었다. 특히 사람과 곧잘 친숙해져서 먹고 싶지 않을 때도 그의 손가락에서라면 반쯤 벌린 날개를 즐거운 듯이 바르르 떨고 사랑스럽게 울면서 기꺼이 주워먹고, 그의 얼굴에 난 검정 사마귀도 장난삼아 쪼으려고 할 정도였다. 객실에 풀어 놓고 소금을 쳐서 구운 납작과자나 그밖의 부스러기를 너무 많이 주워먹은 탓으로 죽은 후에는 새로운 노랑할미새를 가지고 싶어 했지만, 역시 단념해 버리고 이제까지 직접 다뤄 본 일이 없는 적수조(赤鬚鳥)를 그 빈 새장에 넣었던 것이다.

하지만 상모솔새의 경우는 물에 빠지게 한 것도 다리를 다치게 한 것도 모두가 그의 과실이었던 탓인지, 도리어 미련을 끊기가 어려웠다. 즉시 또다시 새장수가 한 쌍을 가지고 왔다. 그것을 또다시, 여하튼 몸집이 작은 새일망정 이번에는 대야 곁을 떠나지 않고 지켜보고 있었는데도 똑같은 수욕(水浴)의 결과를 당했던 것이다.

새장을 대야에서 꺼냈을 때 바들바들 떨며 눈을 감았지만 아무튼 다리로 서 있었던 만큼 전보다는 꽤 나은 편이었다. 이젠 다리를 태우지 않도록 주의도 할 수 있다.

"또 물에 빠졌구나. 불을 피워라" 하고 그가 매우 침착한 태도를 취하면서 창피스러운 듯이 말하니까,

"아저씨, 하지만 죽게 내버려 두는 게 어떻겠어요?"

그는 왠지 정신이 번쩍 드는 것처럼 놀랐다.

"하지만 요전번 일을 생각하면 문제없이 살릴 수 있다."

"살린다고 해도 오래 가진 못해요. 요전번에도 다리가 그 모양이어서 빨리 죽어 버렸으면 하고 바라고 있었어요."

"살리면 살아나는데."

"죽게 내버려 두는 편이 나아요."

"글쎄 말이다" 하고 그는 갑자기 정신이 멍해질 정도로 육체의 쇠약을 느끼게 되어, 말없이 2층의 서재로 올라가서 새장을 창의 햇살 속에 놓아 두고 상모솔새가 죽어 가는 모습을 다만 멍하니 바라보고 있었다.

햇살의 힘으로 살아날지도 모른다고 생각하면서 기도는 하고 있었다. 하지만 어쩐지 이상야릇하게도 슬퍼지더니 자기 자신의 비참한 꼴을 빤히 보는 것만 같아서, 작은 새의 생명을 살리기 위해서 요전번처럼 소란을 떨 수는 없었다.

드디어 숨이 끊어지자, 작은 새의 물에 젖은 시체를 새장에서 꺼내어 한참 동안 손바닥에 올려놓고 있었다. 그러고 나서 다시 새장

에 되돌려 놓고 반침에 쳐넣어 버렸다. 그 길로 아래층으로 내려가서 하녀더러는 아무렇지도 않은 듯이 "죽었다"라고 했을 뿐이었다.

상모솔새는 몸집이 작은 만큼 허약해서 떨어져 죽기 쉽다. 하지만 그와 똑같은 제주오목눈이나 굴뚝새나 진박새들은 그의 집에서 건강하게 잘 산다. 그런데 그것도 두 번이나 수욕을 시키다가 죽이다니, 이를테면 한 마리의 홍작새가 죽은 집에는 홍작새가 살기 어렵게 되는 것일까 하고 그는 인연 같은 것을 생각하면서,

"상모솔새하고는 이젠 인연을 끊겠다"고 하녀에게 웃어 보이고는 다실(茶室)에 드러누워 강아지들에게 머리털을 세차게 잡아 당기게 한 다음, 거기에 16, 7개 늘어선 새장 가운데서 부엉이를 골라 잡아 서재로 들고 올라갔다.

부엉이는 그의 얼굴을 보더니, 똥그란 눈을 부라리고 움츠렸던 목을 자꾸만 내두르며 부리를 딱딱거리면서 후우후우 불었다. 이 부엉이는 그가 바라보고 있는 데서는 절대로 아무것도 먹지 않는다. 고기 조각을 손가락에 끼우고 다가가면 버럭 성을 내며 물고 늘어지지만, 언제까지나 부리에 고기를 축 늘어뜨린 채 삼키려고는 하지 않는다. 그는 날이 샐 때까지 고집이 얼마나 센지 끈기를 겨루어 본 일도 있었다. 그가 옆에 있으면 짓이긴 모이를 거들떠보지도 않는다. 몸도 꼼짝하지 않는다. 그러나 날이 새기 시작하면 역시 배가 고프다. 홰 위에서 모이 쪽으로 옆걸음질쳐서 다가가는 발소리가 들린다. 그가 돌아다본다. 대가리의 털을 옴츠리고 눈을 가늘게 뜨고서, 이토록 음험하고 교활한 표정이 또 있을까 여겨지리만큼 모이 쪽으로 목을 늘여 빼고 있던 새는 후닥닥 대가리를 쳐들어 그

를 보고 얄미운 듯이 후욱 불고는 시치미를 뚝 뗀다. 그가 딴 데를 바라본다. 그러는 사이에 또다시 부엉이의 발소리가 들린다. 양쪽의 눈이 마주치면 새는 또다시 모이에서 떨어진다. 그런 짓을 되풀이하는 사이에 벌써 때까치가 아침을 맞이한 기쁨을 매우 소란스럽게 노래한다.

그는 이 부엉이를 미워하기는커녕 도리어 즐거운 위안거리로 삼았다.

"이러한 여자가 어디 있을까 찾고 있는 중일세."

"흥, 자네도 상당히 겸손한 면이 있네그려."

그는 못마땅한 얼굴을 하고서 벌써 친구로부터 외면을 한 채,

"깍깍, 깍깍" 하고 옆에 있는 때까치를 불렀다.

"까깍까깍까깍" 하고 때까치는 주위에 있는 모든 것을 불어서 날려 버릴 듯이 드높은 소리로 대답했다.

부엉이와 똑같은 맹금이지만 이 때까치는 자기에게 모이를 주는 데 대한 친밀감이 사라지지 않아서, 어리광을 부리는 소녀처럼 그를 잘 따르고 있다. 그가 외출하고 돌아오는 발자국 소리를 듣거나 기침 소리를 듣거나 해도 까깍까깍하고 울어 댄다. 새장에서 나오게 되면 그의 어깨나 무릎에 날아와서 날개를 기쁜 듯이 떨어 댄다.

그는 잠 깨우는 시계 대신에 이 때까치를 베개맡에 놓아 두고 있다. 날이 새면 그가 몸을 뒤척여도 손을 움직여도 베개를 고쳐 베도,

"치이치이치이치이" 하고 어리광을 부리고, 침을 삼키는 소리에 대해서도,

"깍깍깍깍깍" 하고 대답을 하며, 조금 뒤에 소란스럽게 그를 불

러 깨우는 소리는 참으로 일상의 아침을 찢어 놓는 번개처럼 상쾌하다. 그와 몇 번인가 서로 의사가 통하자 완전히 잠이 깬 것을 알게 되면, 여러 가지 새를 흉내 내어 조용히 지저귀기 시작한다.

'오늘도 안녕하셨습니까?'라는 생각을 그로 하여금 갖게 하는 선구자가 때까치인데, 조금 후에는 온갖 작은 새들의 울음소리가 그 뒤를 이어 들려 온다. 잠옷바람으로 짓이긴 모이를 손가락에 묻혀 내밀면 배가 고픈 때까치는 세차게 물고 늘어지지만, 그것도 애정 탓이려니 하고 이해하게 된다.

그는 하룻밤을 묵는 여행에서도 동물과 함께 있는 꿈을 꾸고 한밤중에 잠이 깨니까 집을 비우는 일은 거의 없다. 그런 버릇이 굳어진 탓인지 남을 방문한다든지 물건을 사러 나간다든지 할 때에도 혼자 나갔다가는 도중에 재미가 없어서 그냥 되돌아오고 만다. 여자 동행자가 없을 때에는 할 수 없이 어린 하녀하고 같이 가곤 한다.

지바나코의 무용을 구경하러 가는 데 있어서도 하녀에게 꽃바구니까지 들려서 가는 길이라면,

"그만두고 돌아가자" 하고 되돌아설 수가 없다.

그날밤의 무용 발표회는 어느 신문사에서 주최한 것인데 14, 5명의 여류 무용가가 나와서 경연을 벌이는 것이었다.

그는 지바나코의 무대를 2년 남짓 만에 보게 된 것인데 그녀의 타락한 무용을 보고 눈길을 돌렸다. 아직도 남아 있는 야만스런 힘은 이젠 저속한 교태임에 지나지 않았다. 무용의 기초가 되는 신체의 움직임도 그녀의 팽팽해진 육체와 함께 이젠 완전히 무너져 버리고 말았다.

운전사한테서 그런 말을 들었을망정 장례식을 만난 데다가 집에는 상모솔새의 시체가 있고 해서, 그는 재수가 없다는 걸 좋은 핑계로 삼아 꽃바구니를 하녀로 하여금 분장실에 가져다 주게 했지만, 그녀를 꼭 만나고 싶고, 방금 본 무용에 대해서는 천천히 얘기하기도 괴롭고, 그렇다면 휴식 시간을 틈타서 만나보자는 생각에서 분장실에 갔으나, 그 입구에서 그는 그 자리에 못 박혀 서기도 전에 몸을 문 뒤에 숨겼다.

지바나코는 젊은 사나이에게 화장을 맡기고 있는 중이었다.

조용히 눈을 감고, 약간 위를 향해서 목을 펴고서 자기의 몸을 상대방에게 내맡겨 버린 듯이 꼼짝도 않는 새하얀 얼굴은 아직 입술이나 눈썹이나 눈꺼풀을 그리지 않아서 생명 없는 인형처럼 보였다. 영락없이 죽은 사람의 얼굴처럼 보였다.

그는 10여 년 전에 지바나코하고 정사(情死)를 하려고 한 일이 있었다. 그 무렵 그는 죽고 싶다, 죽고 싶다고 입버릇처럼 말하고 있었을 정도이니까, 죽지 않으면 안 되는 아무런 이유도 없었던 것이다. 그것은 독신으로 동물과 함께 살고 있는 생활에 떠오르는 물거품처럼 덧없는 꽃과도 같은 상념에 지나지 않았다. 그렇기 때문에 이 세상의 희망은 누군가가 다른 데서 가져다 주기라도 하는 듯이 멍하니 남에게 자기의 몸을 내맡기고 있고, 또한 그런 현실에서는 살아 있었다고는 말할 수 없을 것 같은 그러한 지바나코는 같이 정사할 대상으로는 안성맞춤이라고 느껴졌다. 과연 지바나코는 자기가 하고 있는 행동의 의미를 깨닫지 못하고, 여느 때와 똑같은 표정으로 아무런 생각도 없이 고개를 끄덕이더니 단 한 가지의 주문을 했다.

"옷자락이 펄럭거린다고 하니까 발을 꽁꽁 묶어 주세요."

그는 가느다란 끈으로 묶으면서 그녀의 발이 어찌나 아름다운지 새삼스럽게 놀라며,

"그 녀석도 이런 아름다운 여인하고 죽었다고들 말하겠지" 하고 생각했다.

그녀는 그에게 등을 돌리고 드러눕더니 무심히 눈을 감고 목을 약간 폈다. 그러고는 합장을 했다. 그때 그는 번개처럼 허무의 고마움을 느꼈다.

"아아, 죽는 게 아니야."

그는 물론 죽일 생각도 죽을 마음도 없었다. 지바나코가 진정이었는지 장난하는 마음이었는지는 모른다. 그 어느 쪽도 아닌 것 같은 표정을 짓고 있었다. 한여름의 오후였다.

그러나 그는 무엇인가에 몹시 놀란 나머지, 그 후부터 자살은 꿈에도 생각지 않았고 또한 입에도 담지 않게 되었다. 가령 어떠한 일이 있든지 이 여자를 고맙게 생각지 않으면 안 된다는 생각이 그때 그의 마음속에 문득 떠올랐던 것이다.

젊은 사나이에게 무용 화장을 시키고 있는 지바나코가 그로 하여금 옛날에 그녀가 합장하고 있던 얼굴을 회상하게 했던 것이다. 조금 전에도 자동차에 탔을 때 퍼뜩 떠오른 백일몽은 바로 이것이었다. 설사 밤일지라도 저 지바나코를 생각할 때마다 한여름에 쨍쨍 내리비치는 눈부신 햇살 속에 감싸여 있는 듯한 착각을 느끼는 것이었다.

"그건 그렇다치고, 나는 왜 갑자기 문 뒤에 숨었는지 모르겠군"

하고 중얼거리면서 복도에서 되돌아나오는데, 친절히 인사를 하는 사나이가 있었다. 누구인지 잠시 동안 알아보지 못하고 있는데도 그 사나이는 몹시 흥분해 가지고,

"역시 아름답군요. 이렇게 여러 사람이 나와서 춤을 추니까 역시 지바나코가 아름답다는 것이 분명히 드러나는군요."

"아아……" 하고 그는 그제서야 생각이 났다. 지바나코의 남편인 반주 연주자였다.

"요즘은 어떻게 지내시오?"

"이거 참, 한번 인사를 드리러 가야겠다고 마음먹고 있었죠. 사실은 작년말에 저 사람하고 이혼을 했지만, 역시 지바나코의 무용은 훌륭하군요. 아름답군요."

그는 자기도 뭔가 달콤한 말을 찾아내야겠다는 생각이 들면서 웬일인지 가슴이 답답해지고 당혹스러웠다. 그러나 하나의 문구가 떠올랐다.

그때 마침 그는 16세에 죽은 소녀의 유고집을 호주머니 속에 지니고 있었다. 소년 소녀의 글을 읽는 것이 요즘의 그에게는 무엇보다도 큰 즐거움이었다. 16세 소녀의 어머니는 시체에 화장을 해주었던지, 딸이 죽은 날에 쓴 일기의 마지막 구절에 이렇게 써 놓았다.

"세상에 태어나서 처음으로 화장한 얼굴, 신부 같다."

작품 해설

　《설국(雪國)》은 가와바타 야스나리〔川端康成〕가 1968년도에 노벨 문학상을 수상한 명작이다. 인도의 시성(詩聖) 타고르가 1913년에 시집《기탄잘리》로 노벨상을 받은 이래, 동양인으로서는 두 번째의 일이었다. 완결판《설국》이 출판된 지(1948) 20년 만에, 문학인으로서는 최고의 영예를 차지한 셈이다.

　그런데《설국》은 일시에 이루어진 소설이 아니라, 작가가 36세이던 1935년부터 48세인 1947년까지 여러 문예 잡지에 발표했던 12편의 단편들을 모아서 그 이듬해에 완결 출판한 것이다. 하나의 작품 세계를 완벽하게 형상화하기 위해서 13년간에 걸쳐 꾸준하고 끈질기게 깎고 다듬은 예도 그리 흔한 일은 아닐 것이다. 그 후 이 작품은 구미 각국에서 번역되어 수상하기 10년 전부터 세계에 널리 소개되어 왔었다. 가와바타가 노벨상을 받은 가장 중요한 외적 조건을 든다면, 이처럼 일찍부터 세계 각국에 번역 소개되어 왔었다는 점을 강조하지 않을 수 없다.

이 소설은 1968년 이래, 우리나라에도 번역 소개되어 왔고 요즘에는 문고판까지 나와 있어서 독자들이 너무나 잘 아는 작품이 되었다. 그러므로 여기서는 가와바타의 생애나 작품 활동 등에 대해서는 생략하기로 하고, 다만 《설국》의 작품 세계의 특색 몇 가지를 간추려 정리해 보기로 한다.

첫째 이 소설의 배경은 말할 것도 없이 '설국'이다. 눈이 많이 내리는 고장이라는 뜻이다. 구체적으로는 에치코[越後]의 유자와[湯澤] 온천이 이 작품의 무대가 되고 있다. 그러나 이 작품은 어느 특정 지역의 온천장을 묘사한 것이 아니라, 백설(白雪)에 온통 뒤덮여 있는 온천장과 그 일대에 펼쳐져 있는 자연과 인정과 풍속 등의 지방 풍물을 아름답게 그린 소설이다. 그러한 배경은 동양적이면서도 가장 일본적인 데에 이 소설의 특색이 있다. 외국에 나가 있는 일본인이 이 소설을 읽으면, 누구나 다 고국을 생각하고 '회향의 정'을 느끼게 될 만한 명작이요, 외국인이 읽어 보아도 '애수의 여정'을 느낄 수 있는 작품이다.

둘째 등장인물에 대해서이다. 주요 등장인물은 모두 세 명이다. 서양 무용에 관한 취미가 있으며 부모가 남겨 준 유산만으로 무위도식하는 시마무라[島村]라는 남자와, 설국의 관능적이고 매혹적인 게이샤 고마코[駒子]와, 역시 설국의 아름답고 청순한 소녀 요코[葉子]이다. 시마무라는 고마코에게 마음이 끌린 나머지 고마코를 만나러 설국의 온천장으로 찾아가긴 하지만, 고마코의 뜨겁고 애처로운 정(情)을 인정은 하면서도 순순히 받아들이지는 못한 채, 냉정하면서도 지적인 눈으로 관망만 할 뿐이다. 심정과 태도만 있고, 행동이 없는 허상임에 불과하다. 말하자면 시마무라는 설국의 고마코나 요코를 있는 그대로 비춰 주는 일종의 공허한 거울과도 같은 존재이다. 그와 같은 공허한 거울 속에 비친 고마코와 요코의 순수한 생명이 선열(禪悅)한 감각과 향기에 감싸여 처연하게 그려져 있다. 그러므로 작가 가와바타가 그리고자 하는 인물은 시마무라가 아니라, 시마무라를 통하여 부각되는 인물인 고마코와 요코, 그중에서도 고마코가 핵심적인 초점이 되고 있다. 그리고 이들 인물 사이에는 현실적인 아무런 관계도 구체화되어 있지는 않다.

이 작품을 쓴 근본 의도가 어떠한 사건이나 관계를 그리고자 한데 있지 않고, 설국을 배경으로 하여 전개되는 인물들의 미묘하고 섬세한 심리의 변화와 추이를 즉물적이고 감각적으로 표현하려고 한 데서 나온 필연적인 결과일 것이다. 시마무라의 그 같은 비정적인 심리와 태도는 이 작품의 처음부터 끝까지 일관되어 있다.

셋째 구성에 대해서이다. 이 소설에는 인물과 배경은 있지만, 이렇다 할 만한 사건이 없는 것이 특색이다. 따라서 아무것도 해결되지 않는 것도 특이한 점이다. 사건이 없으므로 이야기 줄거리가 없고, 이야기 줄거리가 없으니 자연히 소설로서의 일정한 진행 형식이 없다. 이런 점에서 이 소설을 두고 '플롯의 부재(不在)'라고도 한다. 그저 설국의 풍물과 심리의 변화만으로 작가가 그리고자 한 심리의 세계, 또는 어떤 상징의 세계를 암시 환기만 하면 그만인 것이다. 그리고 인물이나 배경도 역시 자연주의 소설에서처럼 구체적으로 그리고 추상적, 상징적으로 점묘만 해나간 것이 또한 특색이다. 이런 점에서도 이 작품은 사건 소설이 아니라 심리 소설이요, 분위기 소설이라고 할 수 있다.

넷째 수법과 주제이다. 가와바타는 1924년(25세)에 요코미쓰 리치〔橫光利一〕와 함께 《문예시대(文藝時代)》라는 잡지를 창간하여, 세칭 신감각파의 쌍벽이 되었으며 그 신감각파는 종래의 자연주의 문학에 반기를 들고 서구의 전위적인 근대 예술을 실천한 문학 유파였다. 그들의 공통된 수법상의 특징은 대상을 즉물적, 감각적, 기계적으로 붙잡아 예리하게 표현하는 데 있었다. 따라서 대상을 바라보는 눈이 지적이요, 소재를 처리하는 태도가 비정적인 것이었다. 이 같은 입장에서 가와바타는 인생의 단면을 감각적으로 파악하여 표현해 나갔다. 이러한 수법은 초기의 장편소설에 이미 나타난 방법이며 그 같은 태도의 이면에는 동양적인 허무사상, 그중에서도 불교적인 무(無)나 공(空)의 사상이 밑바탕에 깔려 있었다.

이 소설에 등장하는 시마무라의 심리 세계는 바로 무나 공의 사상에 바탕을 둔 것이다. 그리하여 이 소설에 등장하는 배경이나 소재들은 그 자체로서 의미가 있는 것이 아니라, 그것들의 표현을 통하여 느껴지는 현실 이상의 저쪽의 세계, 곧 인생에 있어서의 어떤 비정의 미(美)나 애수의 미를 형상화하는 데 의미가 있다. 따라서 이 소설은 사실의 세계를 그린 작품이 아니라 작가가 창조해 낸 상징의 세계를 그린 것이다. 그 상징의 세계는 '저녁 풍경이 비치는 거울'처럼 '아름다운 도로(徒勞)의 세계'요, '투명한 덧없음'인 것이다. 그러면서도 동시에 그러한 세계는 일본적 애수의 미를 아름답게 형상화한 것이다.

요컨대 이 소설은 티없이 맑고 깨끗한 설국의 세계를 감각적인 수법으로 그린 상징적인 심리 소설이요, 가와바타 문학의 최고 명작이라고 할 수 있다.

〈이즈의 무희〉는 일고(一高) 시절(1918/20세)에 이즈 여행을 갔을 때 우연히 길동무가 된 14세의 청순무구한 무희에게 쏠리는 청춘의 연정과 감상을 감각적인 수법에 의해서 순일하고 아름다운 서정시의 경지로 승화시킨, 문학적 향기가 높은 단편소설이다.

"20세인 나는 자신의 성격이 고아 근성으로 인하여 비뚤어져 있다는 냉혹한 반성을 거듭하여, 그 답답하고 우울한 감정을 견디지 못해서 이즈 여행을 떠나온 것이었다"라는 것이 여행의 동기였다. 그리고 청순무구한 무희로부터 '좋은 사람'이라는 말을 듣고 느끼게 된 자기 만족과, 그러한 무희에 대한 감사 및 연정으로 인하여 눈물을 흘린 체험이 창작의 동기였다. 그래서 작가는 〈이즈의 무희〉나《설국》은 다른 사람이 자기에게 주는 애정에 대해서 감사하는 마음에서 썼다고 술회했다. 특히 〈이즈의 무희〉에 그런 심리가 솔직하게 나타나 있다고 말했다. 여기서 말하는 '감사'란 '고아 근성'이라는 정신적 우울증으로부터 벗어나게 해준 데 대한 감사이다.

아무튼 이 작품은 신감각파에 속한 가와바타의 작가적 위치를 확립하게 한 출세작이요 20대의 대표작이거니와, '이즈'를 무대로 하여 서정의 세계를 훌륭하게 그려 놓은 가와바타 문학의 걸작품이다.

〈금수(禽獸)〉는《설국》과 함께 34세(1933)에 발표한 대표적인 작품이다. 인간을 혐오하여 독신으로 지내면서 작은 새나 개하고 사는 것이 "순결하고 신과 같은 상쾌함이 있다"라고 믿는 40대 남자의 결벽한 내면을 허무적이고 비정한 눈으로 그려 나간 일종의 심리 소설이다. 《설국》의 시마무라나 〈천우학(千羽鶴)〉의 기쿠치(菊治) 등과 마찬가지로 〈금수〉의 주인공도 역시 일상 생활은 완전히 제거해 버리고 미에 대한 감수성만이 예민하게 살아 있는 인물이다.

옮긴이

가와바타 야스나리 연보

1899년 오사카의 부유한 의사 집안에서 태어났다. 아버지, 어머니
가 연달아 사망해 조부모 슬하에서 자랐다. 그러나 1906년,
1914년에 할머니와 할아버지도 사망하며 혼자가 되었다.
이때의 슬픔이 작품 세계에 큰 영향을 끼쳤다.

1920년 도쿄제국대학교 문학부 영문과에 입학했으나 이듬해 국문
과로 전과했다.

1921년 카페에서 여급으로 일하던 이토 하쓰요와 결혼을 약속했
으나 돌연 파혼당했다. 이토 하쓰요는 가와바타 야스나리
작품 속 여성관에 큰 영향을 끼쳤다고 알려져 있다.

1923년 《문예춘추》의 동인으로 꾸준히 단편을 쓰기 시작했다.

1924년 대학을 졸업한 후 문예지 《문예시대》를 창간했다. 요코미
쓰 리치 등과 함께 신감각파 운동을 주도했다.

1926년　〈이즈의 무희〉를 발표해 큰 호평을 받았다.

1931년　의식의 흐름을 따라 독백이 끝없이 이어지는 작품 〈수정 환상〉을 발표했다.

1932년　작가 특유의 측은한 아름다움의 정서가 담긴 〈서정가〉를 발표했다.

1933년　한 남성의 내면을 허무하고 비정한 눈으로 그린 〈금수〉를 발표했다.

1937년　《설국》으로 문예간담회상을 받았다. 《설국》은 이후 12년 간 여러 번의 수정을 거쳐 1949년 최종 완결판이 출간되었다. 가와바타 야스나리가 노벨문학상을 받는 데 결정적인 역할을 한 작품이었다.

1944년　〈고향〉, 〈석일〉 등의 작품으로 기쿠치 간 상을 받았다.

1948년　국제 문학인 단체인 펜클럽의 일본 지부 4대 회장으로 취임했다.

1951년　패전 후 황폐해진 일본에 남은 아름다움을 모색하는 《센바즈루》를 발표했다.

1952년　〈천우학〉을 발표했다. 간결한 심리 묘사와 성애적 긴장을 담은 이 작품은 일제 패전 후의 대표작이다.

1954년　인간의 삶과 죽음을 계절의 순환에 빗댄 《산의 소리》를 출간했다.

1962년　교토의 풍속을 배경으로 일란성 쌍둥이 자매의 엇갈린 운명을 그린 《고도》를 발표했다.

1958년　"일본 정신의 본질을 뛰어난 감성으로 표현했다"는 평가와 함께 일본인으로는 처음으로 노벨문학상을 수상했다.

1969년 신초샤에서 총 19권으로 구성된 가와바타 야스나리 전집을 발행했다. 전집은 1974년까지 출간되었다.

1972년 3월에 급성 맹장염으로 수술받은 후 한 달 뒤, 자택에서 사망한 채로 발견되었다. 향년 73세였다. 사인은 가스 중독 자살이었다. 그를 스승처럼 따르던 미시마 유키오의 자살에 따른 충격이 이유일 거라 추측된다.

1973년 가와바타 야스나리 문학상이 제정되었다.

옮긴이 **장경룡**

시인. 전북대학교 문리대 국문과를 졸업했고, 공군사관학교 교수를 지냈다. 옮긴
책으로《사랑과 인식의 출발》,《성서 속의 여인들》,《산다는 것과 사랑한다는 것》
등이 있다.

설국

1판　1쇄 발행　1977년 12월 30일
4판　1쇄 발행　2025년 1월 15일

지은이　가와바타 야스나리　|　**옮긴이**　장경룡
펴낸곳　(주)문예출판사　|　**펴낸이**　전준배
출판등록　2004. 02. 11. 제 2013-000357호 (1966. 12. 2. 제 1-134호)
주소　04001 서울특별시 마포구 월드컵북로 21
전화　02-393-5681　|　**팩스**　02-393-5685
홈페이지　www.moonye.com　|　**블로그**　blog.naver.com/imoonye
페이스북　www.facebook.com/moonyepublishing　|　**이메일**　info@moonye.com

ISBN　978-89-310-2434-0　04800
ISBN　978-89-310-2365-7　(세트)

■ 문예세계문학선

★ 서울대, 연세대, 고려대 필독 권장 도서　　▲ 미국대학위원회 추천 도서
● 《타임》 선정 현대 100대 영문 소설　　▽ 《뉴스위크》 선정 세계 100대 명저

(뒷면 계속)